아랍의 향기

아랍의 향기

초판 1쇄 찍은 날 | 2019년 5월 23일
초판 1쇄 펴낸 날 | 2019년 5월 31일

지은이 | 문희
펴낸이 | 예경원

편집 | 주승아

펴낸곳 | 예원북스
등록번호 | 제396-2012-000132호
등록일자 | 2012. 7. 25
YRN | 제1-0251호

주소 | 경기도 고양시 일산동구 호수로 646-24 위너스21-Ⅱ 206A호 (우) 10401
전화 | 031-819-9431 팩스 | 031-817-9432
http://cafe.naver.com/yewonromance
E-mail | yewonbooks@naver.com

ISBN 979-11-6424-321-1 03810

아랍의 향기

문희 장편 소설

YEWONBOOKS
ROMANCE
STORY

예원

Contents

프롤로그

　하얗고 가는 손목에 차고 있던 검은색 머리끈으로 긴머리를 질끈 동여맨 향기는, 폭발하기 일보 직전의 표정으로 자신의 모교인 예일대학교 캠퍼스를 빠른 걸음으로 가로질러 이동 중이었다. 청바지에 흰색 티셔츠를 입은 향기는 늘씬한 키에 숨길 수 없는 볼륨감으로 지나는 사람들의 시선을 한 몸에 받았다.

　하지만 지금은 사람들의 시선 따위는 눈에 들어오지도 않았다. 뚜껑이 열린다는 게 이런 것일까? 날이 덥지도 않은데 속에서 천불이 올라와 그녀를 뜨겁게 달궜다. 마치 경보를 하듯이 걷는 그녀의 뒤를 한 여자가 숨 가쁘게 쫓았다.

　"향기야!"

예일대학의 캠퍼스에 퍼지는 한국어가 유난스럽게 크게 울렸다.

"송향기!"

뒤에서 아무리 불러도 향기는 앞만 보며 빠르게 걸었다. 아니 거의 뛰다시피 했다. 시간을 지체할 수 없었다. 이 시간 녀석은 분명히 집에 있을 것이다.

"헉헉, 잡았다. 너 진짜 죽을래?"

향기보다 10㎝는 작은 유진이 얼마나 뛰어왔는지 숨을 헐떡이며 여전히 빠르게 걷고 있는 향기를 붙잡아 세웠다.

"가지 마!"

향기를 붙잡았지만 멈추게 하지 못해 유진은 거의 뛰다시피 향기의 옆을 따르며 말했다.

"왜?"

향기는 오직 녀석을 어떻게 죽여야 속이 시원할까 하는 생각뿐이었다.

"아닐 수도 있잖아?"

"맞아, 그 자식이 내가 자기랑 잤다고 했다잖아. 거기다가 뭐? 완전 형편없었다고?"

생각만 해도 너무 수치스러웠다.

"향기야……."

친구 유진이 위로하려 들었지만, 향기의 칠흑같이 어두운 검은 눈동자에 반짝이는 눈물이 어른거렸다.

"이건 자존심이 상해서 도저히 참을 수가 없어."

향기의 주먹에 절로 힘이 들어갔다.

"참아, 그냥 지나던 개한테 물렸다고 생각해."

"뭐? 어떻게 참아? 이게 참을 일이야?"

"……."

향기는 괜히 유진에게 화를 내고 말았다.

"미안 내가 너무 흥분했어."

"네 마음은 아는데 지금 네가 이러면 너만 힘들어. 셀림은 아랍의 왕자라고."

"여기가 아랍이야? 자기 나라 왕자면 왕자지 여기서 왜 날 가지고 지랄이냐고!"

이가 갈렸다. 그렇게 쫓아다닐 때는 언제고 이렇게 뒤통수를 치다니 용서가 안 되는 인간이었다.

"하여튼 괜히 긁어 부스럼 만들지 마. 너한테 안 좋아."

"후……."

한숨을 쉬며 마음을 가라앉히려는 순간이었다. 오늘 향기를 미치게 만드는 원인인 셀림이 탄 부가티 스포츠카가 그녀의 옆에 멈추었다.

"향기!"

마치 아무 일도 없었다는 듯 그녀의 이름을 부르는 셀림은 한쪽 입술을 올리며 향기를 비웃고 있었다.

"셀, 셀림! 너 왜 거짓말을 하고 다녀!"

향기는 너무 화가 나서 말까지 더듬거렸다.

"내가?"

셀림이 어깨를 으쓱였다. 주먹부터 나갔어야 했다. 뺀질거리는 면상을 쳤어야 했다. 이렇게 말로 해서 들을 인간이 아니었다.

"그래, 내가 언제 너랑 잤어? 그리고……."

"아, 짜증나. 이래서 한국 여자들은 안 돼."

셀림이 손사래를 치며 짜증이 난다는 듯 고개를 돌려 버렸다. 그러더니 그녀가 더 따지기 전에 자신의 차를 출발시켰다. 옆에는 금발머리의 미녀가 타고 있었고 셀림은 그녀를 보고 놀리듯이 가운뎃손가락을 치켜들었다.

"야!"

도저히 참을 수가 없었다. 이제부터는 눈이 돌아가는 상황이 되어 버렸다.

"죽여 버릴 거야."

"저거 미친 거 아니야?"

이번엔 유진이 향기보다 더 흥분했다.

"참지 마, 저 새끼 죽여 버려."

유진이 이렇게 흥분한 모습은 처음이었다. 항상 중립적인 성격의 유진이었는데 셀림의 행동을 보니 유진도 참을 수 없었던 모양이었다.

"같이 가. 이참에 저 손가락부터 부러트리자."

아랍의 왕자 타령을 하던 유진도 열이 받았는지 그녀와 함께 셀림의 집으로 향했다.

향기는 더는 지체하지 않고 유진과 함께 자신의 차에 올랐다. 무슨 정신으로 운전을 해서 셀림의 집까지 왔는지 알 수 없었다. 학교 근처에 있는 셀림의 집은 작은 궁전 같은 곳이었다.

"집으로 간 거 확실해?"

"셀림이 놀기에 집만 한 곳이 없거든."

향기가 그동안 보아 온 셀림은 그랬다. 아마도 아까 그 금발머리 여자를 데리고 자신의 집으로 간 게 분명했다.

넓은 잔디밭에 수영장까지 갖춰진 셀림의 집은 공부에 지친 친구들에겐 쾌락의 천국 같은 곳이었다. 모두가 셀림에게 초대받기를 바라며 그에게 잘 보이려고 애를 썼다. 하지만 향기는 예외였다.

향기는 공부 이외의 것들은 하지 않았다. 이게 다 외교관이 되기 위한 노력이었다. 하지만 1년 전부터 셀림이 그녀를 찍고는 계속해서 공략했고 한 달 전부터 정식으로 사귀기 시작했었다. 솔직히 그냥 몇 번 만났을 뿐, 데이트다운 데이트를 한 적은 한 번도 없었다.

셀림의 집에 놀러 가기 시작한 건 한 달 전부터였고 셀림이 생각보다 매너 있게 군 덕분에 그들은 편안한 관계를 유지했었다. 그런데 그가 본색을 드러낸 건 일주일 전이었다. 집에 그녀를 초대하고는 다짜고짜 술을 권하는 그였다.

그날따라 왠지 그 술을 마시면 안 될 것 같은 생각이 든 그녀는 거절했고 그때부터 돌변한 셀림이 그녀를 덮쳤다. 하지만 셀림도 모른 사실은 그녀가 어릴 때부터 태권도와 합기도를 했다는 것이었다.

향기는 셀림 같은 남자 하나 정도는 얼마든지 때려눕힐 수 있었다. 그렇게 셀림을 때려눕히고 집에서 나온 지 하루 만에 셀림이 학교에 그녀와 잤다는 소문을 퍼트리기 시작했다. 그리고 그녀의 섹스가 형편이 없어서 도저히 만날 수가 없다고도 말했다.

친구들이 쑥덕대기 시작했고 그런 이유로 향기는 일주일 내내 스트레스를 받고 있었다.

"나쁜 자식!"

"같이 가."

"여기 있어. 여기서부터는 나 혼자 할게."

더는 유진에게 추한 모습을 보이고 싶지 않았다.

씩씩거리며 차에서 내린 향기는 셀림의 집을 째려보았다. 집에 벌써 도착했는지 불이 켜져 있었다. 향기가 셀림의 집에 들어가 현관문을 열자 잠겨 있을 줄 알았던 문이 스르르 열렸다. 향기는 바로 거실로 들어가 눈으로 셀림을 찾았다. 셀림은 식당에 앉아 식사했고 금발의 여자는 보이지 않았다.

언제 옷을 갈아입었는지 아랍의 전통의상인 흰색 토브를 입고 구트라(면 스카프)에 이갈(검은 천으로 돌돌 말린 링)까지 하고 있었다. 집에서 전통 의상을 입은 그를 몇 번 본 적이 있는데 오늘은 평소와는 다르게 어깨가 더 넓어 보이긴 했다. 하지만 이미 눈이 뒤집힌 상황에서 향기는 보이는 게 없었다.

"개자식!"

향기는 셀림에게 빠르게 달려가 옆에 있는 물 잔을 들어 속이 시원하게 그의 얼굴에 뿌려 버렸다.

"왜, 거짓말을 하는 거야? 내가 언제 너하고 잤냐고!"

소리를 지르고 난 후에야 셀림의 얼굴을 본 향기는 그대로 얼어 붙었다. 자리에 앉아서 물벼락을 맞고 그녀를 무서운 얼굴로 노려 보고 있는 사람은 셀림이 아니었다.

"핫!"

놀람과 동시에 어디선가 남자 하나가 튀어나와 그녀에게 달려

들었다. 향기는 저도 모르게 그의 손을 막았다. 하지만 남자의 힘에 못 이겨 몇 번 공격을 막지도 못한 채 바닥에 그대로 내리꽂혔다. 그리고 그녀의 눈에 번쩍이는 물체가 보였다. 칸자르(아랍의 단검)였다.

「너는 누구냐?」

칸자르를 그녀의 목에 겨누고 있는 남자가 어색한 영어로 물었다.

"아!"

남자가 향기의 팔을 누르는 바람에 대답 대신에 비명을 지른 향기였다. 이렇게 힘이 좋은 사람은 처음이었다. 칼에 찔려 죽을까 걱정하기에 앞서서 남자의 힘에 눌려 죽을 것 같았다.

「라쉬드가 보냈나?」

「아……. 아, 라쉬드가 누군지 몰라. 그리고 너무 아프단 말이야!」

남자가 누르고 있는 팔이 부러질 것 같았다. 향기는 식탁에 앉아서 수건으로 얼굴의 물기를 닦고 있는 남자를 보며 소리쳤다.

「제가 잘못 봤어요. 난 셀림인 줄 알고 너무 화가 나서 그런 거라고요.」

「칼리드, 아무래도 이상합니다. 집 안으로 잠입한 것도 이상하고 무술도 할 줄 아는 여자입니다.」

그들이 아랍어로 이야기를 했다.

「아니에요. 난 첩자가 아니라고요!」

마음이 급한 향기는 영어가 아닌 아랍어로 똑 부러지게 말했다. 물벼락을 맞은 남자가 못 알아들으면 어쩌나 하는 급한 마음에서였다. 어떻게든 첩자라는 오해는 풀고 싶었다.

「아랍어를 할 줄 아는군. 첩자가 분명해.」

얼굴을 닦던 남자가 말하자 그녀를 누르고 있는 남자의 힘이 더 가해졌다. 팔이 부러질 것 같았다.

"아악! 살려 줘!"

「말해, 배후가 누구지?」

「배후 같은 건 없어요.」

「그럼 어떻게 동양인이 아랍어를 하지? 그것도 거의 원어민 수준으로 말이야. 첩자가 분명해.」

「아니에요. 아빠가 라스 알카이마의 영사로 계셨다고요. 라스 알카이마 아랍에미리트의 토후국인데 아시죠?」

「영사? 이름이 뭐지?」

「송유준……. 아아악!」

「카짐.」

남자가 그녀를 풀어 주었다. 팔이 떨어져 나가는 느낌이었고 얼굴은 어디에 긁혔는지 따가웠다. 남자가 그녀를 향해 걸어왔다.

보통 체격의 셀림이라고 착각을 한 게 이상할 정도로 남자는 컸다.

그녀를 제압했던 거구의 카짐과 거의 비슷한 체격의 남자였다. 그가 그녀 앞으로 다가와 손가락으로 얼굴을 들었다.

「넌 누구지?」

근엄한 목소리의 남자가 아랍어로 그녀에게 물었다.

「전 송유준 전(前) 영사의 딸, 송향기입니다.」

「그런데 왜 여기에 와서 이 행패를 부린 건가?」

그는 마치 술탄처럼 그녀에게 말하고 있었다. 자기가 무슨 왕이나 되는 것처럼 말이다. 하지만 이미 그의 경호원에게 호되게 당한 터라 향기는 더는 남자를 자극하지 않았다.

「전 셀림이라는 나쁜 놈 때문에 왔습니다. 누구신지는 모르겠지만 셀림인 줄 알고 물을 뿌린 겁니다. 정말 죄송합니다. 하지만 셀림은 이보다 더한 일을 당해도 싸다고 생각합니다.」

「무엄하다.」

카짐이 또 끼어들자 남자가 손을 들어 카짐의 말을 막았다.

「셀림이 무슨 짓을 한 거지?」

남자는 셀림을 아는 눈치였다. 처음으로 남자의 얼굴을 정면에서 본 향기는 깜짝 놀랄 수밖에 없었다. 유명 화가가 도화지에 그려 놓은 것 같은 완벽한 얼굴이었다. 칠흑 같은 검은 머리에 구릿빛 피부는 아랍인의 모습이었지만 하나하나 조각을 해 놓은 것 같은 이목구비는 살아 있는 사람이 아닌 것 같았다.

그리고 깊은 푸른색의 눈동자는 이질감마저 들게 했다. 사람이 아니라 강력한 힘을 가진 악마 같은 느낌이었다.

「저와 섹스를 했다고 소문을 냈습니다.」

남자의 인상이 굳어졌다.

「그게 여기까지 와서 이럴 정도의 일인가?」

그 정도는 아무것도 아니란 생각을 하는 모양이었다.

「그는 절 모욕했습니다.」

「뭘 모욕했다는 거지?」

「저는 셀림과의 섹스를 거절했고 그는 그 분풀이로 친구들에게 저와 섹스를 했고 제가 섹스에 둔감하다고 소문을 내서 절 웃음거리로 만들었습니다.」

셀림이 한 짓을 말하면서도 향기는 화가 끓어올랐다.

「셀림은 어디 있지?」

남자가 카짐에게 물었다.

「지금 이쪽으로 오는 중입니다.」

「오늘은 셀림 때문에 아주 바쁜 날이 되겠군.」

남가가 혼잣말했고 카짐은 부하들에게 셀림을 오는 대로 즉시 데려오라고 했다. 카짐의 말이 떨어지기가 무섭게 몇 명의 남자가 셀림을 끌고 들어왔다.

「형! 왜 이러는 거냐고!」

셀림이 남자를 형이라고 불렀다. 아랍 사람치고는 작은 체구의 셀림은 장신의 남자와는 닮은 구석이라고는 머리색과 남자라는 것뿐이었다.

「몰라서 묻는 거야? 네가 지금 라스 알카이마의 이름을 얼마나 더럽히는지 알고 있기나 한 거야?」

「아니야, 오해라고.」

「돈을 물 쓰듯이 쓰며 술과 마약, 여자까지 너의 그 모든 게 라스 알카이마를 더럽히는 일이자 아버지이신 나예프를 모독하는 일이다. 너를 지금 이 자리에서 죽여도 무방하나…….」

카짐이 향기의 목에 겨누었던 칸자르를 다시 뽑아 들었다. J자 모양의 칸자르를 직접 본 향기는 다시 한 번 두려움에 몸을 떨었고 셀림 또한 자신을 향해 겨누어질 칸자르를 보며 남자 앞에 무릎 꿇고 머리를 조아렸다.

「형, 제발…….」

셀림이 이렇게 떠는 건 처음 보았다. 남자가 말하는 대로 셀림은 술과 마약, 그리고 여자에 빠져 지내느라 학업에 소홀했다. 예일은 입학도 어렵지만, 무엇보다 졸업이 쉽지 않은 대학이었다.

「넌 나라를 위해 공부를 하러 온 것이다. 하지만 넌 이미 나라를 버린 상태다.」

「칼리드, 한 번만 용서해 주십시오.」

셀림이 칼리드라는 남자에게 거의 설설 기고 있었다. 셀림이 아랍의 왕자라면 저 사람 또한 그 이상인 것이다. 아랍의 법은 무섭다는데……. 순간 셀림이 걱정되었다. 미운 건 사실이지만 그가 죽기를 바란 건 아니었다. 설마 저 단검으로 찌르기라도 한다면 어쩌지? 라는 생각이 들었다.

향기는 이 상황에서 도망쳐야겠다는 생각이 들어 몸을 조금씩 뒤로 뺐다. 셀림을 죽이고 싶었지만 셀림이 죽는 모습을 구경하고 싶지는 않았다.

「지금 네가 용서를 구해야 할 건 내가 아니라 저 여자다.」

향기는 너무 놀라 남자를 바라보았다. 푸른 눈동자는 노여움에 짙어졌고 차가움은 더해 갔다. 이렇게 카리스마 있고 매력적인 남자는 처음이었다. 향기는 셀림에게 사과받는 건 이제 중요하지 않았다.

그저 신기한 눈으로 남자를 바라볼 뿐이었다.

「셀림!」

「칼리드, 저 여자는 그냥 아무것도 아니라고!」

남자의 이름이 칼리드였다. 이름이 참 잘 어울린다는 생각이 들었다.

「네가 여자에게 거절당하자 하지도 않은 섹스를 했다고 소문을 낸 게 맞아? 그리고 형편없었다는 말도 하고?」

「그건 사실이지만……. 칼리드가 신경 쓸 일이 아니라고.」

셀림은 끝까지 자신의 잘못을 인정하지 않고 있었다.

「사실이라면 넌 왕실을 거짓말쟁이로 만든 것이다.」

칼리드가 엄하게 말하더니 카짐이 가지고 있던 칸자르를 빼앗아 들고는 셀림의 목에 겨누었다. 너무 놀란 나머지 향기는 눈을 감아 버렸다. 칼리드가 셀림의 목을 베어 버리는 줄 알았기 때문이었다.

「용서해 줘. 알았어, 사과할게. 제발…….」

「지금 말해!」

「향기야, 미안해. 내가 잘못했어.」

「다른 사람들에게도 사실이 아니라고 말해.」

「……알았어.」

「확실하게 다른 사람들에게도 말해라, 셀림.」

칼리드는 셀림에게 단호한 어조로 말했고 셀림은 약속을 지키겠다고 신에 대고 맹세했다. 그리고 학교에 그런 소문은 사실이 아니라는 해명도 하겠다는 약속도 받았다. 이에 향기도 이 일을 더는 문제 삼지 않기로 하고 그 집을 떠났다.

참 이상한 일이었다. 처음 보는 남자에게 이렇게 강렬한 인상을 받기는 처음이었다.

"또 만날 수 있을까?"

칼리드를 떠올리자 향기의 심장이 두근거리기 시작했다. 아주 묘한 일이었다.

다음날, 정말 셀림이 그녀와의 소문에 대해 직접 해명을 했고 소문은 잠잠해졌다. 그리고 그 후로 셀림은 학교를 그만뒀고 향기는 졸업할 때까지 셀림을 보지 못했다.

향기의 관심을 끌었던 그 푸른 눈의 칼리드도 볼 수가 없었다.

1. 한국에서의 하루

5년 후.

서울호텔의 임시 외교부 직원 대기실은 분주했다. 신입사무관들의 첫 번째 의전행사이기 때문에 다들 초긴장 상태였다. 1차 점검을 마치고 잠시 휴식시간이었다. 긴장으로 인해 덜덜 떠는 국환에게 동기인 김민기 사무관이 커피를 한 잔 가져다주었다.

"괜찮습니까?"

"아뇨, 떨리네요. 김 사무관님은 하나도 안 떨리십니까?"

"저도 서 사무관님이랑 마찬가지죠. 안 그런 척할 뿐입니다."

커피가 목구멍으로 안 넘어가는 국환의 눈길이 한곳으로 향했다.

"너무 아름다우시죠?"

"오늘은 아름다운 것보다 멋져 보입니다."

"하긴 워낙 베테랑이시니까요."

"부럽네요."

국환의 시선이 베테랑 의전 담당관에게 머물렀다.

커다란 전신거울 앞에서 의전행사 담당 서기관이 의상을 꼼꼼하게 체크하고 있었다. 그녀의 한 치의 흐트러짐도 용서하지 않겠다는 굳은 의지가 돋보이는 프렌치트위스트 스타일의 머리는 마네킹의 머리처럼 흐트러짐이 없었고, 누드 메이크업으로 한 듯 안한 듯한 화장은 고급스러움을 극대화했다.

공직자 특유의 무릎 아래까지 오는 치마 정장은 깔끔한 이미지를 더해 준다고 생각했겠지만, 사실은 육감적인 서기관의 몸매를 더 드러냈다. 단순한 디자인이 오히려 그녀의 몸매를 더 살려 주는 효과를 주고 있었지만 정작 본인은 인지하지 못하는 듯했다.

"너무 완벽하지 않아요?"

국환이 저도 모르게 옆에 있는 김 사무관에게 말했다.

"맞아요."

김 사무관도 넋이 빠진 것처럼 말했다. 그때 의전 담당 서기관의 눈과 국환의 눈이 마주쳤다. 심장이 철렁 내려앉는 것 같았다.

"나가죠."

그들의 말을 들었는지 못 들었는지 평소와 다름없는 무표정한 얼굴의 서기관이 그들에게 말했다.

"네."

손에 외교부라고 적힌 수첩을 들고 그들은 임무를 수행하기 위해 연회장으로 발길을 옮겼다. 연회장에 들어서자 원형 테이블이 끝도 없이 있었고 그 주변으로 호텔 직원들이 정신없이 오갔다.

"아시다시피 의전의 꽃은 연회입니다."

의전 담당 서기관인 그녀가 카리스마 넘치게 이야기를 꺼냈다.

"연회의 종류, 일시장소, 초청 대상 선정, 초청장 발송, 메뉴 결정, 좌석 배치, 테이블 세팅, 손님맞이에 이르기까지 완벽하게 준비가 되어야 합니다."

"네."

"오전에 체크 잘 했죠?"

"네."

대답은 했지만, 자신은 없었다. 매서운 눈의 의전 담당 서기관 눈에 뭐가 걸릴지 모르기 때문이었다.

이렇게 말을 하며 테이블을 살피는 의전 담당 서기관의 표정이 날카로웠다. 몇 마디 하지 않았지만, 그들은 벌써 그녀의 카리스마에 눌리고 말았다. '우월함.' 지금 그녀를 설명할 수 있는 유일한 단어였다.

"오늘의 메뉴는?"

"메뉴는 귀빈께서 평소에 즐기신다는 프랑스 요리와 한식이 합쳐진 퓨전 요리입니다."

갑작스러운 질문에 국환은 무사히 답했다.

"가장 중점적으로 고려한 건 뭐죠?"

"종교입니다."

"좋아요."

처음으로 칭찬을 받아 국환의 입이 귀에 걸렸다. 하지만 그것도 잠시 담당 서기관의 불호령이 떨어졌다.

"국기 위치!"

"죄송합니다."

테이블 위에 세워져 있는 작은 국기 중에 우리나라 국기가 청과 홍이 거꾸로 되어 있었다. 의전 시에는 국기에 대한 엄격한 원칙이 있었다. 국기는 국가의 상징이기 때문이었다. 그런데 우리나라에서 열리는 행사에서 국기가 거꾸로 있다니 이건 실수 중에 최고의 실수였다.

분명히 한 시간 전에 확인했는데 그때 발견하지 못했다. 변명의 여지가 없었다. 당장에 조처하긴 했지만, 그냥 넘어가지는 않을 것 같았다.

몇 번의 지적 끝에 의전 담당 서기관이 연회의 최종 점검을 위해 잠시 자리를 떴다. 연회 시간까지는 1시간이 남아 있었다.

"후, 미쳐 버리는 줄 알았습니다."

"달리 별명이 의전 마녀겠습니까?"

김 사무관도 혀를 내둘렀다.

"전 마녀와 눈이 마주쳤을 때 간이 떨어지는 줄 알았습니다."

"저도 사람이 피도 눈물도 없게 보이는 건 처음이었습니다."

"그러니까 저 나이에 의전 담당 서기관이 된 게 아니겠습니까? 거기다가 의전총괄 담당관, 의전 사절 담당관보다 의전장님의 총애를 한 몸에 받는다고 하던데요?"

"그래서……."

김 사무관이 주변을 살피며 그의 귀에 속삭였다.

"설마요."

"설마라니요, 의전장님도 쩔쩔매는 이유가 다 장관님과 그렇고 그런 사이라고……."

"그만하세요. 누가 들으면 어쩌시려고요."

국환은 김 사무관의 말을 막았다.

"해외 순방 때 장관님 방에서 송향기 의전 담당 서기관이 나오는 걸 본 사람도 있다고 하더라고요."

국환은 더는 말을 하지 못하게 김 사무관의 입을 막았다.

"여기는 봐도 못 본 척 들어도 못 들은 척하는 곳입니다."

"알았어요. 겁내시긴……."

국환은 김 사무관과 연회가 시작되기 전에 이상은 없는지 다시 한 번 확인에 확인을 더했다.

"칼리드 빈 나예프 알사우드, 칼리드 빈 나예프 알사우드, 칼리드 빈 나예프 알사우드……."

마치 주문 같은 이름을 벌써 몇백 번이나 되뇌었다. 긴장이라고는 모르는 향기의 입술이 파르르 떨렸다.

이름조차 어려운 사람과의 인연은 그의 이름만큼이나 복잡하고 어려운 상황이었다. 칼리드의 동생인 셀림과의 악연, 그리고 나중에 안 사실이지만 향기의 아버지가 칼리드의 숙부이자 그의 반대파인 라쉬드와 깊은 인연으로 칼리드에 의해 추방되었다는 사실까지 더하면 외교관으로서는 실격인 상황이었다.

이래서 행사 의전만 담당하고 있었는데 오늘은 그와의 대면이 불가피한 상황이었다. 최대한 피하긴 하겠지만 의전장이 그녀를 소개라도 한다면 아주 골치 아픈 상황이었다. 그래서 향기는 빠르게 준비를 마친 다음에 일을 핑계로 외교부로 복귀할 예정이었다.

하지만 그건 어디까지나 그녀의 바람이었지 실현 가능한 일은 아니었다. 행사 의전 담당 서기관이 연회에서 자리를 비운다는 건 있을 수 있는 일이 아니기 때문이었다.

"준비는 잘 돼 가?"

"응."

같은 외교부 소속인 유진이 그녀의 곁에 다가와 말했다. 서기관인 유진은 지금 청와대로 파견을 나가 있는 상태였다. 그래서 가끔 행사 때 만나곤 했는데 오늘은 그녀의 얼굴만큼이나 유진의 얼굴도 굳어 있었다.

"몰라볼 거야."

"바라는 바야."

"셀림이 이렇게 끝까지 속을 썩일지 어떻게 알겠어. 망할 자식!"

유진이 그녀를 대신해서 욕을 해 주었다. 다른 사람은 몰라도 유진은 칼리드에 대해서 알고 있었다. 그때 그녀가 셀림이 집에 있었던 상황을 토씨 하나 빼 놓지 않고 말했기 때문이었다.

"정말 네 말대로 잘생기긴 했더라."

유진이 어제 청와대를 방문한 그를 먼저 보았다.

"아랍어 통역이 완전 눈에 하트를 그리고 다니더라니까. 원래 아랍 왕족들이 잘생기긴 했지만 칼리드는 넘사벽이더라."

"……."

향기는 그를 다시 본다면 어떻게 할지 걱정이었다. 안 좋은 인상을 주었기 때문이었다. 외교관인 그녀의 신분 때문에 더 신경이 쓰였다. 우리나라를 처음으로 방문하는 사람인데 괜히 한국 여자들에 대한 부정적인 생각을 할까 걱정이었다.

그리고 공직자의 신분인 그녀에게도 당시의 일이 알려진다면 좋을 게 없었다.

"행사 시작입니다."

신입 사무관이 그녀들에게 전달했다.

"알았어요."

향기는 한숨을 쉬며 로비로 향했다.

"의전장님."

"그래, 준비하느라고 수고했어요."

"감사합니다."

"이제 마무리만 잘 하면 돼."

"네."

오십이 훨씬 넘은 의전장은 외교관이었던 향기의 아버지와도 잘 아는 사이라서 그런지 세심하게 챙겨 주었다. 물론 아버지의 덕이라기보다 그녀의 실력이 좋았기 때문이었다. 의전장이 그녀의 어깨를 툭툭 치며 격려해 주고는 행사장을 살피기 위해 자리를 이동했다.

"저기 왔다."

유진이 턱으로 정문을 가리켰다. 칼리드인 줄 알고 정문을 보던 향기가 인상을 썼다. 정문에는 국무총리와 외교부 장관이 들어오고 있었다.

"저 인간 아직도 그래?"

"……."

외교부 장관이 향기에게 찝쩍대기 시작한 건 그가 장관이 되기 전 차관으로 있을 때부터였다. 피할 만큼 피했지만, 그 정도가 점점 심해졌다.

"향기야."

향기는 장관 쪽은 쳐다도 보기 싫어 고개를 들지 않았다. 그러자 이번엔 유진이 그녀의 팔을 툭툭 쳤다.

"왜?"

"저기."

정말 그가 왔다. 칼리드 빈 나예프 알사우드가 그녀의 앞에 모습을 드러냈다. 그를 처음 봤을 때처럼 흰색 토브 차림에 구트라와 이갈까지 쓴 그는 아랍의 잘생긴 왕의 모습이었다. 거기에 처음 볼 때와는 다르게 수염을 기른 그는 굉장히 야성미가 넘치게 보였다.

쿵쿵쿵.

향기의 심장이 미친 듯이 뛰기 시작했다. 생긴 거 하나로는 정말 세계 최강인 것 같았다. 하지만 어디까지나 칼리드의 잔인함을 모를 때이고 셀림이 죽었을지도 모른다는 생각에 향기는 고개를 돌렸다.

"죽었을지도 몰라."

"누가?"

"셀림."

"설마."

"그때 칼을 목에 대는 걸 봤어. 그리고 죽여도 상관없다는 말을 했어. 너도 아랍의 벌이 얼마나 무서운지 알잖아."

"그건 아닌 것 같아."

"어?"

"저기 셀림이 보인다. 그때나 지금이나 살찐 거 빼고는 그대로인 것 같아."

향기가 눈을 들어 유진이 말한 곳을 보았다. 살찐 셀림은 더 느끼해 보였다. 하지만 살아 있어서 다행이란 생각이 들긴 했다. 그가 사라지고 솔직하게 죽었으면 어쩌나 하는 생각이 들었기 때문이었다. 셀림이 정말 미웠지만, 그래도 진짜로 죽는 건 꺼림칙한 일이니까.

"마주치고 싶지 않은 사람이 둘이나 생겼네."

"……."

유진이 그녀의 어깨를 치며 위로했다. 행사장으로 들어간 정부 주요 인사들의 뒤를 따라 향기와 유진도 들어갔다.

"아직 못 본 것 같아."

유진이 그녀에게 속삭였다. 힐끔 보니 많은 사람 사이에 그녀들이 있어서 그런지 아직은 칼리드의 표정엔 변화가 없었다. 칼리드를 다시 한 번 본 향기는 얼른 눈길을 돌렸다.

"기억하지 못할 거야."

"나도 그러길 바란다."

"후……. 외교부로 돌아가면 안 될까?"

"불가능하지 싶다. 저기 장관님께서 널 부르신다."

"어?"

몸이 반사적으로 움직이기 시작했다. 엄격한 공무원 사회에서 윗사람이 부른다는 건 거부할 수 있는 것이 아니었다. 향기는 사람들을 피해서 조심스럽게 장관의 옆자리에 섰다. 원형 테이블에 앉아 있는 장관을 위해 향기가 몸을 숙였다.

"송 서기관이 아랍어를 할 줄 알지?"

"조금 합니다."

"잘하는 거 아니야?"

"어릴 때 아랍에 잠시 살아서 그때 배운 말이 전부입니다."

지금 이 상황에서 잘한다고 말할 수는 없었다. 사실 그녀는 원어민 수준으로 아랍어를 구사했다.

"낭패군."

장관의 표정이 그리 좋지 않았다. 아랍어 통역관이 옆에 있는데 왜 그녀를 부른 건지 이해가 되지 않았다. 통역관의 얼굴을 보자 불쾌한 기색이 역력했다.

"왜 그러시는지 여쭤봐도 되겠습니까? 통역관님이 옆에 계시는데……."

향기는 장관의 행동이 이해가 가지 않았다.

"여자는 자고로 예뻐야지. 아랍의 왕자가 왔고 예쁜 여자가……."

"……."

어이가 없었다. 그녀에게 추근대는 것도 모자라서 이제는 외교 사절에게 그녀를 도맷값으로 넘길 모양이었다. 이런 사람이 장관이라는 게 부끄러울 정도였다.

"장관님, 술탄께서 이쪽으로 오십니다."

조금 늦게 테이블에 합석한 칼리드와 일행들이었다. 향기는 고개를 돌려 그들의 시선을 피했지만, 소용이 없었다.

「어? 이게 누구야?」

정떨어지는 셀림의 목소리였다. 옆에서 통역관이 통역하려 하자 향기가 하지 말라고 고개를 가로저었다. 하지만 셀림은 그녀가 못 들은 줄 알고 테이블에서 일어나 그녀 가까이 왔다.

「오랜만이야. 잘 지냈어?」

「그래, 오랜만이야.」

그녀가 돌아서려고 하자 셀림이 옆으로 다가와서 말했다.

「난 너 때문에 죽을 뻔했어.」

「네가 잘못해서야.」

향기가 당차게 받아쳤다.

「못 본 사이에 달라졌네? 더 섹시해진 것도 같고.」

그때 칼리드가 셀림을 매서운 눈으로 바라보았다.

「칼리드께서 널 죽일 듯이 쳐다보고 계셔.」

「……」

화들짝 놀란 셀림이 얼른 자리로 가서 앉았다.

"아는 사람이야?"

"같은 대학에 다녀서 안면이 있습니다."

둘이 이야기를 하자 장관이 궁금했는지 물었다.

"잘됐네."

"네?"

"내 옆에 앉아 있어. 이번 회담이 얼마나 중요한 줄 알지. 우리 나라의 중공업 수주가 이번 회담에 달렸다고 오늘 밤에 잘하지 않으면 끝장이야."

보통은 계약이 성사되고 연회를 하는데 연회 전에 뭔가가 틀어진 상황인 것 같았다.

"그럼 조인식은……."

"내일로 미뤄졌어. 아주 까다로운 인간들이야."

"……."

일이 잘 성사돼서 연회장 안으로 들어온 줄 알았는데 아닌 모양이었다. 그래도 장관이 왜 그녀에게 아랍어를 잘하는지 물어본 건 이해가 되지 않았다. 향기가 힐끔 칼리드 쪽을 보았다.

우리나라 가야금병창이 진행되고 있었고 칼리드는 공연을 보느라 이쪽엔 신경을 쓰지 않는 것 같았다.

"이따가 연회가 끝나면 나한테 와."

장관이 느끼한 음성으로 그녀에게 넌지시 말했다.

"네?"

"칼리드와 한잔해야겠어."

"……."

"왜 대답이 없어?"

장관은 그녀가 대답이 없자 아주 기분 나쁜 티를 팍팍 냈다.

"알겠습니다."

마지못해 답을 한 향기는 무대 뒤편 자신의 자리로 돌아갔다.

"뭐래?"

"아니야."

"아니긴 셀림도 와서 뭐라고 하고 느끼한 장관도 널 부르고 다들 왜 그러는 거야?"

"……."

향기는 머리가 터질 것 같았다.

"서기관님, 의전장님께서 찾으십니다."

"알았어요."

사무관 중의 하나가 와서 말하는 바람에 혼란스러운 정신을 추스르고 의전장 앞으로 갔다. 오늘은 여러모로 바쁘고 피곤한 날인 것 같았다.

"찾으셨습니까?"

"장관님께서 연회 후에 따로 자리를 마련하실 모양이야."

장관이 의전장에게까지 말한 모양이었다.

"……."

"여기는 다른 사람에게 맡기고 준비하도록 해. 장소는 이 호텔 VIP룸이야."

이 호텔의 스위트룸은 지금 칼리드 일행들이 쓰고 있었고 자리가 남는 게 VIP룸뿐이라서 그곳에 세팅을 하는 것이었다.

VIP룸에 도착한 향기는 호텔 직원들을 시켜서 빠르게 침대를 빼고 넓은 테이블과 소파를 준비시켰다. 그리고 칼리드가 즐겨 마시는 술 대신에 한국의 전통주를 준비시켰다. 그가 좋아하는 술이 비싸기도 했지만, 한국에 왔으면 전통주 정도는 먹어 봐야 한다는 게 향기의 생각이었다. 대부분의 외교 사절들은 호텔 방으로 한 병씩 보냈는데 오늘은 장관과 함께 자리를 마련한다니 다른 날보다 많은 양을 준비시켰다.

향기는 매의 눈으로 방을 보았다. 그리고 떨리는 마음으로 장관과 칼리드 일행을 기다렸다. 이번 일은 국가적인 일이었다. 왜 칼리드가 한국까지 와서 오케이 사인을 하지 않고 뜸을 들이는지는 모르겠지만 그 일로 골치가 아파진 건 향기였다.

귀빈들이 온다는 연락이 왔다. 향기는 문 앞에서 귀빈들을 맞이했다. 장관이 느끼한 미소를 지으면서 칼리드와 셀림을 안쪽으로 안내했다. 칼리드는 셀림과는 다르게 그녀를 알아보지 못하는 것 같았다.

다행이라는 생각이 들어야 하는데 서운한 마음이 드는 건 왜일까? 향기는 칼리드의 모습을 힐끗 보았다. 역시 멋있는 남자였다. 세월의 원숙함까지 묻어나 5년 전보다 훨씬 더 농익은 모습이었다.

왜 자꾸 이런 생각을 하는지 알 수 없었다. 남자를 상대로 이런 생각을 하는 건 처음이었다.

"송 서기관."

"네, 장관님."

달갑지 않게 장관이 그녀를 불렀다.

"여기 와서 통역 좀 하지."

"네?"

그러고 보니 통역관이 보이지 않았다.

"전, 통역할 실력이 되지 않습니다."

「향기는 아랍어 잘합니다.」

셀림이 끼어들었다. 밉상은 세계 공통인 것 같았다. 미국에서나 한국에서나 하는 짓이 보통 밉상이 아니었다. 잠시나마 저런 인간과 사귀었다는 게 창피했다. 셀림이 영어로 말했기 때문에 장관도 알아들었을 것이다.

"너무 그렇게 자신을 낮출 필요는 없어."

장관이 향기의 손을 잡아 자신의 옆에 앉혔다.

"아닙니다. 사실입니다."

"어쨌거나 오늘 밤 통역을 잘 부탁하네."

"네."

이제 뺄 수도 없는 상황이었다. 향기는 장관의 옆자리에 앉아 칼리드의 말을 통역하게 되었다. 장관과 칼리드가 나란히 앉고 그 옆에 통역관이 앉았다. 그리고 의전장과 칼리드의 옆에는 셀림이 앉아 있었다.

수행원들이 많았지만 다들 물리고 중요한 인사만이 술자리에 참석했다.

"자, 한국의 전통주입니다. 술탄의 방한을 환영하는 뜻에서 제가 한잔 따라 드리겠습니다."

그녀가 아랍어로 장관의 말을 통역했다. 그러자 처음으로 칼리드가 그녀를 바라보았다. 5년이 지나도 잊을 수 없는 푸른 눈동자가 그녀를 바라보았다.

향기는 그의 시선을 무시하며 장관의 말을 통역하기 바빴다. 장관과 의전장은 향기의 통역 실력에 만족감을 드러내고 있었다.

"잘하는데?"

"아닙니다."

"지나친 겸손은 오히려 독이야."

장관은 이렇게 말하며 은근슬쩍 그녀의 허벅지를 쓸어내렸다. 항상 이런 식이었다. 저놈의 손모가지를 부러트리는 게 그녀의 버킷리스트 중의 하나였다. 나쁜 새끼! 성추행으로 고소를 하고 싶어도 공무원인 그녀로선 달걀로 바위를 치는 격이었기 때문에 외교관 생활을 계속하려면 이 정도는 참는 게 상책이었다.

저도 모르게 인상을 썼는데 칼리드와 눈이 마주치고 말았다. 그는 아무 말 없이 그녀를 보고 있었지만, 그가 뭘 생각할지는 뻔한 일이었다.

라스 알 하이마에 발전소를 건설하는 일은 이미 결정이 된 상황이었다. 그가 조인식을 하루 미루자고 이야기한 것은 끝까지 꼼꼼하게 따져 보겠다는 의지이지 발전소를 짓지 않겠다는 말은 아니었다.

그런데 장관이 이런 술자리까지 마련하니 오히려 칼리드의 입장에선 부담스러웠던 것이었다. 칼리드는 직설적으로 자신의 불편함을 말했고 그녀는 장관의 입장에 맞게 통역했다. 그래야 이자리가 불편하지 않을 것 같았다.

"왜 그렇게 하셨습니까?"

"네?"

아랍 쪽 통역관이 그녀에게 되물었다.

"뭘요?"

"칼리드는 기분 나빠 하셨습니다."

"어차피 성사될 일이고 우리 장관님께서는 호의를 베푸신 겁니다. 외교 관례상 문제 될 건 없습니다."

그녀의 단호한 말에 아랍의 통역도 더 이상의 말은 하지 않았다. 그도 한국인이기에 문제를 일으키지 않으려고 한 것 같았다. 하지만 문제는 다른 곳에서 터지고 말았다.

술자리를 겨우 마무리하고 호텔 방을 나오는데 술에 취한 장관이 그녀를 끌어안고 만 것이었다.

"장관님."

향기는 굳은 표정으로 술 취한 장관을 밀어냈다.

"향기야."

"취하셨습니다."

"아니야, 안 취했어."

완전히 혀가 말린 장관이 다시 한 번 향기를 끌어안았다. 향기는 주변을 두리번거리며 사람이 있는지 없는지를 확인하고는 장관의 배를 주먹으로 쳤다.

"윽!"

"장관님, 괜찮으세요?"

그리고는 그의 멱살을 잡아 바닥에 내동댕이쳤다.

"헉!"

"어머, 너무 취하셨나 봐요."

죽여 버리고 싶었지만 이쯤에서 멈추기로 했다. 향기는 경호원들에게 전화를 걸어 쓰레기 같은 장관을 치우라고 얘기하려 했다. 향기는 핸드폰을 든 순간 그대로 얼어붙고 말았다. 복도 끝에 서 있는 칼리드의 흥미로워하는 푸른 눈과 마주쳤기 때문이었다.

「술에 많이 취하셔서…….」

「한국에선 술에 취한 상관을 때려눕히는 관습이 있나?」

향기가 장관을 때려눕히는 걸 본 모양이었다.

「…….」

「흥미롭군.」

「못 본 척해 주십시오.」

향기는 순간적으로 그가 외교부에 이 사실을 알린다면 어떻게 되나 하는 생각이 들어 겁이 났다. 물론 장관이 그녀에게 한 짓도 문제가 되지만 술 취한 장관을 때려눕힌 것도 문제가 되기 때문이었다.

「카짐.」

「네.」

「장관이 몹시 취한 것 같으니 1층 로비까지 모셔다 드려.」

거구의 카짐이 묘한 표정을 지으며 쓰러져 있는 장관을 어깨에 들쳐 멨다. 언뜻 보니 웃고 있는 것 같았다.

「무슨 일입니까?」

뒤늦게 나온 셀림이 카짐의 어깨에 있는 장관을 보고는 놀란 표정을 지었다.

「술탄!」

「별일 아니니 넌 먼저 가서 쉬어.」

「그래도…….」

셀림이 그녀를 힐끗거리며 머뭇거렸다.

「난 통역관과 이야기를 좀 해야 할 것 같아.」

「저 여자가 누군지 아시지 않습니까? 저 여자는 거짓말로 저와 술탄의 사이를 갈라놓으려던 여자입니다.」

어이가 없었다. 자신의 잘못을 이제 와서 인정하지 않겠다는 말이었다. 그때의 사과는 아무 의미가 없었다는 말이다. 재수 없는 인간.

「셀림!」

「네, 술탄.」

「먼저 들어가라.」

칼리드의 말에 셀림이 꼬리를 내리고 자신의 룸으로 갔다. 가면서도 셀림은 향기를 곱지 않은 시선으로 바라본 후에 사라졌다.

셀림이 사라진 후에 칼리드는 말없이 자신이 묵게 된 스위트룸으로 향했다. 그녀의 뒤에는 칼리드의 경호원들이 따라오고 있었다. 괜한 짓을 해서 이런 상황까지 만든 자신에게 화를 내며 향기는 칼리드의 뒤를 따랐다.

「앉지.」

의전팀이 숙소를 준비하기는 했지만, 향기의 경우는 행사 진행에 국한이 돼 있어서 이렇게 화려한 숙소엔 처음 들어와 봤다. 하룻밤에 수천만 원을 호가하는 이유를 알 것 같았다. '우와.' 하고 소리를 지르지 않기 위해 향기는 입술을 꽉 깨물었다.

넓은 거실은 그녀의 아파트만 했다. 최고급 명품 가구들이 비치

되어 호텔의 자부심인 스위트룸이란 걸 말하고 있었다.

「언제까지 서 있을 생각이지?」

「죄송합니다.」

「아주 완벽한 아랍어를 구사하는군.」

「어릴 때 자란 곳이라서 그런지 제겐 언어도 사람도 익숙합니다.」

그녀의 말에 칼리드가 푸른 눈을 들어 그녀를 바라보았다.

「이국(異國)의 여성이 아랍이 익숙하다니 흥미롭군.」

「죄송합니다. 그저 전…….」

「아니야, 그건 그대의 잘못이 아니다. 난 흥미롭다는 생각이 들었을 뿐이다. 무술은 어디서 배운 것이야?」

술탄은 정확하게 그녀가 장관을 때려눕히는 걸 본 게 분명했다.

「그게…… 어릴 때 너무 작고 약해서 어머니께서 태권도와 합기도 도장에 보내셨습니다.」

사실은 약하다기보다 국내로 돌아와서 학교에 입학했는데 오랜 외국 생활로 한국어를 잘 못하는 그녀가 아이들에게 놀림을 받았기 때문이었다. 어머니는 그녀가 스스로 헤쳐 나가길 바라셨다. 그래서 어려서부터 그녀는 영어 학원 대신에 태권도 학원과 합기도, 검도 학원까지 섭렵하며 무림 소녀로 자랐다.

지금 생각해 보면 어머니의 탁월한 선택이었다.

「어머니께서 탁월한 선택을 하셨어.」

「그런 것 같습니다.」

「술 한잔하겠나?」

「전…….」

그의 말이 떨어지기가 무섭게 언제 왔는지 카짐이 와인을 가져다주었다.

「장관님은…….」

때릴 땐 언제고? 하는 표정으로 칼리드가 그녀를 보았지만, 솔직히 장관이 걱정되었다.

「잘 보내 드렸습니다.」

카짐은 이렇게 말하고는 방을 나갔다. 방 안엔 칼리드와 향기 둘뿐이었다. 굉장히 흥미로운 시선의 칼리드가 그녀를 보고 있었다.

「오늘 일은 잊어 주세요.」

「잊으라…….」

그가 위험한 눈빛으로 그녀를 보며 와인을 마셨다. 칼리드는 술에 굉장히 강한 것 같았다. 전통주를 그렇게 마시고도 와인까지 마시는데 아직 멀쩡해 보였다.

「네, 전 외교관으로서 자부심을 느끼고 있고 계속 근무하고 싶습니다.」

「상사를 때려 가면서?」

「그건, 제게 너무 무례한 행동을 해서 저도 모르게 그만…….」

「남자들이 자주 그런 행동을 하는 건 본인에게도 문제가 있다고 생각하지 않나?」

「어떻게 생각하시는지 압니다. 하지만 제 행동에 문제가 없어도 이렇게 더러운 경우에 얽히는 경우가 있죠. 그리고 그건 남자에게 문제가 있는 겁니다.」

향기의 얼굴이 열이 받아 화끈거렸다. 왜 그녀의 행동에 문제가 있다고 생각하는지 이해할 수 없었다.

「하하하, 기분 나빴다면 미안. 내가 생각해도 셀림도 좀 문제가 있었고, 장관도 그리 행실이 좋아 보이진 않더군.」

5년 전 셀림의 일도 같이 연관 지어 말하는 것 같았다. 왜 자꾸 칼리드에게만 이런 모습을 보이는지 알 수가 없었다.

「하긴 나도 궁금한 게 있긴 해.」

「…….」

그가 뭘 궁금해할지 향기도 궁금했다. 그녀는 너무 심심하게 살아서 궁금해할 일이 없었다.

「정말 못 느끼는지 궁금해.」

「네? 무슨 말씀이신지…….」

향기는 그가 한 말이 이해가 가지 않았다. 뭘 느낀다는 것인지 말이다.

「순진한 건가? 아니면 순진한 척을 하는 건가? 만약에 후자라면 난 매력을 못 느껴.」

이건 정말 자다가 봉창을 두드리는 소리였다. 오랜만에 아랍어를 해서 향기의 머릿속에서 오류가 생긴 것인지, 아니면 그가 술에 제대로 취한 건지 향기는 구별이 되지 않았다.

「전 솔직히 순진하지 않습니다. 그러니 장관님도 허튼짓하면 가만히 두지 않는데…….」

「나도 가만히 두지 않겠다? 그런 말인가?」

「저도 제가 위협을 느낀다고 생각하면…….」

칼리드가 갑자기 소파에서 일어나 향기 앞으로 걸어왔다. 그리고는 그녀의 손을 잡아 일으켜 세웠다.

「참고로 난 당신이 하는 무술을 다 배운 것 같아.」

「…….」

칼리드가 그녀에게 까불면 안 된다는 경고를 보내고 있었다. 그가 굳이 무술을 사용하지 않더라도 향기는 그의 카리스마에 눌려 꼼짝할 수 없을 것 같았다. 수많은 남자가 그녀에게 접근했고 그때마다 향기는 셀림과의 안 좋은 기억 때문에 남자를 아예 가까이하지 않았다.

그래서일까? 오히려 수많은 남자가 얼음처럼 차가운 그녀의 마음을 녹이려고 접근했었다. 하지만 이런 식의 접근은 처음이었다.

「이렇게 하얀 피부는 처음이야.」

칼리드가 그녀의 얼굴선을 따라 손가락을 움직였다. 별것 아닌 접촉에도 향기는 전기에 감전된 것 같은 찌릿함을 느꼈다.

「입술 색도 빨갛고 먹고 싶을 만큼 도톰하고…….」

그가 손가락으로 향기의 입술을 어루만졌다. 다른 남자 같았으면 벌써 손부터 나갔을 텐데 향기는 그 자리에 그대로 얼어붙어 버렸다.

「왜 남자들이 맛보고 싶어 하는 줄 알겠어. 그런데 왜 느끼지 못하는 거지?」

느끼지 못하는 게 아니라 경험이 없어서 느껴 보지 못한 것이다. 칼리드의 이런 생각은 다 셀림 때문이었다. 나쁜 자식.

"읍!"

그런 생각을 하는 동안 갑자기 사전에 아무런 통보도 없이 칼리드의 입술이 그녀의 입술을 삼켜 버렸다. 28년을 살면서 남자에게 강제로 키스를 당하는 건 처음이었다. 대부분은 그녀에게 입술도 대 보기 전에 바닥에 쓰러졌기 때문이었다.

향기는 저도 모르게 그를 공격하려다가 소파에 그대로 쓰러졌다. 그의 말대로 칼리드는 그녀의 어쭙잖은 무술 따위로는 이길 수 있는 상대가 아니었다.

"으읍!"

그녀가 소리치려 입술을 벌린 사이로 그의 혀가 들어왔다. 칼리드의 갑작스러운 공격에 향기는 그대로 공황상태가 되어 버렸다. 남자의 혀가 입안으로 들어오다니 정말 기가 막혔다. 그것도 한국인이 아닌 아랍의 술탄이 지금 그녀의 입술에 진한 키스를 하고 있었다.

그의 가슴을 밀어내려 했지만, 그는 꼼짝도 하지 않고 오로지 그녀와의 키스에만 열중했다. 그는 처음인 그녀에게 절대 부드럽지 않은 키스를 하고 있었다. 그녀의 혀를 세게 빨아들였을 때 향기는 너무 놀라 또 한 번 그를 밀었다.

하지만 향기의 힘으로는 역부족이었다. 그때였다. 거칠기만 하던 칼리드의 키스가 갑자기 부드러워졌다. 마치 전략을 바꾼 듯했다. 칼리드는 부드럽게 그녀의 입술을 혀로 쓸고 아랫입술을 살짝 빨아들였다.

"으으음."

저도 모르게 신음을 내고 말았다. 그의 부드러운 키스에 향기는 온몸이 찌릿했다. 이런 경험은 처음이었다. 그의 혀가 입술 안을 맴도는 게 이제는 당연하다는 생각이 들었다. 향기가 용기를 내서 자신의 혀로 그의 혀를 건드리자 그가 다시 그녀의 혀를 빨아들였다.

그는 키스하기 위해 태어난 사람 같았다. 향기는 어느새 그의 목에 팔을 감고는 매달리기 시작했다. 그가 술탄이라는 것도 이국의 남자라는 것도 중요하지 않았다.

그의 손이 그녀의 풍만한 가슴을 움켜쥐자 향기의 여성이 젖어들기 시작했다. 팬티를 적시는 그녀의 애액은 지금 향기가 얼마나 흥분했는지 충분히 표현해 주었다.

촤악!

그가 짐승의 소리를 내며 그녀의 단정한 블라우스의 앞을 찢어버렸다. 단추가 사방으로 튕겨 나갔다. 칼리드는 그에 만족하지 않고 그녀의 브래지어를 가슴 위로 올렸다. 풍만한 가슴이 세상 밖으로 드러났다.

그녀의 하얗고 둥근 가슴을 보며 칼리드가 신음했다. 그리고 그녀의 핑크색 유두를 입안 가득 물었다.

"아흐……."

그가 혀로 유두를 사탕 굴리듯이 굴리자 향기는 처음 겪는 자극에 미칠 것 같았다.

츄웁츄웁—

야릇한 소리가 스위트룸을 가득 채우고 있었다. 그가 주는 짜릿함에 향기는 그대로 갈 것 같았다.

"하웃!"

「아름다워.」

그가 이렇게 말을 하며 다시금 향기의 입술을 삼켰다. 처음과는 다르게 향기도 용기 있게 그의 키스를 되받았다. 그의 혀를 빨기도 하고 그와 함께 혀를 움직이기도 했다. 서로의 타액이 섞이며 그들은 키스만으로 서로의 깊은 곳까지 느끼고 있었다.

「술탄, 송향기 서기관을 아래서 찾고 있습니다.」

「……」

"으읍!"

카짐의 목소리에 놀란 향기가 몸을 비틀며 칼리드를 밀어냈지만 그의 힘을 당할 수는 없었다.

그는 카짐의 이야기 따위는 무시한 채 여전히 향기의 입술을 빨아들이고 있었다.

「이 방 안에 있다는 걸 아는지 사람이 올라왔었습니다.」

「없다고 해.」

그가 아쉬운 듯 입술을 떼고 말했다.

「일단은 없다고 하고 내려보내긴 했지만 믿지 않는 눈치였습니다.」

그가 몸으로 향기를 가려 카짐이 그녀를 보지 못하게 막고 있었다. 그리고 카짐이 뭔가를 가져 왔다.

「뭐죠?」

「부르타.」

부르타는 눈 부분은 망사로 되어 있고 머리서부터 발끝까지 가리는 아랍의 전통 의상이었다. 히잡은 얼굴이라도 볼 수 있는데 부르타는 모든 걸 가리는 옷이었다. 수행원 중에 여자도 없는데 왜 부르타가 있는 것인지 순간 궁금했지만, 지금은 스위트룸을 빠져나가는 게 급선무였다.

「차는?」

「주차장에 있어요.」

「내가 연락하지.」

향기는 왜 이 말이 감동적으로 들리는지 이유는 알 수 없었지만 칼리드의 푸른 눈이 진심이라고 말해 주고 있어서 너무나 위로되었다. 향기는 카짐과 경호원들의 도움을 받아 주차장까지 무사히 빠져나왔고 집으로 향할 수 있었다.

호텔 방 안을 서성이던 셀림은 가방에서 작은 필름 상자를 꺼내 그 안에 백색 가루를 손바닥에 올려놓고는 코로 흡입했다.

「흡…….」

콧속으로 들어와 온몸으로 퍼지는 약 기운에 셀림은 마음이 편안해지는 것 같았다.

푹!

소파에 쓰러지듯이 앉은 셀림은 향기의 얼굴을 떠올렸다.

「나쁜 년!」

향기는 매력적인 여자였다. 처음으로 갖고 싶다고 생각한 여자이기도 했다. 그녀와 섹스를 하고 싶어 1년을 쫓아다니다가 겨우 향기와 사귀게 된 그는 세상을 다 얻은 기분이었다. 하지만 그것도 잠시, 키스를 하려는 그를 향기는 무사와 같은 무술 실력으로 완전히 때려눕혔었다.

그래서 그녀에 관해 이상한 소문을 냈고 또 한 차례 칼리드에 의해서 죽다가 살아났었다.

칼리드는 무서운 형이자 유일한 형이었다.

'왕자의 난' 같은 권력 다툼을 벌일 수 없을 정도로 형제는 차이가 크게 났다. 백성들은 형을 두려워하며 칭송했고 그는 비웃었다. 하지만 다행인 건 칼리드는 그를 어떻게 해서든지 정치에 참여시키고 싶어 한다는 것이었다. 이렇게 순방길에도 함께하고 연방 평의회 의원들과 자리도 자주 마련했다.

하지만 그는 관심이 없었다. 차라리 그냥 내버려 두는 게 좋았다.

「돈이나 주지.」

그의 경제권은 칼리드가 쥐고 있었다. 카드 한 장만 주고는 현금을 거의 주지 않았다. 그러니 그의 소비상태를 칼리드는 다 알고 있었다. 이렇게 약을 살 돈도 없었다. 셀림은 다른 방법이 필요했고 그의 돈줄은 라쉬드였다.

형에 관한 약간의 정보를 그에게 팔고 돈을 받았다. 물론 칼리드는 그가 동생이기 때문에 믿었고 셀림은 도에 벗어나지 않을 만큼만 정보를 주었다.

이렇게 된 건 다 향기 때문이었다. 그전엔 그가 원하는 만큼 현금을 쓸 수 있었다. 하지만 5년 전 향기와의 일 때문에 칼리드가 그의 돈줄을 막아 버렸다. 당시 술과 약, 여자에 취해 살았지만 칼리드에게 직접 걸리지 않았고 혼만 나는 정도에서 해결을 보았는데 그날은 향기가 칼리드 앞에 있었기 때문에 그의 반성한다는 말도 소용이 없었다.

그때 바로 본국으로 송환까지 되었던 셀림이었다.

「나쁜 년.」

그런 향기를 생각하면 셀림은 이가 갈렸다. 그런데 향기를 이렇게 만날 줄은 생각도 못했었다.

「보고 싶지 않아.」

약 기운이 몸에 완전히 퍼졌는지 향기를 생각해도 기분이 좋았다. 셀림은 그렇게 약에 취해 잠들었다.

핸드폰을 보니 부재중 전화가 장난이 아니었다. 의전장에서부터 유진까지 사라진 그녀 때문에 걱정들을 한 모양이었다.

"의전장님."

향기가 가장 먼저 전화를 건 건 의전장이었다.

[왜 이렇게 연락이 안 돼?]

"장관님께서 술에 너무 취하시는 바람에 정신이 없었습니다. 죄송합니다."

[안 그래도 장관님이 카짐이라는 남자에게 업혀 나와서 놀랐어. 송 서기관에게 연락도 안 되고 답답해서 원⋯⋯.]

"핸드폰을 차에 두고 내려서 연락이 늦었습니다."

[어디야?]

"집으로 가는 중입니다."

[오늘 미안했어.]

"네?"

의전장님이 끝에 술을 따로 마신 게 마음에 걸리신 모양이었다.

[장관님께서 조인식을 하루 미룬 것 때문에 불안하셨던 모양이야. 계획에도 없는 술자리까지 마련하시고.]

"압니다."

[이해해 주니 고마워.]

"아닙니다."

의전장은 장관의 못된 행동을 알고 있었기 때문에 늘 향기에게 미안해했다. 하지만 그럼에도 그녀를 지켜 주진 못하고 있었다.

[네 아버지만 살아 계셨어도…….]

향기의 아버지인 송 영사는 라스 알 하이마에서 추방이 되고 두 바이에 있을 당시 괴한에게 피습을 받아 살해당했다. 그녀가 스무 살 때 그렇게 아버진 돌아가셨다.

"의전장님, 지금 운전 중입니다."

[알았어. 내일 보자고.]

"네, 알겠습니다."

유진에게는 내일 전화를 걸 생각이었다. 지금 그녀의 신경은 온통 칼리드에게 가 있었다. 어쩌다가 이렇게 된 걸까?

"정신 나갔어."

그녀는 오늘 제정신이 아닌 게 분명했다. 끝까지 거부해야 했는데 그의 손에서 놀아난 상황이 되어 버렸다.

"정말, 정신이 나간 게 분명해."

부르카를 쓰고 있었지만, 창피해서 전신이 다 타들어 가는 것 같았다. 남들이 자신을 알아보고 칼리드와 있었던 일을 봤다고 할 것 같았다. 창피해서 죽을 것 같았다. 하지만 더 미치게 만드는 건 그와의 키스가 너무 좋았다는 것이었다.

"아악!"

차 안에서 고함을 질러 보았지만, 창피함은 가시지 않았다. 그렇게 집에 도착한 향기는 엄마가 볼까 몰래 집 안으로 들어갔다.

"누, 누구세요?"

부르타를 입은 그녀를 본 어머니가 너무 놀란 얼굴로 손에 야구방망이를 들고 물었다.

"어머니, 저예요."

"아니! 이게 무슨 짓이야? 부르타는 왜 입고 있어?"

그나마 어머니가 아랍에서 살았기 때문에 부르타를 알아서 그렇지 모르는 사람이었다면 검은 유령을 본 줄 알고 기절했을 것이다.

"오늘 아랍에서 손님이 오셔서 선물로 주신 거예요."

향기는 놀란 눈으로 그녀를 보고 있는 어머니에게 거짓말을 했다.

"왜 그런 걸 줘?"

"통역해 줬거든요."

부르타의 망사 사이로 어머니의 미심쩍어하는 얼굴이 보였다.

"어머니, 피곤해요."

"송향기, 여기 앉아 봐."

"금방 씻고 나올게요."

그녀는 이렇게 말하고 서둘러 방 안으로 들어가서 부르타를 벗고 찢어진 옷을 버렸다. 그리고 욕실로 들어갔다. 욕실에 거울을 본 향기는 자신의 모습에 깜짝 놀라고 말았다. 칼리드와의 잠깐의 키스로 그녀는 온몸이 멍투성이였다. 입술도 부르트고 가슴엔 온통 붉은 키스 마크 투성이었다.

"미쳤어."

향기는 서둘러 샤워를 한 다음에 긴 팔 트레이닝복을 입고 지퍼를 목까지 올리고 거실로 나갔다.

"안 답답해?"

그녀의 모습을 본 어머니가 이상하다는 듯이 물었다.

"네, 감기 기운이 있어서요."

"그래? 약은?"

"먹었어요. 무슨 일이에요?"

향기가 늦게 들어온 걸로 이러는 건 아닌 것 같았다.

"라엘이도 나와."

라엘이 방에서 투덜거리면서 나왔다.

"마마님 내일 저 일찍 출근합니다."

라엘은 향기보다 두 살이 어린 동생으로 이번에 중학교 선생님으로 발령이 났다.

"오늘 민희가 왔는데……."

"후……."

향기와 라엘이 누가 시키지도 않았는데 동시에 한숨을 짓고 있었다. 민희 이모는 엄마와는 단짝 친구였고 그녀들을 시집 못 보내서 안달인 사람이었다.

"어머니 저희는 아직 결혼 생각이 없습니다."

"신랑감이 의사래."

"전 들어가서 자렵니다."

라엘이 선수를 치고 들어가 버렸다. 한발 늦은 향기는 오늘 되는 일이 없다고 생각했다.

"넌 꼼짝도 하지 마."

"말씀하세요."

이럴 땐 그냥 듣고 있는 게 나았다.

"서른두 살이고 피부과 의사래. 아버지는 교장 선생님이고 어머니도 교사 출신이라는구나."

"……."

"어때? 약속 잡을까?"

"제가 당분간 외교 행사가 많아서……. 아!"

어머니의 손이 어깨로 날아왔다.

"네가 남의 행사 신경 쓸 때야? 네 행사를 신경 써야지?"

"어머니……."

"다른 애들은 엄마라고도 잘하는데 너희는 왜 징그럽게 어머니, 어머니 그러는 거야?"

"그거야, 아버지 때문에⋯⋯."

"네 아빠가 문제야. 애들을 무슨 조선시대 애들로 만들어서⋯⋯."

어머니의 잔소리가 끝을 맺지 못하자 향기도 슬슬 자리에서 일어났다.

"넌 어디 가?"

"저도 내일 출근인지라⋯⋯."

"앉아!"

"네."

향기는 그대로 어머니에게 잡혀 있을 수밖에 없었다.

"이번에 의사 사위 한번 보자."

"어머니 전⋯⋯."

"약속 잡을 테니까 그런 줄 알아."

더는 이야기도 못하고 향기는 자신의 방으로 향했다. 아버지 없이 딸 둘을 키우느라 어머니는 더 강해질 수밖에 없었다. 이해를 못하는 건 아니지만 힘이 든 건 사실이었다.

다음날, 향기는 이른 아침 출근해서 상황을 점검했다. 다음 주엔 미국 국방부 팀들이 협약을 위해 한국을 방문한다. 이번 방문은 국방부의 소관이었지만 외무부 의전팀에게 도움을 요청한 상환이었다.

한마디로 향기는 바쁜 일정이었다.

"송 서기관님."

"네."

김 사무관이 그녀를 불렀다.

"지금 의전장님께서 급하게 찾으십니다."

"……."

무슨 일인가 싶어서 향기는 의전장실로 향했다.

"네, 부르셨습니까?"

"미안한데 술탄의 조인식과 환송장에 나가 줘야겠어."

"네?"

이건 무슨 날벼락인지 향기는 멍한 눈으로 의전장을 보았다.

"셀림이라는 사람이 동문인 향기를 다시 보고 싶다고 특별 요청을 했다는군."

"절요?"

"그래, 둘이 아주 친했다고 하던데?"

"누가요? 셀림하고 제가요?"

수많은 황당한 경험을 했지만 지금만큼 어처구니없지는 않았다. 셀림이 미친 게 분명했다.

"전 셀림과 친하지 않습니다."

"송 서기관, 저쪽에서 요청하면 반드시 답을 해야 하는 게 외교의 예의야."

"……알겠습니다."

벌레 씹은 표정의 향기가 의전장실을 나와서 칼리드의 숙소로 향했다. 외교부에서 조인식을 끝내고 출발을 위해 숙소에 있다는 연락을 받았기 때문이었다.

"이게 또 무슨 황당한 일이냐고."

그녀는 자신의 그랜저를 타고 칼리드의 숙소로 향했다. 어제의 일이 떠오르자 얼굴이 붉어진 향기는 생수병을 얼굴에 가져다 대고는 열기를 식혔다.

"오늘 떠나는 사람이야."

그렇게 말하니 괜히 마음이 이상했다. 숙소에 도착한 향기는 벌써 로비에 나와 있는 칼리드 일행과 마주쳤다. 향기는 그에게 인사를 하고는 옆으로 물러났다. 그런 그의 옆으로 얄미운 셀림이 다가왔다.

「향기.」

셀림이 달갑지 않게 그녀의 이름을 불렀다.

「반갑지 않으니까 말 걸지 말았으면 좋겠어.」

셀림과도 다시 볼 일은 없었다.

「어제 술탄과 잠자리를 했다고…….」

짝!

순간적으로 손이 나가 버렸다. 셀림의 뺨에 그녀의 손자국이 선명하게 나 있었다. 이 모습에 모두가 놀라 그녀를 바라보았다. 다행히 칼리드는 그런 모습을 보지 못했다. 우리나라 호텔 직원들만이 그 모습을 보았다. 외교관인 그녀가 외교사절을 때렸으니 문제가 될 상황이었다.

「잊었어? 나한테 맞은 거. 아니면 맞는 걸 즐기는 거야? 그냥 돌아가면 되지 왜 사람을 불러내고 난리야?」

향기가 셀림을 보며 씩씩거렸다.

「너, 이게 어떤 건지 알아?」

「알아, 아니까 입조심 좀 해. 오늘 날 부른 게 너지? 왜 날 부른 거야? 이렇게 한다고 내가 기죽을 줄 알았어? 네가 외교사절이라서 아주 깍듯하게 예의라도 표하길 바랐냐고?」

화가 머리끝까지 난 향기 옆에 카짐이 다가왔다. 카짐은 셀림을 슬쩍 보더니 이내 고개를 숙이고 그녀에게 말했다.

「술탄께서 찾으십니다.」

「저를요?」

「네, 리무진에 오르시죠.」

「그럴 수는 없습니다.」

하지만 카짐이 막무가내로 그녀를 술탄이 탄 리무진으로 안내했다.

「안녕하세요.」

향기는 최대한 칼리드와 떨어진 자리에 앉았다. 거의 자동차 문에 달라붙은 자세로 가는 향기를 칼리드가 재미있어하는 눈으로 보고 있었다.

「사람을 잘 피하는 성향인가?」

「아닙니다. 술탄께서 왜 절 부르시는지 이해가 잘 안 되어서 의아할 뿐입니다. 셀림에게 시키셨습니까?」

「맞아, 셀림이 갑자기 그러더군, 다시 사과하고 싶다고 말이야.」

「그 말을 믿으셨습니까?」

「아니.」

「그런데 왜…….」

「어떻게 해서든 보고 싶었으니까. 난 사양할 이유가 없지.」

그가 섹시하게 웃었다. 그의 모든 게 향기를 자극하고 있다는 걸 칼리드는 알까? 알면서 이러는 거라면 괜히 마음을 들킨 것 같았다. 솔직하게 향기는 그에게 흔들리고 있었다. 그와 키스를 하기 전부터 그에게 관심이 있었던 건 사실이었다.

어떤 여자가 저렇게 섹시한 남자를 싫어하겠는가? 하지만 어디까지나 멀리서 바라보기 좋은 남자란 생각이지 내 남자가 될 수 있는 사람은 아니었다.

"그림의 떡……."

딱 그 말이 맞았다. 한 번의 키스로는 칼리드가 그녀의 남자란 생각이 들지 않았다. 향기는 현실적인 여자였다.

「크림의 똑?」

그의 말에 향기는 웃음을 터트렸다.

"그림의 떡."

「그게 무슨 뜻이지?」

「마음에 들어도 가질 수 없다는 뜻이에요. 우리나라의 속담이죠.」

「날 이야기하는 건가?」

「아뇨, 절 이야기하는 거예요.」

자존심이었다. 칼리드에게 마음을 들키는 것도 싫고 해서 그녀는 자기를 이야기하는 거라고 허세를 부렸다.

「내가 송 서기관이 마음에 들어도 가질 수 없다는 말인가?」

낮은 저음의 목소리는 차분했지만, 위험스러운 느낌이었다.

「그러니까…….」

왠지 실수한 느낌이었다.

「난 내가 가지고 싶다고 생각한 건 다 가졌어.」

「죄송합니다. 그러니까……. 앗!」

칼리드가 단숨에 향기를 자신의 무릎 위에 앉혔다. 마법과도 같은 일이었다. 어떻게 그렇게 가볍게 자신을 들어 올릴 수 있는지 신기할 따름이었다. 향기는 심장이 터질 것 같았다. 그의 몸에서 나는 상쾌한 남자의 향이 그녀를 자극하고 있었다.

어디서부터 잘못된 건지 알 수 없었지만 칼리드를 자극한 건 확실했다.

「칼리드 빈 나예프 알사우드는 뭐든 마음먹은 건 할 수 있다.」

그의 푸른 눈이 위험스럽게 짙어졌다. 이런 눈빛은 지난밤에 보았었다. 이런 강한 끌림은 처음인 향기는 저도 모르게 그의 목에 팔을 감고 그의 입술에 입을 맞추었다.

"흡!"

입술은 그녀가 먼저 맞추었지만 칼리드의 흥분한 입술에 향기는 정신을 차릴 수가 없었다. 그녀의 허리를 감싸고 있는 칼리드의 힘이 점점 강해졌고 향기의 아랫입술을 빨아들이는 그의 입술의 힘도 강했다.

"으으음."

칼리드가 직접 공수한 리무진은 방탄과 함께 앞 좌석과의 방음도 잘되어 있는 차였다. 그래서일까? 향기는 창피한 것도 모른 채 신음을 뱉어 냈다. 서로의 혀가 얽히고 뜨거운 숨소리가 차를 채웠다.

칼리드의 가슴에 손을 대자 그의 심장이 빠르게 뛰는 게 느껴졌다. 왜 이 사람에게 이렇게 끌리는 것일까? 왜 말도 안 되는 말을 하면서 그를 자극하는 것일까? 향기는 여러 감정에 혼란스러웠다.

몇 번 만나지도 않은 남자에게 이렇게 흔들리다니 그녀답지 않았다. 칼리드의 혀가 그녀의 입안을 맴돌다가 목젖에 닿을 것처럼 깊숙이 들어왔다. 마치 그녀의 모든 걸 삼켜 버리겠다는 의지를 보여 주는 것 같았다.

칼리드를 보내는 자리에서 이러는 건 옳지 않았다. 이건 남아 있는 향기에겐 추억도 되겠지만 상처로 남을 게 뻔하기 때문이었다.

「그만…….」

향기가 칼리드를 밀어냈다.

「그만, 멈춰요. 술탄을 자극하려고 한 말은 아니었어요. 그냥 보내는 게 아쉬워서 한 말이었어요. 용서해 주세요.」

향기는 솔직하게 말하며 그의 얼굴을 바라보았다. 심장이 멈출 정도의 잘생긴 얼굴을 가진 그가 그녀를 마주 보았다. 세상에 둘뿐인 것 같았다.

「나, 칼리드 빈 나예프 알사우드가 송향기를 데리러 온다고 약속하지. 그러니 얌전히 기다리고 있어.」

그가 향기의 볼에 손을 가져다 댔다. 그리고 그녀를 자신의 품에 안았다. 향기의 눈에서 눈물이 흘렀다.

'네, 기다릴게요.'

향기는 끝내 칼리드에게 기다린다는 말은 하지 않았지만 칼리드는 그녀에게 대답을 강요하진 않았다. 그녀가 말을 하지 않아도 그는 알고 있을 것이다.

공항에 도착한 차에 서 내린 칼리드는 마치 아무 일도 없었다는 듯이 그렇게 떠났고 향기 역시 내색하지 않았다. 외교관 송향기로 돌아가는 순간이었다.

2. 억울하다

언론에 보도되지 않으면 외빈(外賓)이 국내에 오는지 안 오는지 국민은 알 길이 없다. 언론에 보도가 되는 큰 외빈들도 있지만 그렇지 않은 외빈들도 상당히 많이 우리나라를 찾는다. 그래서 외부에서 보면 할 일이 없어 보이는 의전팀들은 하루가 멀다고 야근을 해야만 했다. 특히 의전장 급이 아닌 실무직원의 경우는 더더욱 그랬다.

잦은 출장과 야근을 못 견뎌서 차라리 외국 공관으로 발령을 내달라거나 그만둔 사람들도 많았다. 그렇게 힘든 생활을 견뎌야 최종 목표까지 가는 것이었다.

"으윽!"

신임 사무관이 저도 모르게 기지개를 켜더니 얼른 팔을 내렸다.

"죄송합니다."

"죄송한 일 아닙니다."

그녀의 말에 김 사무관이 자리에서 일어났다.

"제가 아이스 아메리카노를 사 오도록 하겠습니다."

"아니요, 저도 졸리니까 제가 다녀올게요."

"서기관님……."

"괜찮아요."

그녀는 피곤한 몸을 이끌고 사무실에서 나와 근처 커피숍으로 향했다. 서울의 밤공기는 그녀의 마음만큼이나 무거웠다. 칼리드가 떠난 지 한 달이 되었고 8월의 밤공기는 어느 때보다 후덥지근했다.

그녀의 뒤숭숭한 마음과 같았다. 왜 기다리라고 했을까? 남자들이 여자들에게 하는 일상적인 거짓말일까? 아니면 슬퍼하는 그녀를 달래기 위한 달콤한 거짓말이었을까? 요즘 들어 향기는 칼리드가 문뜩 떠오르곤 했다.

"송 서기관."

외교부 앞에 서 있던 그녀를 익숙한 목소리가 불렀다.

"네, 장관님."

김종환 장관은 저녁을 먹고 들어오는 모양이었다. 옆에는 최 의전장과 박 차관이 함께 들어오고 있었다.

"어딜 가나?"

"커피를 좀 사려고 나왔습니다."

"피곤하지?"

김 장관은 그녀의 팔을 쓰다듬으며 말했다.

"아닙니다."

"아니긴 예쁜 얼굴에 다크서클이 생겼는데……."

언젠가는 이 팔을 부러트리고 말겠다는 생각으로 향기는 이를 악물며 장관의 손길을 참았다.

"이거 받아."

"……."

카드 한 장이 그녀의 손에 쥐어졌다.

"커피 사고 내 것도 한 잔 사서 가져다줘. 이 정도는 해 줄 수 있지? 내가 사는 건데?"

그가 느끼한 미소를 지으며 그녀에게 말했다.

"난 미인들이 좋아. 우리 외교부도 신입 여자 사무관 뽑을 때 얼굴로 뽑아. 우리 송 서기관 정도는 돼야 남자들이 일할 맛이 나지."

"그럼요, 적극적으로 반영하겠습니다."

아부의 정석을 보여 주고 있는 박 차관은 장관과 마찬가지로 느끼한 시선을 그녀에게 보냈고 최 의전장은 안절부절못하고 있었다.

"송 서기관 얼른 다녀와요."

의전장이 그녀를 빨리 보내려고 했다.

"장관님 카드는 받으십시오. 제가……."

"어허, 어른 말을 안 듣네."

"장관님의 호의를 이런 식으로 거절하면 되나?"

장관이 역정을 냈고 바로 옆에 서 있던 박 차관이 그런 장관을 거들었다.

"죄송합니다."

"커피 가지고 내 방으로 와."

"네."

김 사무관을 보냈어야 했는데 그녀의 실수였다. 이렇게 장관과 마주할 거라고는 상상도 하지 못했었다. 칼리드가 다녀간 후 한 달 동안 향기는 장관을 아주 잘 피해 다녔다. 그날 장관을 바닥에 내리꽂은 걸 장관은 만취 상태여서 기억을 못하는 것 같았다.

커피를 사 들고 사무실에 들고 간 향기는 직원들에게 커피를 주고는 사무실을 나섰다.

"어디 가십니까?"

"……."

그녀가 커피를 들고 나서자 김 사무관이 물었다. 그녀 대신 보내고 싶은 마음이 굴뚝같았지만, 장관의 카드가 그녀의 손에 있었고 그녀를 왜 부른 것인지 알기 때문에 향기는 김 사무관을 시키지 않고 본인이 직접 장관실로 향했다.

"오늘 커피 맛은 죽을 맛이네."

그녀는 장관실 앞에서 이렇게 중얼거리며 장관실 안으로 들어갔다. 비서진들을 집에 보내고 장관 혼자 자신의 사무실에 있었다.

"장관님, 직원들 커피까지 사 주시고 감사합니다."

"뭘, 다 우리 송 서기관이 예뻐서지."

"예쁘게 봐 주시니 감사합니다."

향기가 커피와 카드를 장관에게 내밀자 그가 향기의 손을 덥석 잡았다. 그리고 바로 끌어당기자 중심을 잃은 향기가 장관의 무릎에 앉아 버렸다.

"장관님!"

"왜, 송 서기관도 좋은 거 아니야?"

"아뇨, 전 싫습니다."

"여자들의 NO는 NO가 아니지 않나?"

뭔가 잘못 먹은 게 틀림이 없었다.

"아닙니다."

"그래?"

그의 손이 향기의 가슴을 움켜잡았다. 너무 기분이 나빠서 구역질이 나오려고 했다.

"장관님, 손 치우십시오."

현재까지 향기는 참을 만큼 참은 상태였다.

"이러다가 한 대 치겠어?"

"정말 그럴지도 모릅니다."

"뭐?"

하지만 그는 향기의 경고에도 불구하고 손을 치우지 않았다.

"이렇게 섹시한 몸을 가만히 놔두는 건 남자가 아니지…….
악!"

더는 참을 수 없었던 향기가 장관의 손을 잡아 꺾어 버렸다. 그는 창피한 줄도 모르고 고함을 질러 대기 시작했다.

"아아악!"

"손 관리를 잘 하셔야 합니다."

"악, 이게…… 놔!"

"사과하십시오."

"그래, 미안해. 그러니까 놔! 아아아!"

장관은 비굴할 정도로 그녀에게 꺾은 손을 놔 달라고 사정했다.

크게 심호흡을 하며 향기는 분을 삭이고 나서야 장관의 손을 놓아주었다.

"미쳤어?"

손을 놓자마자 장관이 향기에게 소리를 질렀다. 조금 전과는 완전 딴판인 상황이었다.

"호신술 정도는 할 줄 압니다."

"호신술? 누가 들으면 내가 덮치기라도 한 줄 알겠어. 어디 감히 상관의 몸에 손을 대는 거지?"

이제 살 만한지 억울하다는 듯 말하는 장관의 얼굴을 치지 않으려고 향기는 이를 악물었다.

"손을 먼저 대신 건 장관님이십니다."

"뭐야? 어디서 대드는 거야? 이런 미친년이!"

장관은 눈이 뒤집힌 상황이었다. 어지간히 아팠던 모양이었다. 장관씩이나 돼서 부하 직원에게 욕까지 하는 걸 보면 말이다.

"내가 이번 일을 그냥 넘어갈 줄 알아?"

"저도 안 넘어갑니다."

"뭐?"

"장관님이 가만히 계신다면 이번 일은 참겠지만 만약에 뭔가 조처를 하신다면 저도 가만히 있지는 않을 겁니다. 요즘이 어떤 세상인지나 아시고 그러시는 겁니까?"

"저런 미친년이⋯⋯."

"말씀 삼가십시오."

"내가 내 입 가지고 말도 못해."

"이만 가 보겠습니다."

"저런, 미친년. 사람들이 누구 말을 믿을 것 같아!"

장관이 방방 뛰고 있었지만, 향기는 상관치 않고 자리를 떴다. 방을 나오면서 향기는 길고 긴 싸움의 시작이라는 느낌을 받았다.

다음날, 향기는 처음으로 '외빈 행사' 준비 절차 서류를 반려받았다. 너무 어이없는 일에 당황스러워하는 건 그녀뿐만 아니라 의전 행사 담당관실 전체였다.

"아무리 봐도 이해가⋯⋯."

같은 팀의 김 사무관이 고개를 갸웃거리고 있었다.

"저도 살짝 이해가 되지 않는데 어떤 부분이 잘못된 겁니까?"

이번엔 서 사무관이 얼굴까지 붉어지며 물었다.

"⋯⋯."

향기는 입을 다물고 있었다. 의전장에서 1차관까지 승인을 해 준 걸 장관이 굳이 반려한 상황이었다.

"다시 해 오라는 건가요? 아니면 외빈 행사 자체가 취소된 건가요?"

다른 사무관이 물었다.

"기다려 봐."

향기가 할 수 있는 말은 이 말이 전부였다.

"서기관님."

"왜?"

이번엔 조 사무관이 서류를 들고 뛰어 왔다. 조 사무관은 새로 부임하게 된 미국 대사 환영 만찬을 준비 중이었다.

"장관님이 이번 미국 대사 환영 만찬이 열리는 장소가 마음에 들지 않는다고 다른 곳을 물색하라고 하시는데 날짜가 일주일도 안 남아서……."

"알았어요. 기다리세요."

향기가 자리에서 일어나 의전장실로 향했다. 그녀의 손에는 반려된 서류들이 들려 있었다.

"의전장님."

그녀의 등장에 의전장의 얼굴이 난처한 표정으로 바뀌었다. 뭔가 또 일이 터진 게 분명했다. 똑바로 말하지 않으면 상황이 더 곤란해질 것 같았다.

"드릴 말씀이 있습니다."

"나도 할 말이 있어."

"의전장님……."

"내 말부터 들어."

의전장이 이렇게 강하게 나온 건 처음이었다. 그는 언제나 중심을 잘 잡고 일하는 몇 안 되는 외교관이었다. 그런 그가 향기를 보며 인상을 쓰고 있다는 건 불길한 징조였다.

"이제까지는 장관님이 송 서기관에게 지나치게 관심을 쏟는다고 생각했어."

"……."

"그런데 어제 송 서기관이 장관님실에서 벌인 일은 도저히 이해가 가지 않는군."

"네?"

의전장의 말의 흐름이 이상했다.

"당분간 모든 일에서 손을 떼."

"의전장님, 제 이야기도 들어 보셔야 하는 거 아닙니까? 전 어제 장관님께……."

"더는 듣고 싶지 않아. 그렇게 보지 않았는데 실망이야."

"어제는 제가 당한 겁니다."

"뭐? 정말 반성이라고는 모르는군. 어제 송 서기관이 장관님께 커피를 가져다주면서 유혹했다며?"

어이가 없었다. 장관의 거짓말이 이렇게 통할 줄은 몰랐었다. 의전장은 그렇게 사리 분별을 못하는 사람이 아니었다. 도대체 무슨 말을 어떻게 들은 것일까?

"의전장님께서도 제 말을 안 믿어 주시면 전 누구한테 억울함을 호소합니까?"

"내가 사람을 잘못 봤어. 죄송하다고 하고 사실을 인정하면 안 되는 건가? 실망이야."

"의전장님."

"일단 가서 대기하고 있어."

의전장은 의자를 돌려 버렸다. 더는 말을 듣고 싶지 않다는 표시였다. 이렇게 어이 없이 장관에게 당하다니 하늘이 무너져 내리는 심정이었다.

"송 서기관님 어떻게 된 일입니까?"

다들 궁금했는지 그녀를 보자마자 물었다.

"일단 업무들 보세요."

"다 보류된 상황이라서……."

"아니 그대로 추진하시면 됩니다."

"네."

그녀만 빠지면 되는 것이다. 향기의 눈에 처음으로 눈물이 고였다. 억울하고 분했다. 향기는 핸드폰을 들고 밖으로 나왔다. 그리고 유진에게 전화를 걸었다.

"유진아……."

[오냐, 이 시간에 웬일이냐?]

평소에는 서로 일이 바빠서 특별한 일이 없으면 근무 중에는 통화하지 않았다.

"통화 가능해?"

[당근이지. 대통령님 빼고는 너와 나의 통화를 막을 자가 없다.]

"나, 대기 발령받았어."

향기는 대기 발령이라는 말을 하는데 목이 메어 왔다.

[뭐? 왜?]

유진이 놀라는 소리가 들리니 더 마음이 아팠다.

"어제 장관의 팔목을 꺾었거든."

[네가 왜?]

"그래, '왜?'라고 묻는 게 정상이지? 내가 왜 그런 행동을 했는지 물어봐 주는 게 정상이잖아? 장관 말만 믿고 내 말은 들으려고도 하지 않는 건 아니잖아……. 흑흑흑."

[울어? 도대체 왜 그러는 거야?]

"어제 장관이 내 가슴을 만져서 팔을 꺾어 버렸어."

[뭘 만져? 미친 거 아니야?]

유진이 향기보다 더 흥분해서 난리였다.

"그래서 팔을 꺾어 버렸어. 부러트리려고 하다가 하도 사정하기에 놔줬어."

[잘했어. 그래서 미친 자식이 복수하는 거야?]

"응……."

[기다려 봐. 내가 성폭력 담당관에게 전화를 걸어서…….]

"그러지 마. 내가 그냥 그 자식을 죽여 버릴 거니까."

너무 속이 상해서 죽을 것 같았다.

[……알았으니까. 일단은 신고부터 하자.]

"알았어."

직장 내 성폭력 특별 센터가 운영되고 있어 유진이 당장에 신고를 넣었다. 하지만 사건이 접수되면 피해자는 더 머리가 아픈 상황이 된다는 걸 모두가 알았다. 하지만 그렇다고 가만히 당할 수만은 없었다.

유진이 그녀를 대신해서 신고해 주었고 그녀의 힘든 싸움은 그렇게 시작되었다.

일주일 후, 모든 일에서 배제가 되는 향기를 의전장이 다시 불렀다. 의전장의 표정은 그전보다 더 차가워졌다.

"부르셨습니까?"

"왜 이렇게 일을 크게 만들지?"

이건 부하 직원에게 할 말이 아니었다. 큰 잘못을 해서 조직에 피해를 주고 있다는 말투였다.

"네?"

"나와 장관님이 이번 일로 얼마나 머리가 아픈 줄 알아?"

이번 일로 가장 머리가 아픈 건 향기였다. 요즘 사무관들까지 그녀를 이상한 눈으로 보고 있었고 친하게 지내던 다른 서기관들도 모두 그녀를 피하고 있었다. 그녀는 지금 왕따를 당하고 있었다.

"의전장님은 중심이 있는 분이라고 생각했습니다."

"송 서기관!"

"아버지의 친구분이시라 저에게는 더 의지가 됐던 분이신데 이런 상황에서 중심을 잃어 버리시니 제가 어찌할 바를 모르겠습니다."

"어이가 없군. 그 말은 내가 하고 싶은 말이야. 내 딸처럼 믿었던 송 서기관에게 뒤통수를 맞았어."

"……."

"더는 말할 필요 없고 일이 더 커지기 전에 그만둬."

의전장은 이 말이 하고 싶었다는 듯이 아주 시원하게 말했다.

"네?"

"원래 이렇게 말귀를 못 알아듣던 사람이었나?"

"제가 그만둘 이유가 없습니다."

향기는 서러움에 눈물이 차올랐다. 이런 대접을 받으려고 그렇게 피눈물 나게 노력한 것이 아니었다. 아무리 노력을 해도 안 되는 게 있다는 걸 향기는 처음으로 알게 되었다.

그날 저녁, 의전장으로부터 두바이 총영사관으로 발령이 났다는 통보를 받았다.

아랍에미리트에 파견을 보내려면 아부다비의 대사관으로 보내는 것이 관례인데 그녀는 대사관이 아닌 두바이의 총영사관으로 보내졌다.

한마디로 강등이 된 것이었다. 여자들의 활동이 제약된 아랍권 국가로 여자를 보내는 것도 문제였지만 그녀가 아랍어를 한다는 이유를 들었으니 반박하기가 쉽지 않았다.

그날 밤, 향기는 유진을 만나 술을 마셨다. 그 자리엔 동생 라엘이도 불렀다. 이제 라엘이가 혼자서 어머니를 모셔야 하기 때문에 걱정이었다.

오래된 술집은 벽면이 온통 손님들의 낙서로 가득했다. 작은 테이블에 파전과 동동주가 놓여 있었고 모든 게 향기의 마음처럼 어지러웠다.

"캬!"

머릿속까지 얼려 버릴 것 같은 동동주를 원샷하고 나니 절로 소리가 나왔다. 즐거울 때 마시면 더 좋았겠지만, 지금처럼 답답할 때도 그만인 것 같았다. 잠시나마 현실을 잊고 술에 의지하고 싶은 밤이었다.

"어떻게 인간들이 그따위냐?"

유진이 거품을 물며 말을 했다. 잊고 싶은데 유진이 자꾸만 이야기를 꺼내고 있어서 향기의 인상은 점점 굳어지고 있었다.

"유진 언니 그만해. 오늘 가장 속상한 건 우리 언니니까."

향기의 생각을 읽기라도 한 것처럼 라엘이 유진의 말을 막았다.

"미안하다. 향기야."

"괜찮아."

"그게 아니라 내가 도움을 주지 못해서……."

"아니야."

이번 일로 유진도 외교부에서 경고를 당한 상황이었다. 계속 이렇게 하면 청와대에서 외교통상부로 복귀시키겠다는 말도 들었다고 했었다.

"고마워."

"뭐가?"

"나 때문에 너도 경고받았다며?"

"진짜야? 개자식들이 유진 언니한테까지 지랄이야?"

선생님인 라엘의 입에서 거친 말들이 쏟아져 나왔다. 향기도 라엘도 남한테 지고 사는 성격들은 아니었다. 다만 둘 다 공무원이기 때문에 많이 참고 살았는데 세상이 도와주지 않았다.

"술이나 마시자. 이런다고 내가 아랍으로 쫓겨나는 일이 없어지는 것도 아니고."

"……."

그녀의 말에 유진과 라엘이 아무 말도 못했다. 지금 그 어떤 말도 향기에겐 위로가 안 된다는 걸 두 사람은 알고 있었다.

"라엘이 넌 엄마 잘 모시고."

"나야 그렇게 하겠지만 엄마는 안 보내려고 할걸? 아버지도 두바이에서 그렇게 되셨는데 보내려고 하시겠어?"

"……."

"나도 어머니께서 안 보내실 거로 생각한다."

"그래도 가야지."

그만둘 마음이 전혀 없었다. 이대로 그만둔다면 그들에게 지는 것 같았기 때문이었다. 술을 한 잔, 두 잔 마시다 보니 향기도 점점 취해 갔다.

"억울해."

"알아."

"정말 억울해……."

향기는 유진을 끌어안고는 펑펑 울었다.

"그래도 절대로, 절대로 그만두지 않을 거야. 반드시 돌아와서 날 이렇게 만든 김종환 장관, 아니 김종환 그 자식을 반드시 벌 받게 할 거야."

"내가 도와줄게."

유진이 취해서 혀가 꼬부라진 소리로 말했다.

"나도."

다들 그렇게 밤새 술을 마시며 그녀를 위로했다. 그렇게 유진과 라엘이와 함께 술에 취할 때까지 퍼마시고 나니 술 때문에 속은 쓰렸지만, 마음은 더없이 편안해졌다.

"너희가 있어서 너무 좋다."

향기는 그렇게 마지막 동동주 잔을 비웠다.

며칠에 걸쳐 엄마를 설득한 끝에 향기는 두바이로 향하는 비행기에 몸을 실었다. 외교관이긴 하지만 해외 발령은 이번이 처음이었다. 보통은 출장의 개념으로 의전 행사만 처리하던 그녀가 해외 공관에 파견이 되니 마치 새로운 직업을 얻은 느낌이었다.

물론 새 직장에 출근하는 기대감이나 설레임 따위는 없었다. 지금 향기의 마음엔 억울함이 가득했다. 그래서일까? 요즘은 잦은 위경련에 시달리는 향기였다.

"후……."

창밖을 보며 또 한 번 한숨을 내쉬었다.

"여덟 번째예요."

"네?"

"한숨 말이에요."

그녀의 옆자리에 앉은 젊은 남자가 비행기를 탄 지 두 시간 만에 말을 걸었다.

"그랬나요? 신경 쓰이게 했다면 죄송합니다."

"신경은 다른 곳에서 쓰이지, 한숨 때문에 신경이 쓰이진 않았어요."

남자는 깔끔한 외모에 이국적인 얼굴이었다. 정확하게 한국어를 구사했지만, 아랍 사람인 것 같기도 했다.

"전 서우진입니다."

"안녕하세요. 전 송향기입니다."

"반가워요. 다들 제 외모 때문에 제가 한국어를 하면 깜짝 놀라죠. 하지만 전 아버지, 어머니 모두 한국분입니다. 오리지날 한국인이죠."

"아……. 네……."

거부감이 들지 않게 말을 하는 남자였지만 오랜 대화를 나누고 싶진 않았다. 머릿속이 너무 복잡해서 터질 것 같았다. 이럴 때는 그냥 조용히 있고 싶었다.

"두바이에 가시는 겁니까? 아니면……."

"맞아요. 두바이."

"그렇구나. 반가워요. 이렇게 동포를 알게 되는군요."

"네."

남자는 이런저런 이야기를 자꾸 물었다. 처음엔 귀찮았는데 지루한 비행시간 동안 잠시나마 아무 생각 없이 있을 수 있었다.

그렇게 두바이에 도착한 향기는 근처 호텔로 향했다. 며칠 동안은 호텔에서 묵으며 아무 생각 없이 편하게 지낼 예정이었다.

출근은 두바이 날짜로 월요일 오전부터였다. 그녀에게 3일간의 휴가가 주어진 것이었다. 아무것도 하고 싶지 않은 향기는 호텔에서 쭉 지낼 생각이었다.

"두바이구나."

공항에 내린 향기는 바로 택시를 타고 예약해 둔 두바이 호텔로 향했다. 아무 생각 없이 보내리라.

「콘래드 두바이 호텔로 가 주세요.」

「네.」

히잡을 쓴 여자 택시 운전사가 운전하니 굉장히 신기했다. 하지만 타국에서 남자가 아닌 여자 운전자를 만나니 안심이 되었다.

총영사는 그녀가 일요일에 오는 줄 알고 있으니 편하게 3일간은 지낼 수 있을 것 같았다. 두바이의 방문은 처음이었다. 아니 아랍은 처음인 향기였다. 안 오고 싶었던 건 아니었지만 이상하게 기회가 없었다.

"이렇게 오려고 그랬나 보네."

향기는 이렇게 혼잣말을 하며 화려한 두바이의 야경을 보았다. 거의 좌석에 눕지 않으면 보기 힘든 고층 건물들이 많았다.

끼이익!

갑자기 차가 멈추었다.

「뭐야!」

운전기사가 당황해서 어쩔 줄을 모르고 있었다. 향기도 갑작스러운 상황에 놀라 멍해 있었다. '설마 강도를 당하는 건 아니겠지?'라는 생각이 들자 지갑이 들어 있는 가방부터 꽉 끌어안았다.

두려웠지만 그래도 상황을 알아야 할 것 같아서 고개를 들어 창밖을 보았다. 그러자 검은 정장을 입은 남자들이 그녀의 차 쪽으로 걸어오고 있었다.

「누, 누구예요? 강도?」

그녀가 운전기사에게 물었다.

「그건 아닌 것 같은데, 모르겠어요.」

두려움에 떨고 있기는 향기나 운전기사나 마찬가지였다.

"요즘 왜 이렇게 되는 일이 없는 거야⋯⋯."

향기는 울먹이며 이렇게 말하고는 자신의 무릎 사이에 머리를 묻었다.

벌컥!

차 문이 열렸다. 드디어 올 것이 온 것이었다. 두바이와 그녀와는 인연이 아닌 것 같았다. 아버지도 이곳에서 돌아가셨는데 이제 그녀마저도 목숨의 위협을 받는다니 두려웠다.

「송향기?」

분명히 차 문을 연 남자가 그녀의 이름을 정확하게 불렀다.

「네, 맞아요.」

이름을 아는 걸 보니 강도는 아니었다.

「같이 가 주셔야 할 것 같습니다.」

카짐과 상당히 닮은 모습의 남자는 예상외로 깍듯이 물었다.

「무슨 일이죠?」

「가 보시면 압니다.」

거의 끌려 나오다시피 한 향기는 남자들이 끌고 온 차에 몸을 실었다.

「내 짐⋯⋯.」

그녀의 말에 남자가 트렁크에 실린 짐도 같이 가져 왔다.

「누구세요? 전 대한민국 외교부 소속이라고요. 이렇게 절 납치하면 외교 분쟁이 일어난다고요.」

「…….」

그들이 타고 온 검은색 롤스로이스가 출발하자 남자는 말문을 닫아 버렸다.

「이봐요.」

「…….」

검은 옷을 입은 남자들이 그녀의 양옆에 앉아 있었다. 마치 죄인이 된 기분이었다. 그렇게 한참을 가는 동안 남자들은 어떤 행동도 하지 않았다. 그녀를 그냥 지키고 있을 뿐이었다.

몸값을 요구하거나 할 것 같지는 않았지만 불안했다. 남자가 말을 안 하니 더 그랬다. 그러다가 어떤 저택으로 그녀를 데리고 들어간 그들이었다.

「이봐요. 여긴 어딘가요?」

「…….」

차라리 소귀에 경을 읽는 게 나을 판이었다. 하지만 그녀의 눈에 들어오는 전경은 입이 딱 벌어지게 만드는 곳이었다. 말로만 듣던 두바이의 슈퍼리치 저택이었다. 집 앞에는 슈퍼카들이 놓여 있었고 그 중심엔 호텔에서나 볼 수 있는 백마 조각상 분수가 있었다.

무슨 일인지 몰라도 두려운 마음이 드는 건 사실이었다. 그들이 그녀를 데리고 간 곳은 커다란 방이었다.

아랍풍의 방은 대단히 사치스러웠다. 모든 게 금으로 장식이 되어 있었다. 보석에 대해 잘 모르는 향기였지만 이 방의 모든 게 진품이라는 것에 전 재산을 걸 수 있을 것 같았다.

「뭐 하는 거예요?」

갑자기 여자들이 그녀를 둘러싸더니 옷을 벗기기 시작했다.

「하지 마!」

향기가 자신의 몸을 지킬 정도의 무술 실력을 갖추고 있다는 걸 알았는지 여자 하나가 그녀를 향해 권총을 들었다.

「서로 힘드니까 옷 벗고 우리가 시키는 대로 해요.」

「왜 이러는지만 알려 줘요.」

「당신은 오늘 선물이에요.」

「……」

왠지 선물이라는 의미를 알 것 같았다. 그 소리를 듣고 나니 더더욱 이 자리를 벗어나고 싶었다.

「이쪽으로……」

총구가 겨누어진 상황이라서 그런지 향기는 꼼짝할 수가 없었다. 아버지도 피살이 되었는데 그녀 또한 그렇게 고국에 돌아갈 수는 없었다.

그녀마저 그렇게 된다면 어머니는 그 슬픔을 감당하기 어려울 것이다.

살아야 한다. 무슨 일을 당하더라도 절대로 목숨만은 잃어서는 안 된다는 생각이었다. 그녀들을 따라 옆방에 들어서자마자 고급 향수 냄새가 진동했다.

「여기는…….」

그곳은 방이 아닌 욕실이었다. 여자들은 그녀를 욕조 안에 넣고 씻기기 시작했다. 그리고 향수가 그녀의 온몸에 스며들 무렵 그녀를 나오게 해서 향수와 같은 향의 오일을 온몸에 발랐다.

마치 보디빌더처럼 그녀의 몸에 광채가 났다. 얼굴은 화장기 없이 하고 머리는 잘 말려서 윤기가 흐르게 여러 번 빗질했다.

유난히 하얀 향기의 피부는 오일 탓인지 더욱더 창백해 보였고 어깨까지 오는 숱 많은 검은 머리는 그녀를 더 하얗게 보이게 만들었다.

봉긋한 가슴과 핑크색 유두 그리고 잘록한 허리는 향기의 아름다움을 극대화시키고 있었다. 거울 속의 여자는 마치 숲속의 요정 같은 생각이 들 정도였다.

그때였다. 여자들이 갑자기 그녀를 에워쌌다.

「무, 무슨 일이에요.」

여자들이 갑자기 그녀의 팔을 잡아 꼼짝하지 못하게 만들었다.

「살려 줘요. 제발⋯⋯.」

그녀의 목소리가 방 안을 공허하게 울리고 있었다.

3. 사막의 인질

흐릿한 조명의 방 안은 땀 냄새와 피 냄새가 교묘하게 섞여 역한 냄새가 진동했다. 넓은 방 안에는 쇠사슬과 채찍, 그리고 몽둥이들이 바닥에 아무렇게나 뒹굴었다. 그리고 바닥에서 습기까지 올라와 숨이 막혔다.

예사롭지 않은 방 안에는 벽에 걸린 쇠사슬에 몸이 묶인 나체의 남자가 있었고 그를 둘러싼 세 명의 남자가 있었다. 모두 거인처럼 큰 사람들이었다.

쫘악!

「악!」

채찍이 매달린 남자의 살을 스칠 때마다 핏방울이 사방으로 튀었다. 맞는 사람이나 때리는 사람이나 몸에 피가 묻어 있기는 마찬가지였다. 남자의 몸을 때리는 사람은 카짐이었다. 카짐은 라스알카이마의 최고의 무사이자 경호대장이었다.

그가 경호대장이 되기 전에는 특전사의 최고 요원으로 요인 암살이 그의 주특기라는 소문이 파다했다. 카짐이 목표하는 사람은 반드시 죽는다는 소문은 단순히 소문이 아닌 사실이라는 걸 몇 년 동안 카짐은 손수 증명하고 있었다.

술탄 나예프가 죽고 그의 동생인 라쉬드가 반란을 일으키려는 조짐을 보이자 칼리드는 본보기로 대대적인 숙청을 하였다. 그때 라쉬드의 측근들을 모두 제거한 사람이 카짐이었다. '피의 카짐'이라는 별명이 붙을 정도로 카짐은 칼리드를 위해 충성을 다했다.

모두가 칼리드를 두려워했고 칼리드가 술탄 자리에 오를 수 있게 만든 건 카짐의 공이 컸다.

경호원 중에서도 카짐의 신임을 얻고 있는 하산은 카짐이 분노한 모습을 처음으로 보고 있었다. 화가 나면 대부분 사람은 특히 아랍의 남자들은 자기 화를 못 이겨 스스로 무너지는데 카짐은 아니었다.

채찍질하면서도 카짐은 표정 하나 변하지 않았다. 오히려 차분했고 그는 냉정했다. 그 모습이 더 소름이 끼치는 하산이었다.

쫘악!

「윽!」

정신 줄을 놓아 버린 남자는 사슬에 매달려 죽은 듯이 몸을 축 늘어트렸다. 죽은 걸까? 하산의 눈은 남자의 가슴을 향해 있었다. 혹시나 숨을 쉬지 않을까 걱정이 돼서였다. 사슬에 매달린 남자는 라쉬드가 사랑하는 큰아들 마흐무드였다. 얼마 전 칼리드가 암살을 당할 뻔했는데 암살자가 고문 끝에 말한 이름이 마흐무드였다. 물론 마흐무드는 자신의 아버지 라쉬드를 위해 한 일일 것이다.

「누가 시킨 일이지?」

카짐의 목소리는 더더욱 차가워졌고 옆에서 보는 하산도 온몸에 소름이 돋았다. 처음으로 고문받다가 죽은 사람을 보게 될 것 같았다.

「…….」

줄에 매달린 남자는 죽은 듯이 미동도 하지 않았다. 카짐이 다시 채찍을 드는 순간 칼리드가 고문실 안으로 들어왔다. 모두가 고개를 숙여 그에게 인사했다. 모든 이들이 스스로 경배하게끔 만드는 사람이 칼리드였다.

신들도 질투할 만한 외모에 지도력까지 갖춘 그는 아랍에미리트의 토후국 중에 가장 손꼽히는 지도자였다. 백성 모두가 그를 존경하고 두려워했다. 그는 하늘이 보내 준 사람이었다. 칼리드는 카짐과 비슷한 거구였다. 190㎝가 넘는 신장에 무술로 다져진 몸은 용맹한 무사와 같았다.

얼마 전 총상을 입었음에도 칼리드는 겉으로는 아무 일도 없었던 사람같이 행동했다. 그런 모든 면에서 그에겐 인간미라고는 찾아볼 수 없었다. 그는 분명 사람이 아닐 것 같았다. 위대한 알라가 보내 준 신임이 분명했다.

「술탄, 이곳에 오시는 건 좋지 않습니다.」

충성스러운 카짐이 총상을 당한 칼리드를 걱정하며 말했다.

「아니다. 마흐무드는 불었나?」

「아직 입 밖으로 아무런 말을 하고 있지 않습니다.」

칼리드가 마흐무드의 앞으로 가서 그의 얼굴을 손가락으로 들었다. 그 모습이 어찌나 우아한지 하산은 넋을 놓고 보고 있었다.

「난 네가 왜 나에게 이런 일을 했는지 이해가 되지 않아. 총탄이 날 겨누고 있으면 어떻게 될지 생각을 못한 건가? 아니면 성공할 거라 확신한 건가?」

「…….」

「눈에는 눈, 이에는 이. 세상은 그런 것이다. 마흐무드.」

「난……. 아무 짓도……. 하지 않았어.」

「그럼, 네 아버지가 시킨 짓이라고 말해!」

마흐무드는 입을 다물어 버렸다. 라쉬드의 이름을 말하기 두려운 모양이었다.

「목숨은 하나뿐이다.」

그때 갑자기 문이 열리더니 고문실 안으로 셸림이 들어왔다.

「욱!」

마흐무드의 처참한 모습을 본 셸림이 구역질을 하기 시작했다.

「들어오지 말라고 했을 텐데?」

「죄송합니다……. 욱!」

「셸림!」

칼리드의 친형제라고는 믿어지지 않는 셸림이었다. 여자, 술, 도박 등에 빠져 있다가 칼리드 때문에 개과천선했다고는 하지만 뭔가 지도자라고 하기엔 부족한 셸림이었다. 칼리드의 어깨까지 오는 작은 키에 통통한 체격의 셸림은 하는 짓이 꼭 소인배 같았다.

누군가의 잘못을 칼리드에게 이른다거나 자신의 잘못을 숨기기 위해 거짓말을 일삼았고 여자들을 너무 좋아해서 다른 남자의 부인과도 염문을 뿌리고 다니는 남자였다. 한마디로 골칫거리였다.

하산도 셸림을 좋아하지 않았다.

「지금 라쉬드가 술탄을 뵙기 위해 궁전에 들어왔습니다.」

「라쉬드가?」

「네.」

흥분할 만한 일이었다. 칼리드는 곧바로 몸을 돌렸고 카짐도 하산에게 고문실을 맡기고 칼리드의 뒤를 따라 나갔다.

술탄 칼리드의 궁전은 화려하고 웅장했다. 두바이의 슈퍼리치들도 칼리드의 재력에 비교하면 새 발의 피였다. 원유와 LPG 그리고 사막이라고는 상상이 되지 않는 농경지에 바다의 진주까지 라스 알카이마는 부유한 토후국이었고 그 모든 걸 가진 사람은 칼리드였다.

어쩌면 라쉬드의 것이었을지도 모르는 이 엄청난 부를 그는 자신의 것으로 확실하게 만들고 싶었다. 동생으로 태어난 건 라쉬드의 잘못이 아니었다. 형인 나예프에게 술탄의 자리를 빼앗긴 그는 만년 2인자의 자리일 수밖에 없었다.

그런데 형이 죽고도 술탄의 자리는 그의 것이 아니었다. 그것이 생각하면 할수록 열이 받았다. 그는 칼리드에 비하면 적은 재산이었지만 아랍에미리트에서 손에 꼽히는 부호였다. 하지만 인간은 만족을 모르는 동물이었다.

라쉬드는 몇 년 전에 반란을 도모했고 거사를 치르기 전에 칼리드에 의해 많은 측근이 희생되었다. 피해는 컸지만 라쉬드는 죽지 않았다. 칼리드가 두 다리를 뻗고 자려면 가장 먼저 그를 제거했어야 했다.

「오셨습니까?」

칼리드의 신하가 그에게 허리 숙여 인사했지만 라쉬드는 아는 체조차 하지 않았다. 이곳에서 숨 쉬는 모든 것이 라쉬드의 마음에 들지 않았다. 형인 나예프가 지내던 곳이자 수많은 술탄이 이곳에서 살았다.

하지만 라쉬드는 그들의 숨결이 살아 있는 이곳이 불편했다. 그가 집권하게 된다면 그는 이곳부터 무너트리고 새 건물을 지어야겠다고 늘 생각했다.

「안으로 드시겠습니까?」

「그렇다면…….」

칼리드의 신하가 무례하게 그의 몸에 손을 대려 하자 그가 손으로 저지했다.

「내 몸에 손대면 널 죽일 것이다.」

「…….」

그가 엄포를 놓자 칼리드의 신하는 어쩔 줄을 모르고 있었다. 칼리드가 총에 맞은 지 얼마 되지 않았기 때문에 궁전은 경계태세였다.

「비켜라.」

「그럼, 들어가실 수 없습니다.」

찰싹!

라쉬드의 손이 남자의 뺨을 때렸다. 하지만 칼리드의 신하는 꿈

쩍하지 않고 있었다.

찰싹!

또 한 차례 신하의 얼굴을 쳤지만, 그는 그저 그렇게 서 있을 뿐이었다. 그의 뒤로 경호원들이 줄을 지어 길을 가로막고 있었다.

「들여보내.」

카짐이 그를 들여보내라고 말했다. 온몸이 피로 범벅이 된 카짐을 보니 마흐무드의 상태가 짐작이 갔다. 반드시 카짐을 죽이리라 맹세한 라쉬드는 평온한 표정을 가장해 자신의 심란한 마음을 감추었다.

가벼운 금속 탐지기만 통과한 라쉬드의 뒤로 돌돌 말린 융단을 어깨에 멘 거구의 남자가 서 있었다.

「이건 칼리드를 위한 내 선물이지.」

「저에게 넘기시죠.」

카짐이 그의 선물을 넘겨받아 자신의 어깨에 멨다.

「살살 다루는 게 좋을 거야. 잘못했다가는 카짐 너라도 술탄이 용서하지 않을 테니까.」

카짐은 건방지게 그의 말에 대꾸도 없이 그보다 앞서 걷기 시작했다.

「건방진 놈…….」

궁전 안에 있는 커다란 접견실에 라쉬드는 오랜만에 들어왔다.

그의 출입을 엄격하게 제지한 덕분에 그는 나예프가 죽고 처음으로 궁전에 들어올 수 있었다.

「술탄, 라쉬드 빈 파이샬 알사우드가 인사드립니다.」

라쉬드는 아주 공손한 어투로 칼리드에게 인사했다.

「우리가 서로 인사를 나눌 사이는 아닌 것 같습니다만.」

칼리드의 음성은 그의 심장을 얼릴 만큼 차가웠다. 그의 조카였지만 술탄 칼리드는 두려움의 존재였다.

「그렇게 급하신 성정은 나라를 통치하시는 데 좋지 않습니다.」

라쉬드는 평온한 말투로 자신의 두려움을 숨기고 있었다.

「나의 성정까지 따지다니 웃기는군. 오늘 오신 목적이 뭡니까? 혹시 내가 살았는지 죽었는지 살피러 오실 겁니까?」

「아니라곤 못하겠습니다.」

「무엄하다!」

피범벅이 된 카짐이 소리쳤다. 그러자 칼리드가 손을 들어 카짐을 막았다.

「동물은 집에 들이는 게 아닙니다.」

라쉬드가 지지 않고 카짐을 동물 취급했다.

「사람도 사람 나름이고 짐승도 짐승 나름입니다. 이렇게 농을 하러 오셨다면 돌아가시지요.」

칼리드의 표정이 굳어졌다. 솔직히 지금 그를 본 칼리드의 기분이 좋을 리가 없었다. 그건 라쉬드도 마찬 가지였다. 좋아서 이곳에 온 건 아니었다.

「마흐무드를 찾으러 왔습니다.」

「눈에는 눈, 이에는 이. 마흐무드는 법에 따라 총살될 겁니다.」

그의 한마디에 라쉬드의 심장이 오그라들었다. 칼리드가 두렵게 느껴진 건 처음이었다. 자신의 아들을 죽인다는 것이었다. 마음먹기에 따라 라쉬드가 보는 앞에서도 마흐무드를 죽일 수 있었다.

자식을 그렇게 보낼 수는 없었다.

「술탄, 그래서 제가 거래를 하나 할까 합니다.」

「나와 거래를?」

칼리드의 잘생긴 얼굴이 일그러졌다. 인정하기는 싫지만 칼리드는 인상을 써도 잘생긴 얼굴이었다.

툭툭!

라쉬드가 자신의 발 앞에 놓인 융단을 발로 툭툭 찼다.

「뭔 줄 아십니까?」

라쉬드는 칼리드의 표정을 살폈다.

「나와 말장난을 하고 싶은 겁니까?」

「술탄께서 갖고 싶어 하시는 것을 제가 가져 왔습니다. 그러니 마흐무드와 바꾸시죠.」

「내가 갖고 싶은 것이라…….」

「매일 밤 그리워하셨을 것입니다. 타는 듯한 욕정을 할렘의 누군가와 푸셨을지 모르겠지만, 그토록 원하시던 그것을 제가 가져왔습니다.」

칼리드의 표정이 라쉬드가 보기에도 딱딱하게 굳고 있었다. 이 안에 무엇이 있는지 알아차린 눈치였다. 평소의 칼리드의 표정과는 사뭇 달랐다. 얼굴에 초조함의 빛이 떠올랐다.

「어떠십니까?」

「펼쳐라.」

「잠깐!」

라쉬드가 발로 융단을 밟고는 펼치지 못하게 막았다.

「마흐무드를 주십시오.」

「내가 확인도 하지 않고 줄 거로 생각하는가?」

「술탄께서 절 감시하시듯 저도 술탄의 모든 걸 압니다. 이 안에는 한국 여인이 들어 있습니다. 고맙게도 이번에 두바이 총영사관으로 발령을 받았지 뭡니까. 제 발로 들어온 거지요. 그래서 제가 모셔 왔습니다.」

칼리드가 그를 빤히 보았다. 아무리 조카라도 칼리드는 섬뜩한 냉기가 흐르는 인간이었다. 그는 마음먹은 것은 반드시 하는 인간이었고, 그것이 라쉬드가 그를 두려워하는 가장 큰 이유였다.

「카짐.」

드디어 칼리드가 카짐을 불렀다. 라쉬드는 마음이 놓였다.

「마흐무드를 데려와라.」

「술탄…….」

「어서!」

얄미운 카짐이 인상을 쓰며 안으로 들어갔다.

「펼쳐라.」

라쉬드가 직접 융단을 굴렸다. 융단이 도르르 풀리면서 그 안에 나체의 여인이 또르르 굴러 나왔다. 부끄러운지 엎드린 자세의 여자는 확실히 아름다웠다.

쨍그랑!

라쉬드가 여인의 벗은 몸을 다 보기도 전에 칼리드가 옆에 있던 테이블보를 잡아채서 여자의 몸에 둘러 감싸 안았다. 위대한 술탄이 벗은 여인을 사람들 앞에서 안아 들었다. 이런 일은 흔하게 있는 일이 아니었다.

「나에게 총질을 해 댄 것도 부족해서 아무 상관 없는 여자를 납치해?」

술탄의 목소리가 궁전을 쩌렁쩌렁하게 울렸다.

「좋아하실 줄 알았습니다.」

라쉬드는 칼리드의 반응에 아주 만족스러웠다. 동양의 여자가 칼리드의 발목을 잡을 열쇠가 될 거란 셀림의 이야기가 딱 들어맞았다.

「마흐무드!」

거의 초주검이 된 마흐무드가 라쉬드의 발 앞에 던져졌다. 라쉬드는 이를 악물었다. 도저히 이대로는 가만히 있을 수가 없었다.

「다음에 또 이런 장난을 한다면 고문 따위는 없을 겁니다. 바로 머리통을 날려 버릴 거니까요.」

「…….」

「그리고 경고하는데, 이 여자를 한 번만 더 건드렸다가는 칼리드 빈 나예프 알사우드의 이름으로 라쉬드의 집안에 살아 있는 모든 것을 죽여 버릴 겁니다.」

가장 무서운 경고였다. 그에게 총을 쏴도 하지 않았던 경고를 겨우 여자 하나 때문에 한 칼리드를, 라쉬드는 잠자코 보고 있었다.

「카짐, 라쉬드와 마흐무드를 보내 드려라. 이건 내 앞에 이 여자를 보내 준 대가이자 내 자비다.」

칼리드의 부하들이 마흐무드를 라쉬드의 차까지 업고 갔다.

칼리드는 좀처럼 놀라는 일이 없는 사람이었다. 감정의 기복이 없어서 사람들은 그가 무슨 생각을 하는지 무엇을 느끼고 있는지 짐작조차 하지 못했다. 하지만 오늘 칼리드의 감정은 주변 모두가 느꼈다.

그는 지금 굉장히 놀라고 흥분한 상태라는 걸 말이다.

「칼리드.」

셸림이 칼리드를 불렀다. 그의 형이자 술탄인 칼리드는 이런 사람이 아니었다. 여자 하나 때문에 첩자를 풀어 줄 정도로 감정에 흔들리는 남자가 아니었다. 그런데 오늘은 너무 이상했다.

한국에서 돌아오면서 그는 라쉬드에게 향기에 관해 이야기했고 돈을 받았다. 하지만 이런 식으로 써먹을 거라고는 상상도 못했었다.

「칼리드, 여자 하나 때문에 대역 죄인을 풀어 주시다니요. 마흐무드는 술탄을 죽이라고 지시한 자입니다.」

셸림의 말에도 칼리드는 대꾸 없이 향기를 안고 있었다.

「향기는 칼리드의 생각을 흩트리는 나쁜 여자입니다. 가까이하지 마십시오.」

「셸림, 네가 관여할 일이 아니다.」

「술탄.」

그때 라쉬드를 데려다주고 온 카짐이 보였다.

「카짐, 술탄을 말려야 해.」

「…….」

카짐은 대꾸도 하지 않았다. 카짐은 늘 셀림을 무시했다. 권력이 생긴다면 저 녀석부터 처리하고 싶었다. 칼리드는 셀림의 말을 들을 생각이 없어 보였고 모두가 그의 말을 무시했다. 셀림은 칼리드의 곁에 향기가 있는 게 너무 싫었다.

혹시나 향기와 칼리드가 잘 된다면 의기양양한 향기의 꼴은 보기 싫을 것 같았다. 하지만 오늘은 칼리드의 고집을 꺾을 수 없을 것 같았다.

「다 물려라.」

「네.」

칼리드는 향기를 안고서 자신의 침실로 데리고 들어갔다. 옷을 모두 벗고 있는 여인을 경호원들과 하인들이 함께 있는 곳에 둘 수 없기 때문이었다. 무엇보다 나체의 그녀를 다른 사람들이 보는 게 싫었다.

"으으읍!"

아까부터 계속 재갈이 물린 채로 뭐라고 말하는 향기 때문에 그는 미칠 것 같았다. 야릇한 사향 냄새가 그녀의 전신에서 났기 때문이었다.

"으으으응."

그가 자신의 침실에 향기를 내려놓고는 머리부터 발끝까지 감싸고 있던 테이블보를 벗겨 냈다. 그 안에는 눈물을 흘리며 그를 보고 있는 아름다운 흑발의 마녀가 있었다. 손을 들어 자신의 입에 물린 재갈을 빼내려고 했지만 그게 쉽지 않은 모양이었다.

「가만 있어.」

칼리드가 자신의 단검으로 그녀의 입에 묶인 천을 잘라 냈다.

「술탄…….」

얼마나 울었는지 얼굴 전체가 눈물로 흥건한 채였다. 칼리드는 그 자리에 서서 향기를 내려다보았다. 라쉬드의 말처럼 매일 밤 그를 괴롭히던 여자가 그가 상상하던 모습으로 그의 앞에 서 있었다.

「꿈인가?」

「…….」

칼리드가 뭔가에 홀린 듯 향기의 얼굴을 양손으로 감쌌다. 화장기 하나 없는 얼굴인데도 아름다웠다. 이국의 마녀에게 그는 빠져들고 말았다.

「칼리드…….」

술탄이 아닌 칼리드란 이름으로 처음 불려 본 그는 저도 모르게 향기의 입술에 입을 맞추었다. 이렇게 하려고 침실에 데리고 온 건 아니었다. 그냥 그녀를 다른 이들이 보는 게 싫었다.

향기는 그만의 여자여야 했다. 왜 이렇게 강한 소유욕이 생기는 것일까? 그런 칼리드의 생각을 지울 정도로 향기의 입술은 달콤했다. 그가 기억하는 것보다 훨씬 더 좋았다. 칼리드는 더는 참을 수 없어 향기의 입안에 자신의 혀를 밀어 넣고는 그곳에서 그리움을 맛보고 있었다.

그리움……. 왜 그런 생각이 들었는지 알 수 없지만, 이상하게 칼리드의 가슴에서 그리움이 솟구치고 있었다.

향기의 얼굴을 잡고 혀를 빨아들이고 향기의 혀끝 돌기 하나하나를 건드리며 칼리드는 그리움에 적셔진 쾌락을 느꼈다. 여자는 단순한 쾌락에 불과했다. 그에게 여자들은 그렇게 지나갈 뿐이었다.

결혼에 대한 생각도 없었고 곁에 누군가를 두고 싶은 마음도 없었다. 그에겐 할렘이 존재하지 않았다. 한순간의 쾌락을 위해 그는 할렘에 돈을 쏟아붓고 싶지는 않았다. 그런 그에게 향기와의 만남은 조금 특별했다.

헤어지고도 생각이 나는 여자는 처음이었다. 눈치 빠른 카짐이 당장 데려오겠다고 말했지만, 그가 허락하지 않았다. 그는 운명을 믿었고 운명의 끈이 닿는다면 꼭 다시 보게 될 거라고 생각했다.

그렇게 오랜 시간을 거쳐 생각지도 못하게 그들은 한국에서 다시 만났고 그가 데리러 가겠다는 약속을 지키기도 전에 그녀가 그에게로 왔다. 이상한 일이었다. 운명이라는 건 존재했다.

물론 그녀가 그에게 찾아온 게 아니라 납치가 되어 오기는 했지만, 그들은 이렇게라도 만날 수밖에 없는 운명이었다.

「칼리드…….」

향기가 뜨거운 숨을 몰아쉬며 그를 바라보았다. 향기의 아름다운 검은 눈동자 안에 그가 가득했다. 그리고 그 검은 눈동자는 욕망으로 인해 그 빛이 더욱 진해졌다. 검은색이 더 짙어질 수 있다는 게 신기했다.

「난……. 읍!」

그녀의 말은 그의 입술에 사라졌다. 향기의 입술이 주는 짜릿함에 그의 피가 아래로 몰리는 기분이었다. 이곳까지 납치되어 온 그녀를 생각하면 참아야 하는데 그는 참을 수가 없었다. 왜 이렇게 된 것일까?

온몸의 피가 아래로 쏠렸다. 그녀를 갖지 않으면 미칠 것 같았다.

「하웃!」

칼리드가 향기의 엉덩이를 손으로 움켜잡았다. 그와 입맞춤하기 위해 발뒤꿈치를 들어서 그런지 향기의 엉덩이는 탄탄하면서도 부드러웠다. 그의 가슴에 눌린 향기의 가슴은 서양의 여자와 같았다.

향기는 동양인치고는 굉장히 육감적인 몸매를 가졌다. 인정하고 싶지 않았지만, 그의 온몸의 세포가 그녀를 원했다. 칼리드는 향기를 안고 운동장처럼 넓은 그의 침대 위에 올려놓았다. 수많은 금빛 쿠션이 그녀의 몸을 가려 버리자 칼리드는 인상을 썼다.

잠시도 그의 시선에서 놓치고 싶지 않은 모습이었다.

「칼리드, 난…….」

향기가 그에게 뭔가를 말하고 싶어 하는 것 같았지만 그가 입고 있던 토브를 벗는 바람에 그대로 멈췄다. 향기는 그의 모습에 놀란 토끼 같은 표정을 지었다. 그 모습이 너무나 귀여워서 웃음이 터질 것 같았지만 칼리드는 웃지 않았다.

뜨거운 순간에 찬물을 끼얹고 싶지 않았기 때문이었다. 그리고 그는 아직 총상이 완벽하게 아문 상태가 아니어서 어깨와 옆구리를 붕대로 감아 놓은 상태였다. 아마 그걸 보고 더 놀란 것 같았다.

칼리드의 커다란 몸이 침대 위에 오르자 침대가 푹 하고 꺼지는 느낌이 들었다. 그는 무릎으로 기어 그를 피해 자꾸만 뒤로 물러나는 향기의 다리를 잡았다.

「앗!」

향기는 소스라치게 놀라며 그의 손에 잡힌 가는 다리는 빼려고 했다. 하지만 향기는 그의 힘을 이길 수가 없었다. 그녀의 하얀 다리에 그의 손자국이 생겨 버렸다. 칼리드는 자신도 모르게 그녀의 가는 발목에 입술을 가져다 댔다.

「흐읍!」

향기가 숨을 거칠게 삼켰다. 칼리드는 아랑곳하지 않고 그녀의 다리에도 입을 맞췄다. 가는 다리를 따라 그가 입술을 올리자 향기는 숨도 쉬지 못하고 온몸이 굳어 버린 채로 있었다.

칼리드는 거기서 멈추지 않고 향기의 허벅지 위로 입술을 옮겼다.

「칼리드……. 헉!」

칼리드의 입술이 허벅지와 여성 사이에서 맴돌자 향기는 몸을 틀며 강하게 반응했다.

「쉿! 너무 아름다워.」

저도 모르게 나온 말이었다. 섹스하면서 여자의 아름다움을 말한 적은 한 번도 없었다. 칼리드는 자신이 왜 이렇게 향기의 반응을 살피며 그녀에게 최선을 다하는지 알 수 없었다. 그냥 그렇게 하고 싶었다.

향기는 연약해 보였고 그는 그런 향기의 모든 것에 매료되어 버렸다. 향기의 머리색과 같이 그녀의 여성은 검은 숲을 이루고 있었다. 칼리드는 그녀의 검은 숲에 입을 맞추었다.

"제발……."

향기가 알아들을 수 없는 한국어를 했지만 칼리드는 그녀가 말하는 게 무슨 뜻인지 알 것 같았다. 그의 입술이 그녀의 여성을 빨아들였다.

"아악!"

놀란 향기의 몸이 펄쩍 뛰었다. 하지만 그는 멈추지 않고 혀로 그녀의 여성을 가르며 들어갔다. 향기의 여성은 욕망으로 인해 촉촉하게 젖어 있었다. 칼리드는 그녀의 자리를 벌리고는 더 깊이 혀를 밀어 넣었다.

「칼리드……. 그만해요.」

「멈출 수 없어.」

칼리드는 혀를 길게 세워 그녀의 여성을 아래에서 위로 쓸어 올렸다.

「맛있어…….」

향기의 맛이었다. 그는 거친 숨을 몰아쉬며 그녀의 클리토리스를 핥기 시작했다. 칼리드는 맹세코 여자에게 이런 애무를 해 준 적이 없었다. 향기는 몸을 활처럼 휘며 그의 애무에 반응했다.

향기의 끈적이는 움직임이 그를 미치게 했다. 그는 몸을 일으켜 향기를 내려다보았다. 향기는 그의 아래에서 욕망으로 인해 몸부림치고 있었다.

「벌려 봐.」

「…….」

향기는 분명 두려움에 떨고 있었다.

「칼리드, 난 처음이에요.」

칼리드는 놀란 표정을 숨기지 않았다.

「이렇게 아름다운데 어째서…….」

「그냥 그렇게 됐어요. 그러니까 제발 살살해 줘요.」

「오……. 향기…….」

그녀는 멈추라고 말하지 않았다. 향기도 그를 원하고 있는 게 분명했다. 그녀의 말이 그의 욕망에 불을 지피고 말았다.

「흡!」

그의 입술이 다시금 향기의 입술을 삼켜 버렸다. 그리고 천천히 입술을 내렸다. 빠르게 그녀 안으로 들어가고 싶었지만, 향기는 처음이었다. 그는 그런 향기를 부드럽게 대해 주고 싶었다.

그의 입술이 그녀의 가슴에 머물렀을 때 칼리드는 자신이 얼마나 오만한 생각을 했는지 알게 되었다.

그녀의 핑크색 유두가 얼마나 유혹적인지 그리고 그를 얼마나 자극하는지 미처 깨닫지 못했기 때문이었다.

「헉, 더는 힘들어.」

칼리드는 이렇게 말하며 향기의 다리를 벌리고 들어가 자리를 잡았다. 그리고 자신의 페니스를 잡고는 향기의 여성에 문지르기 시작했다.

「안 돼요……!」

그의 페니스의 크기를 보고 놀란 것 같았지만 칼리드는 멈출 수가 없었다.

"아아악! 아파!"

「윽!」

"그만! 아아악!"

향기는 너무 아픈지 자꾸만 한국말을 사용했다. 안쓰러운 생각이 들었지만 지금 칼리드는 향기를 배려할 수가 없었다. 그녀의 질이 그의 페니스를 조여 왔기 때문이었다.

「조금만 참아. 그러면 괜찮아질 거야……. 윽!」

그렇게 말하면서도 그 또한 자신의 페니스를 물고 놓지 않는 향기 때문에 미칠 것 같았다. 이렇게 자극을 받은 건 처음이었다. 향기의 모든 게 그를 만족시키고 있었다.

「아악! 칼리드!」

향기의 손이 그의 가슴을 밀어내고 있었다. 하지만 잠시 후면 향기도 알 것이다. 사람들이 왜 섹스에 매달리는지를 말이다.

퍽퍽퍽!

그의 허리 짓에서 나는 소리가 침실을 울리고 있었다. 칼리드는 지금 온몸이 땀으로 뒤범벅이 되었다. 그래도 멈출 수가 없었다. 이런 섹스는 단연코 처음이었다.

「으으윽!」

그가 거칠게 숨을 토하며 마지막을 향해 가고 있었다. 그러자 향기가 더 거칠게 숨을 토해 내며 그의 리듬에 맞추기 시작했다. 향기는 그를 위해 태어난 여자였다.

"아아악!"

「윽!」

그가 거친 포효를 하며 향기의 몸 위로 무너져 내렸다.

「헉헉헉…….」

그의 거친 숨소리는 멈출 줄을 몰랐다. 부드러운 향기의 몸을 끌어안고 있으니 세상을 다 얻은 기분이었다.

「어떻게 처음일 수 있지?」

「…….」

「이렇게 아름다운 여자가 어떻게 처음일 수 있는지 이해가 가지 않아.」

「……처음인 여자는 싫은가요?」

그가 자꾸 말하는 게 싫어서인 줄 오해한 모양이었다.

「아니, 기뻐.」

「칼리드…….」

향기가 그의 이름을 부르며 얼굴에 손을 가져다 댔다.

「나를 칼리드라고 부른 사람은 우리 어머니뿐이야.」

「내가 무례했나요? 난…….」

「아니, 그 새로운 느낌이 좋았어.」

칼리드는 이렇게 말하며 그녀의 이마에 입을 맞추었다. 그는 향기를 안아 들고는 욕실로 향했다. 그녀의 몸을 풀어 줄 커다란 욕조가 그들을 기다리고 있었다.

화려한 술탄의 욕조답게 그의 욕실은 침실보다 더 컸다. 그리고 그 가운데 커다란 금빛 욕조가 있었다. 그 안은 그가 좋아하는 장미향이 가득했고 물 위에는 붉은 장미꽃 잎이 떠 있었다.

「에로틱해 보이네요.」

「술탄의 일상이지.」

그가 그녀를 안고 욕조 안에 넣고 그는 욕조에 걸터앉아 그녀의 목을 어루만졌다.

「따뜻한 물이 몸을 풀어 줄 거야.」

「전 차가운 물일 줄 알았어요.」

「수영장은 밖에 있어.」

「아…….」

그녀의 반응에 칼리드는 미소 지었다. 칼리드는 상처 때문에 욕조 밖에서 향기를 끌어안고는 가슴을 만졌다. 기분 좋은 느낌에 칼리드의 페니스에 다시 피가 몰리기 시작했다.

「궁금한 게 있어요. 몸에 붕대는 왜 한 거죠? 어디 다쳤어요?」

「총에 맞았어.」

그의 말에 향기가 욕조에서 몸을 일으켜 놀란 눈으로 그를 보았다.

「혹시 아까 그 피투성이의 남자가…….」

「향기를 납치해서 교환하자고 한 라쉬드의 아들이지.」

「나 때문에 놓아준 건가요?」

「아니, 마흐무드보다 라쉬드를 잡아야 하니까. 그러니까 향기는 신경 안 써도 돼.」

「칼리드를 죽일 뻔한 사람인데, 괜히 나 때문에…….」

향기의 눈에서 눈물이 흐르고 있었다.

「솔직히 난 라쉬드가 고마워. 향기를 나에게 데려다줬으니까.」

칼리드의 솔직한 마음이었다.

「라쉬드라는 사람의 말처럼…… 매일 밤 나 때문에 괴로웠나요?」

「맞아.」

「연락이 한 번도 없어서 그냥 끝인 줄 알았는데…….」

「아니야, 나 칼리드 빈 나예프 알사우드는 약속을 지켜. 데리러 가겠다는 말은 진심이었어. 그동안 이곳에서 여러 가지 문제가 생기는 바람에 좀 미뤄졌을 뿐이야.」

「칼리드…….」

향기가 그의 목에 팔을 두르고 안겼다. 더는 참기 힘든 칼리드는 그녀를 다시 안아 들었다. 그리고는 침실로 가지도 못하고 욕실에 놓인 테이블 위에 그녀를 앉혀 놓았다.

「향기는 마녀야.」

그는 이렇게 말하며 그녀의 가슴을 빨았다. 향기는 양손을 뒤로 짚고는 몸을 젖혔다. 향기는 빠르게 섹스를 배우고 있었다. 그녀는 본능적으로 그가 하는 대로 따라했다. 신기할 정도로 향기는 섹스에 소질을 보였다.

그녀가 처음인 줄 몰랐다면 경험이 많은 여자인 줄 알았을 것이다. 그렇게 그는 또 한 번 욕실에서 향기를 가졌다. 두 번의 섹스로 녹초가 된 향기는 그의 품에 안겨 깊은 잠에 빠져들었다.

이국의 향이 코끝에서 진동하고 있었다. 몸이 천근만근이라 눈꺼풀이 떠지지 않았다. 그녀가 천근만근인 이유가 또 하나 있었다. 그건 그녀의 가슴 위에 마치 자기 자리인 양 놓인 손과 그녀의 허벅지에 걸쳐진 엄청난 무게의 다리 때문이었다.

향기는 어제의 모든 일이 빠르게 머릿속을 지나가자 창피함에 온몸이 붉어졌다. 어떻게 칼리드의 얼굴을 볼지 걱정스러웠다. 그는 아직 규칙적으로 잠이 든 것 같았다. 눈을 떠 보니 온통 금빛으로 물든 방이었다.

침대 시트도 창문도, 그리고 엄청남 수의 쿠션들도 모두가 금색이었다. 벽면도 온통 황금빛이었다.

그때였다. 누군가 방 안으로 들어왔다. 그러자 칼리드가 그의 몸으로 그녀를 가렸다.

「칼리드, 라쉬드가 사병을 움직이고 있습니다.」

카짐의 목소리였다. 매번 카짐에게 부끄러운 장면을 들키는 기분이었다.

「전쟁인가?」

「그건 아닙니다. 아셔야 할 것 같아서…….」

카짐답지 않게 말을 흐렸다.

「날 방해할 생각인가?」

「아닙니다. 언제나 보고 받기를 원하시니까 저도 모르게 그만, 죄송합니다.」

카짐이 당황해서는 빠르게 방을 빠져나갔다.

「일어났어?」

「네.」

그녀가 몸을 일으키려고 하자 그가 뒤에서 꼭 끌어안았다.

「위험한 여자야.」

「제가요?」

「그래, 날 침대에 묶어 두니까.」

「전 묶은 적 없는데요.」

「이렇게 온종일 있고 싶게 만들잖아.」

그는 그렇게 말하고는 입술을 내려 그녀의 입술을 삼켜 버렸다. 키스를 한 번도 안 해 본 건 아니지만 그는 정말 키스를 잘했다. 그녀의 심장이 터져 버릴 것 같았다. 한국에서의 키스와는 또 다른 느낌으로 그는 그녀를 사로잡았다.

"으음……. 너무 잘해. 여자들이 너무 많았겠어."

「무슨 뜻이지?」

「아니에요.」

「내가 모르는 말을 자꾸 할 건가?」

「죄송해요.」

그러면서도 웃음이 나는 향기였다.

「웃지 마. 먹고 싶어지니까.」

향기는 더는 웃지 않았다. 그가 한다면 하는 사람이란 걸 알기 때문이었다. 그리고는 칼리드의 얼굴에 손을 가져갔다.

「수염이 빨리 자라네요.」

어제는 매끈하던 그의 턱에 벌써 수염이 거뭇거뭇하게 자라 있었다.

「수염이 싫은가?」

「아뇨, 너무 섹시해서요.」

「하하하, 섹시하다?」

「많은 여자는 칼리드를 그렇게 생각해요. 당신은 여자들의 로망 같은 사람이니까.」

「잘못 알고 있군. 난 그런 환상 속의 남자가 아니야.」

칼리드는 그가 여자들에게 어떤 영향을 미치는지 알지 못하는 것 같았다.

「여기 총영사관으로 왔다고 하던데?」

「네, 월요일에 출근입니다. 며칠은 쉬려고 일정을 넉넉하게 잡아서 다행이지, 안 그랬다면 외교 분쟁까지 일어날 뻔했어요.」

사실이었다. 그녀가 만약에 출근하다가 납치가 됐다면 영사관 측에서 찾을 것이고 라쉬드 때문에 큰 문제가 생길 뻔했다.

「오늘 평일인데 술탄은 일 안 해도 되는 겁니까?」

「아니.」

「그럼 일어날까요?」

「그것도 아니, 오늘 오전 일정은 없어.」

낭패였다. 여성은 따끔거리며 부어 있었고 온몸은 극심한 운동을 한 것처럼 근육통에 시달리고 있는데 그와 또다시 섹스한다면 정말 앓아누울 것 같았다.

「제가 호텔로 가 봐야 해요.」

「우리가 호텔 쪽에 연락해 놓을 테니 월요일까지 여기 있어.」

「그건 안 될 것 같아요. 저도 제 시간이…….」

「명령이야.」

그는 이렇게 한마디로 그녀의 말을 잘라 버리고 자리에서 일어났다. 그의 완벽한 나신이 그녀의 눈을 사로잡았다. 그가 향기를 향해 손을 내밀었다.

「전 말 잘 듣는 서기관이니까 명령을 따라야죠.」

이렇게 말하며 그가 내민 손을 잡았다. 벌써 기대가 되어 그녀의 아랫배가 찌릿했다.

4. 열정의 술탄

라쉬드가 눈을 돌리는 곳엔 사병들이 무장하고 배치되어 있었다. 무장했다는 걸 들킨다면 칼리드의 군대가 그들을 공격할 확률이 높아 무예 실력이 뛰어난 최소의 인원만이 라쉬드의 집을 지키고 나머지 병력은 다른 곳으로 이동시켰다.

라쉬드는 걱정스러운 시선으로 장남인 마흐무드를 보고 있었다. 어디 하나 성한 군데가 없었다.

「마흐무드, 정신이 들어?」

라쉬드의 첫 번째 부인이자 마흐무드의 어머니인 파티마가 울면서 물었다. 그러자 마흐무드가 고개를 끄덕였다. 마흐무드의 부인인 자밀라는 파티마의 곁에서 두려움에 떨었다.

가만히 두지 않을 생각이었다. 칼리드는 어제 그를 모욕했다. 자신의 부하들 앞에서 그를 세워 두고는 마음껏 비웃었다.

이렇게 당하고 있을 수만은 없었다. 그는 아랍에미리트의 수장이자 친구인 술탄 칼리파에게 이 사실을 알릴 생각이었다. 그리고 자신의 원수를 갚아 달라고 말할 생각이었다. 하지만 그는 혀를 깨물며 참았다.

지금 나선다면 칼리드가 경고했던 것처럼 자신의 집안의 씨를 말려 버릴지도 모르기 때문이었다. 그것이 두렵지는 않으나 그의 곁을 지키는 사람들을 한꺼번에 잃게 될지도 몰랐다. 그리고 어쩌면 이번엔 그가 죽을지도 몰랐다.

라쉬드는 잔인한 성품이었지만 자기 자신에게 관대했고 자신의 몸을 다치는 걸 극도로 싫어하는 겁쟁이였다. 물론 사람들은 모르는 일이지만 말이다.

「라쉬드 님.」

그의 첫 번째 부인이 그의 발아래 엎드렸다. 네 명의 부인과 열두 명의 자식을 둔 라쉬드의 첫 번째 부인인 파티마는 아름다운 여인이었지만 지금은 나이가 들어 라쉬드의 곁에 함부로 오지도 못했다.

하지만 라쉬드의 부인이자 장남의 어머니인 파티마는 하렘을 관리하는 여자였다. 부인들과 아이들, 그리고 시종들을 거느리며

이 집안에서는 라쉬드의 바로 아래 서열이었다. 그래도 파티마는 그를 존대했다.

「제발 술탄을 벌해 주십시오. 우리 마흐무드는 성한 곳이 없습니다. 억울하게 붙잡혀 가서 모진 고문을 받고 있는데 라쉬드 님께서는 가만히 계실 겁니까?」

「……」

라쉬드 또한 분노하고 있었다. 그가 마흐무드에게 지시한 건 칼리드를 지켜보라는 것이었지 제거하라는 건 아니었다. 하지만 라쉬드에게 뭔가를 보여 주고 싶은 마흐무드가 일을 저질렀고, 그가 고용한 인간이 칼리드를 죽이지 못해서 이 사달이 난 것이었다.

「라쉬드 님!」

그의 발 앞에 머리를 조아리고 있는 건 파티마뿐만이 아니었다. 자밀라까지 엎드려 그를 보고 있었다.

「마흐무드가 눈을 떴으니 그만들 물러가라.」

「라쉬드 님!」

「어서!」

라쉬드의 호통에 여자들은 물러갔고 라쉬드는 마흐무드의 옆으로 향했다. 그가 가장 아끼는 마흐무드였다. 하지만 지금은 채찍에 의해 온몸의 살이 찢겨 나가 붕대로 몸을 칭칭 감은 상황이었다.

「아버지…….」

「말하지 마라.」

「…….」

라쉬드는 누워 있는 아들을 보며 왜 자신의 아들은 형의 아들인 칼리드에 비해 이렇게 못났을까 라는 생각을 했다. 한 살 차이인 칼리드와 마흐무드였다. 칼리드는 어릴 때부터 마흐무드의 기를 죽이며 자랐다.

사실 마흐무드도 어디 가서 뒤처지지 않고 두각을 나타낼 인물이었지만 칼리드에 비하면 아무것도 아니었다.

「이제 죽이면 된다. 우리는 칼리드와 같은 하늘 아래 살기 어렵다.」

「네, 아버지…….」

거의 다 죽어 가는 목소리로 마흐무드가 말하자 라쉬드는 깊은 한숨이 나왔다. 라쉬드는 깊은 고민에 빠졌다. 칼리드에 굴복해서 지금을 누리며 살 것인지 아니면 모든 것을 걸고 칼리드를 제거할 것인지 말이다.

그가 갑자기 핸드폰을 들었다.

「어디인가?」

전화기 너머에서는 요란한 소리가 들리고 있었다. 이른 아침인데 아직도 술과 여자에 빠져있는 것 같았다.

[숙부님······.]

혀가 꼬여 있었다.

「셀림!」

[히히히······. 네······.]

신은 공평했다. 칼리드에게 이런 동생이 있다는 게 얼마나 다행인지. 라쉬드는 셀림을 경제적으로 지원해 주고 있었다. 칼리드도 지원을 해 주고 있었지만 셀림의 사치스러운 생활에 완벽하게 도움을 주지는 않았기 때문이었다.

그리고 자신은 셀림에게 필로폰까지 제공해 주었다. 그런 걸 칼리드도 알까?

[칼리드는 지금 향기와 뒹굴고 있지. 둘 다 꼴 보기 싫어서 죽을 것 같아······.]

「셀림, 술탄이 되고 싶나?」

[아니요, 전 이렇게 놀고먹는 게 좋은데 칼리드는 나에게 이런 걸 안 해 줘······.]

지금 셀림은 정신이 완전히 나가 있는 상황 같았다. 전화를 끊은 라쉬드는 창밖을 응시했다.

「그래, 마음껏 즐겨라. 셀림 넌 나에게 술탄의 자리를 가져다줄 자니까.」

「라쉬드.」

그의 옆을 말없이 지키며 지금의 상황을 보고 있던 라쉬드의 작전 참모격인 압둘라가 그에게 다가섰다. 아랍에서는 보기 힘든 곱사등이인 압둘라는 사람들의 눈을 피해 언제나 그림자처럼 라쉬드의 곁을 지켰다.

「칼리드에게 치명타를 날릴 방법이 있긴 합니다만…….」

압둘라의 교활한 표정이 오늘따라 마음에 드는 라쉬드였다. 이번 일도 압둘라가 끝까지 말렸지만, 그가 고집해서 벌어진 일이었다.

「압바스의 딸을 기억하십니까?」

압바스는 라쉬드와 같은 연방 평의회 의원으로 칼리드의 신임을 받는 인물이었다. 거기다가 압바스의 딸은 라스 알카이마의 절세미인 중의 하나였다. 마흐무드가 자밀라와 결혼하지 않았다면 그도 압바스의 딸과의 결혼을 서둘렀을 것이다.

「술탄의 결혼이 늦어지고 있어서 말입니다.」

압둘라가 눈을 가늘게 뜨며 말했다. 압둘라는 그냥 말하는 법이 없었다. 그의 말에는 뼈가 있었다.

「그렇지. 하지만 압바스가 우리를 도와줄까?」

압바스는 칼리드의 사람이었다. 그런 그가 라쉬드를 도와줄 리가 없었다. 굉장한 것을 해 주지 않는 이상은 흔들릴 사람이 아니었다. 돈은 압바스의 집안도 많은 편이었다.

「도와줄 겁니다.」

압둘라가 뭔가를 알고 있는 눈치였다.

「그렇다면 압바스에게 은밀하게 연락을 취해.」

「네, 알겠습니다.」

「너의 생각이 마음에 드는구나.」

압둘라는 또 한 번의 교활한 미소를 지었다.

칼리드의 침대 위에 실오라기 하나 걸치지 않은 여인의 나체가 보였다. 손가락 하나 들 기운이 없는 향기는 그대로 칼리드가 떠난 침대를 지키고 있었다.

"사람이 아닌 것 같아."

어젯밤부터 오늘 오전까지 그들은 몇 번의 섹스를 했는지 기억조차 나지 않았다. 말 그대로 눈만 마주치면 섹스를 했다.

"미쳤어."

미친 게 맞았다. 처음 섹스를 하는 그녀에게 칼리드는 부드러웠지만 강한 섹스를 가르쳤다.

"왜 나에게 이러는 걸까?"

솔직히 그녀는 칼리드에게 끌렸지만 칼리드가 그녀에게 이러는 건 이해가 되지 않았다. 겨우 몸을 일으킨 그녀의 곁으로 여자 하인이 다가와서 가운을 건넸다.

「언제부터 여기 있었어요?」

「어젯밤부터요.」

"맙소사! 어젯밤부터 여기에 있었다고? 미친 거 아니야?"

너무 놀라 또다시 한국말이 튀어나오자 곁에 서 있던 하인은 어리둥절한 표정이었다.

「미안해요. 좀 놀라서…….」

「아닙니다. 향기 님이 생각하시는 것처럼 이 방 안에 있지는 않았습니다. 칼리드 님이 나가시고 들어온 것이니 걱정하지 마십시오.」

「고마워요. 씻고 싶은데…….」

향기는 가운을 걸치고는 욕실로 향하려는데 하인이 그녀의 가방을 내밀었다.

「핸드폰이 쉴 새 없이 울렸습니다.」

향기는 가방을 받아 들고는 핸드폰을 찾아 손에 들었다.

「이름이 뭐죠?」

「'쌀와' 라고 부르십시오.」

「쌀와……. 편안함? 이름 잘 지었네요.」

그녀가 핸드폰을 들자 부재중 전화가 장난이 아니었다.

"여보세요?"

[야! 송향기!]

화가 난 라엘이 다짜고짜 성질을 내기 시작했다.

"왜?"

[어머니, 울고불고 난리였어.]

"미안해, 어제 일이 있어서……."

[너, 어머니가 얼마나 두바이를 싫어하는지 알지? 네가 두바이 갈 때 뭐라고 했어? 2시간에 한 번씩 전화한다며?]

아버지가 돌아가신 곳이었다. 칼리드와 열정적인 밤을 보내다 보니 전화하는 건 아주 잊어버리고 있었다. 이래서 자식은 키워 봐야 소용이 없다는 말이 나오는 모양이었다.

"어머니는?"

[병원에.]

"왜?"

그녀 때문에 입원하셨나 하는 생각이 들자 심장이 '쿵' 하고 떨어지는 느낌이었다.

[아는 분이 입원하셨다고 병문안 가셨어.]

"놀랐잖아."

[우리만큼 놀랐겠어?]

동생의 말에 할 말이 없었다. 분명히 그녀는 잘못했다.

"알았어. 어머니께는 네가 잘 말씀드려. 잘 지내고 있다고."

[언니가 전화해.]

"알았어. 그런데 자꾸 너, 너 할래?"

[나도 걱정했단 말이야.]

"알았어. 미안해."

전화를 끊고 나자마자 향기는 유진에게 전화를 걸었다.

"왜?"

[왜라는 말이 나오냐? 어딘데 그렇게 연락이 안 돼?]

"납치됐다."

[미친년, 장난할 게 없어서 그런 것 가지고 장난을 해? 우리가 얼마나 너 걱정한 줄 알아?]

"우리?"

[라엘이랑 어머니랑 나. 어머니가 나한테 어찌나 전화하시는지 난 잠 한숨 못 자고 눈 밑에 다크서클을 장착하셨다. 정말 사람 걱정하게 할 거야?]

"미안."

[전혀 미안하게 들리지 않는 이유는 뭘까?]

유진은 눈치가 빨랐다. 전화기 너머로 그녀의 기분을 알아맞히는 건 어머니보다 유진이 더 잘했다.

"알았으니까 연락 자주 할게."

[기분은 어때?]

"좋아."

[좋다니 다행이다. 네 목소리가 그렇게 나쁘게 들리지 않으니 믿을게.]

"알았어. 나 이제 씻으려고."

[알았어, 쉰다는 생각으로 일해. 넌 좌천된 게 아니야.]

유진의 위로가 고마운 향기였다. 향기는 전화를 끊고 곧바로 샤워를 시작했다. 그녀 집의 두 배는 되어 보이는 욕실은 화려함의 극치였다. 집 안에 대중탕을 가져다 놓은 느낌이었다.

"사우나네."

그녀가 샤워하는 동안 쌀와 이외의 여자들이 욕실 안으로 들어와서 그녀를 기다리고 있었다.

「쌀와, 이제부터 혼자 할게요. 난 이런 것에 익숙한 사람이 아니에요.」

「압니다. 하지만 이게 저희 일이고 이렇게 하지 않으면 술탄께서 화내십니다.」

향기에게 다정한 모습을 많이 보여 줬다고 해도 칼리드는 무서운 술탄의 이미지가 강했다. 아랍에미리트의 대통령제는 우리의 대통령제와는 사뭇 다르다. 이곳은 7개의 토후국이 모인 나라였다. 각 토후국의 국왕은 군주로서의 힘을 발휘했다.

그들은 서로의 약점을 보완하기 위해 모였고 그것이 다였다. 각자의 나라는 각자의 방식대로 통치가 되었고 지금의 라스 알카이마는 절대 군주의 면모를 가진 칼리드에 의해 통치되고 있었다.

칼리드는 국민의 믿음을 얻고 있었지만 두려움의 대상이기도 했다.

향기는 그래서 그녀들이 하는 대로 내버려 두기로 했다. 아랍 여인들의 시중을 받는 느낌은 참 묘했다.

「술탄께서 침실에 여자를 들이신 건 처음이십니다.」

왠지 MSG를 왕창 쏟아부은 말 같았다. 칼리드같이 정력적인 남자가 어떻게 처음으로 침실에 여자를 들인단 말인가.

「술탄께서 만난 유명한 모델분들이나 스타들은 다 술탄의 요트나 외국에서 만나셨지 궁전에 여자를 들인 적은 없습니다.」

그녀가 처음이란 말이었다. 왜? 당장에 그런 의문이 생겼다.

「하렘은 없나요?」

쌀와가 옆의 여인들과 함께 웃었다.

「하렘은 지금 존재하지 않습니다. 아랍에 대한 외국분들의 오해죠. 하지만 법적으로는 네 명의 부인을 둘 수 있기 때문에 하렘은 아니지만, 집 안에 여자들이 많을 수는 있죠.」

예전에 어디서 들은 얘긴데 술탄의 어머니가 하렘을 관리하고 발리데 술탄(술탄의 어머니)이라는 호칭까지 있었다고 들었다.

「발리데 술탄?」

「맞아요, 술탄의 어머니죠. 예전엔 이슬람 교리에 따라서 최다 네 명의 부인과 노예 후궁이던 록셀란, 술탄의 자녀들, 그리고 그들을 돕는 흑인 내시들까지 합쳐서 5백 명의 인원이 하렘에서 생활했죠.」

그녀의 머리를 말리고 정성스레 빗질을 하고 다른 하인들이 그녀가 입을 옷을 가지고 왔다.

「내 여행용 가방에 옷이 있어요. 그거 입으면 돼요.」

「술탄께서 이 옷을 주셨습니다.」

술탄이란 말이 들어가면 그냥 끝이었다. 그녀는 벌거벗겨져 온 것에 비하면 뭐든 괜찮을 것 같았다. 어제의 일을 생각하면 창피해서 죽을 것 같았다. 칼리드가 보낸 옷은 히잡이나 부르카가 아니었다.

차분한 화이트 톤의 썬 드레스와 카디건, 그리고 모자였다. 거기에 샌들까지. 단순하지만 충분히 그녀를 배려한 옷이었다. 하지만 옷을 입으려다가 브랜드 텍을 보고는 향기는 고개를 흔들었다.

명품 중에 명품인 옷이었다. 그것도 신발까지 다 세트니 그 가격은 상상을 초월할 것 같았다.

「점심 식사는 같이 못 드시고 저녁 식사는 같이하신다고 연락이 왔습니다.」

이런 대접을 받아 본 적이 없는 향기는 어색하기 짝이 없었다. 옷과 간단한 메이크업까지 받은 그녀는 궁전을 돌아보기로 하고 쌀와와 함께 궁전을 돌아다녔다.

집 안은 화려한 문양의 타일과 대리석으로 장식이 되어 있었다. 어디 하나 신경을 안 쓴 곳이 없었다. 박물관보다 칼리드의 궁전이 훨씬 더 볼거리가 많을 것 같았다. 옛것과 새것의 조화가 적절하게 이루어져 있었다.

이 집은 총 4층의 구조였다. 1층은 손님들을 접대하고 각종 회의를 하는 집무실이 있었고 2층 또한 외빈들을 위한 것이었고, 칼리드는 3층과 4층에서 주로 생활을 하는 것 같았다. 칼리드의 방은 4층이었다.

그의 품에 안겨 엘리베이터를 탔던 게 기억났다.

「여긴 마질리드입니다.」

「마질리드?」

「손님들을 맞이하는 곳이죠. 차도 마시고 담배도 피우면서 이야기를 하는 곳입니다. 1층에는 이런 마질리드가 4개가 있습니다. 약간 다른 용도로 쓰이긴 하지만 대부분은 손님들을 위한 공간이라고 보시면 되겠습니다.」

그리고 그들이 간 곳은 실내 수영장이었다. 넓은 수영장은 그녀가 서울에서 다녔던 주민센터의 수영장 크기와 비슷했다. 물론 이곳은 화려함까지 더해져 있었다.

「다른 세계 같네요.」

「아닙니다. 다 향기 님이 쓰실 수 있는 곳입니다.」

왠지 그런 것 같지는 않았다. 점심은 손님을 위해 만들었다는 어머어마한 크기의 대식당이 아닌 4층의 테라스로 가져다 달라고 했다. 라스 알카이마의 전경이 보이는 4층의 테라스는 그냥 앉아만 있어도 힐링이 되는 곳이었다.

"입에서 녹는구나."

세상에서 제일 맛있는 스테이크로 배를 채운 향기는 테라스 벤치에 앉아 여유를 즐기다가 깜빡 잠이 들었다.

칼리드는 연방 평의회 의원들과 오찬을 했다. 궁전 밖에서 오찬을 한 이유는 단 하나 라쉬드와 점심을 먹기 때문이었다. 얼굴을 보기 싫었지만, 국정 현안을 위해서는 어쩔 수가 없었다.

「술탄, 우리가 두바이처럼 높은 건물을 짓고 해야 관광 산업이 좀 나아지지 않겠습니까?」

요즘 그들의 화두는 관광업이었다. 두바이처럼 아름다운 도시를 만들어 관광객들을 유치하자고 다들 난리였지만 칼리드의 생각은 조금 달랐다.

「두바이가 관광으로 성공을 했다고 하면 우리는 다른 쪽으로 모색을 했으면 합니다.」

압바스가 다른 의원의 말을 치고 들어왔다.

「저는 아랍의 다른 토후국들이 우리나라의 기반 시설에 의지하게 만들면 더 좋을 것 같습니다. 예를 들어 전기라던가? 아니면 전혀 다른 이야기지만 농업이라던가 아니면 바다를 이용한 산업도 좋을 것 같습니다.」

압바스는 칼리드의 생각을 읽고 있는 것처럼 말했다. 회의와 함께한 점심 식사가 끝이 나고 칼리드는 압바스와 이야기를 하게 되었다.

「의원님의 생각과 제 생각이 같습니다.」

「그렇다니 다행입니다. 술탄.」

압바스는 겸손하기까지 했다. 이제까지 그가 보아 온 압바스는 튀는 행동을 하지 않는 아주 점잖은 사람이었다. 아버지 나예프의 신임을 받지는 못했지만 그건 아버지가 압바스의 발전적인 생각을 싫어하셨기 때문이었다.

「죄송합니다. 술탄.」

압바스가 어딘가를 보더니 그에게 양해를 구하고 그곳으로 향했다. 칼리드의 시선도 자연스럽게 압바스가 움직이는 방향을 보게 되었다. 그곳에는 놀라운 미모의 여자가 압바스와 이야기를 하고 있었다.

「참, 예쁘지 않습니까?」

아흐마드 의원이 그의 옆에 서서 말했다.

「압바스의 딸인 자이납입니다. 이 호텔의 지배인이기도 한데 그 아름다움 때문에 모두가 탐을 내는 여인이죠.」

「…….」

「왕비의 후보군에 있습니다.」

그는 대답 대신에 자이납을 보기만 했다. 아름답기는 했지만 그를 자극하진 못했다. 한마디로 흥미를 끌지 못했다. 회의가 끝이 나고 그는 빠르게 궁전으로 향했다. 향기가 기다릴 거라고 생각했기 때문이었다.

그녀를 다시 품에 안고 싶다는 생각뿐이었다.

「짐승이 따로 없군.」

그는 자신의 이런 변화가 그리 좋지만은 않았다. 하지만 이런 기분 나쁨도 향기를 보는 순간 다 잊고 마는 그였다. 처음 느끼는 감정에 아주 복잡해져 버렸다. 복잡한 감정보다 그의 신체가 반응하는 것 때문에 더 힘들었다. 향기만 생각해도 피가 아래로 몰렸다.

「셀림께서 아직 머물고 계신 저택에 들어가지 않은 상황이십니다.」

카짐이 셀림의 이야기를 꺼내서 향기에 대한 생각에서 빠져나오게 만들었다.

「찾아.」

셀림은 잘하다가도 가끔 이렇게 속을 썩이곤 했다. 이참에 버릇을 고쳐야지, 안 될 것 같았다. 정신을 차리고 그를 도와도 시원치 않을 판에 말이다.

「어디에 계신지는 압니다.」

「가서 잡아다가 고문실에 묶어 놔.」

「술탄.」

술과 도박, 거기에 여자까지는 봐줄 수 있었지만, 마약은 안 될 말이었다. 카짐은 걱정이 되는 모양이었지만 이번 기회에 셀림의 썩은 생각을 바로잡을 생각이었다.

향기를 생각하며 즐거웠던 기분이 언제 그랬냐는 듯 가라앉아 버렸다.

「향기는?」

「쌀와의 보고로는 쉬고 계시다고 합니다.」

「하긴 피곤했을 거야.」

그는 창밖을 보며 빨리 자신의 궁전으로 가길 바랐다. 이런 생소함이 이제는 예전부터 그랬던 것처럼 느껴지고 있었다.

그는 궁전에 도착하자 향기가 있다는 4층으로 올라갔다. 엘리

베이터도 타지 않고 그는 성큼 성큼 나선형 계단을 오르고 있었다. 그 모습을 카짐이 놀란 표정으로 보고 있었지만 칼리드는 알지 못했다.

그는 눈으로 향기를 찾았다. 그를 본 쌀와가 얼른 고개를 숙였다. 모두가 그를 두려워했지만, 향기는 달랐다. 그는 하인들이 서 있는 테라스 쪽으로 가서 그들을 모두 물렸다. 향기는 피곤했는지 긴 소파에 누워 세상모르고 자고 있었다.

그는 향기의 옆으로 가서 한쪽 무릎을 꿇고는 향기의 얼굴을 들여다보았다. 아름다운 얼굴을 내려다보자 그의 얼굴에 자동적으로 미소가 걸렸다. 꿈을 꾸는지 인상을 쓰고 있는 향기였다. 그는 저도 모르게 향기의 얼굴을 쓰다듬었다.

그러다가 그녀의 붉은 입술에 자신의 입술을 살며시 댔다.

"으으음……."

향기가 그의 입술의 느낌에 눈을 살며시 떴다.

"꿈이야."

또 알아들을 수 없는 말을 중얼거리고 있었다. 그러더니 갑자기 그의 목을 끌어안더니 입을 맞추었다.

"꿈이라도 좋아……. 으으음."

무슨 말을 하는지 모르지만 그를 원하는 게 분명했다. 칼리드는 지금 그녀를 갖지 않으면 죽을 것만 같았다. 그는 테라스의 소파에 잠이 덜 깬 채 누워 있는 향기의 입술을 강하게 탐했다. 여기가 어디든 중요하지 않았다.

쫙!

그녀의 원피스를 찢는 순간 놀란 향기가 눈을 떴다.

「칼리드.」

그녀가 그의 이름을 부르는 순간 그는 이성의 끈을 놓아 버렸다. 찢어진 옷 사이로 드러난 풍만한 가슴을 칼리드는 거칠게 물었다.

"아아앙……."

향기의 신음이 좋았다.

쫘악!

그녀의 나머지 옷까지 찢어 버린 그는 향기의 온몸을 입술로 쓸었다. 소파에 누워 있는 향기를 무릎 꿇고 취하는 칼리드는 자신이 여인에게 이렇게 깊이 빠져든 적이 있었나 하는 생각했다. 하지만 그런 적이 없는 그였다.

향기의 하얀 가슴을 움켜쥔 그의 손이 오늘따라 까맣게 보였다. 마치 흑과 백을 보는 느낌이었다.

"아아앙……."

향기의 신음이 듣기 좋은 그는 향기의 유두를 빨기 시작했다.

「소리 내 봐.」

「아홋, 칼리드…….」

향기가 그의 이름을 불렀다. 그건 마치 주술을 거는 것과도 같았다. 너는 나에게 벗어나지 못한다는 뜻을 가진 것 같았다.

칼리드는 자신의 옷을 벗어 버렸다. 그리고 소파에 앉아 향기를 자신의 다리에 올려놓았다. 본능적으로 향기가 그의 페니스를 자신의 질에 넣었다. 오늘은 향기도 급했는지 특별히 애무하지 않았는데도 그의 커다란 페니스를 빠르게 넣었다.

"아악!"

하지만 아직은 그의 페니스를 받아들이는 건 힘이 든 모양이었다. 향기의 이마에 땀이 송골송골 맺혔다.

「허리를 움직여 봐.」

「이렇게요?」

향기의 순진함에 칼리드가 저도 모르게 미소 지었다.

「그래, 그렇게…….」

칼리드는 향기의 허리를 잡고는 그가 원하는 방향으로 향기를 몇 번 이동시켰고 어떻게 하는지 손의 움직임으로 가르쳤다.

「으윽!」

「헉헉, 마음에 드나요?」

「윽, 아주 많이…….」

그는 진심이었다. 향기는 섹스를 위해 태어난 여자였다. 그를 미치게 만드는 것도 모자라 이제는 스스로 어떻게 하면 느끼게 되는지도 알게 된 것 같았다.

허리를 부드럽게 움직이며 칼리드의 이성을 마비시키고 있었다. 야외에서 여자와 섹스를 한 건 향기가 처음이었다. 놓아주기 싫은 여자였다. 이렇게 여자를 곁에 두고 싶었던 적은 없었다.

그녀의 가슴이 출렁이자 칼리드가 그녀의 유두를 덥석 물고는 강하게 빨아들였다.

"아아앙!"

그녀가 허리를 활처럼 휘었고 칼리드는 그녀의 허리를 잡아 지탱했다. 그녀 몸 안의 페니스는 점점 더 커지는 것 같았다. 더는 버티기 힘이 든 칼리드가 향기를 소파에 눕히고는 단번에 페니스를 그녀의 질 안으로 밀어 넣었다.

그리고 힘차게 허리 짓을 했다. 향기도 신음을 뱉으며 그에게 매달렸다. 칼리드는 향기의 몸에 취해 정신을 차릴 수가 없었다.

「으윽」

그가 신음을 토해 내며 자신의 분신들을 그녀 안에 쏟아 냈다.

「칼리드…….」

향기는 그의 이름을 부르며 몸을 부르르 떨었다. 칼리드는 한 차례 더 향기를 갖은 후에야 그녀를 놓아주었다.

정신없이 시간이 흐르고 있었다. 오늘이 마지막 날이었다. 내일이면 무슨 일이 있어도 그녀는 대사관으로 출근해야 했다. 칼리드와의 선물 같았던 날들은 그녀의 기억 속에 묻어 두어야만 했다.

"아름다운 추억일까?"

가슴 아픈 추억이 될 것 같아서 걱정이었다. 아무나 할 수 없는 짜릿한 추억이었다. 아랍의 술탄이라니 믿어지지 않았다. 칼리드는 지금 실내 수영장에서 수영을 즐기고 있었고 향기는 수영장 끝에 발만 담그고 앉아 있었다.

물살을 가르며 수영하는 칼리드의 모습은 보기 좋았다. 완벽한 근육질의 몸을 가진 칼리드는 옷을 입고 있을 때도 멋있었지만 이렇게 벗고 있으면 정신을 빼놓을 만큼 섹시했다. 구릿빛 피부에 잘 다듬어진 근육을 가진 남자는 로맨스 소설에서나 나온다고 생각했는데 그녀의 눈앞에 있었다. 이런 꿈이라면 영원히 깨어나지 않아도 좋을 것 같았다.

"영화배우가 따로 없네."

물장구를 치며 쭉쭉 나가는 모습이 꼭 검은 물개 같았다.

푸우!

그가 머리를 쓸어 올리며 그녀 앞에 섰다. 그 모습이 너무나 섹시해서 향기는 심장이 멎을 것 같았다.

"몸에 참 해로운 사람이야."

그녀가 그를 보며 미소 지었다.

「무슨 말이지?」

「아무것도 아니에요.」

그가 향기 다리 사이에 서서 그녀를 올려다보았다.

「불공평하군.」

「뭐가요?」

「난 못 알아들으니까.」

인상을 쓰며 말하는데 그 모습도 섹시했다.

「몸에 해롭다고 했어요.」

「왜?」

「심장이 너무 빨리 뛰니까요. 어머!」

그가 향기를 안아서 수영장 안으로 끌어들였다.

콜록! 콜록!

수영장 안으로 들어오면서 향기는 물을 먹었다. 분명 그의 가슴까지 왔는데 그녀의 발이 닿지 않았다.

"푸우! 속였어."

「이 말은 알아들을 것 같아.」

「정말 나빠요.」

그가 어느새 향기의 손을 끌고는 조금 수심이 낮은 곳으로 갔다. 그리고는 향기를 안아 들었다.

「예뻐.」

뜬금없는 그의 말에 향기의 가슴이 두근거렸다.

「여자들이 많았겠어요.」

「없진 않았지.」

「불공평하네요. 난 처음인데…….」

「그래서 화가 난 거야?」

「아니라고는 못하겠어요.」

향기가 그의 목에 팔을 감고는 입을 맞추었다.

「으으음, 좋은데요.」

그가 향기를 바라보며 섹시한 미소를 지었다.

「몸에 해로운 건 내가 아니라 향기야.」

그가 향기의 입술을 삼켰다. 물 안에서의 키스는 상당히 자극적

이었다. 그의 손이 벌써 그녀의 가슴을 움켜잡고는 수영복 상의를

벗겨 버렸다.

「어머, 누가 보면……. 읍!」

그녀의 말은 그의 입속으로 사라져 버렸다. 그리고 지금은 누가

보더라도 상관없었다. 칼리드의 혀가 그녀의 입안을 점령하기 시

작했다. 그 누구도 이런 느낌을 주지 못했다. 그렇기에 향기는 스

물여덟 살이 되도록 혼자였다.

운명을 믿지도 않았다. 하지만 운명이 있다면 혹시나 이런 건 아닐까라는 생각이 들었다.

그들의 옆으로 그녀의 수영복 상의가 떠올랐고 잠시 후에는 하의까지 떠올랐다.

「헉헉, 마녀 같아.」

「주문이라도 외울까요?」

'당신이 나에게 빠져드는 주문 말이에요.'

향기는 뒤의 말은 차마 하지 못했지만 실제로 자신이 마녀였으면 싶었다. 그의 입술이 그녀의 목에 한참을 머물렀다.

「갖고 싶어.」

"이미 가졌어요."

그녀는 차마 그 말을 아랍어로 말하지 못했다. 이렇게 급작스럽게 사람에게 빠져드는 것도 신기한 일이었지만 자꾸만 그와 있으면 심장이 따끔거렸다. 정말 그녀의 반쪽인 걸까? 향기가 그의 얼굴을 양손으로 잡고 칼리드의 빨려들어 갈 것 같은 푸른 눈동자를 보았다.

"정신 차리려고요. 그걸 구분하지 못할 나이는 아니니까."

「점점 표정이 안 좋아지는군. 한국어를 배워야지, 욕을 해도 모르잖아.」

그의 말에 향기가 웃었다.

「웃지 마. 난 심각해.」

「오늘은 뜨겁게 안아 줘요. 우리의 마지막 밤이니까.」

「…….」

「내일부터 전 출근입니다. 술탄.」

그녀의 말에 그가 웃음을 찾았다. 그리고 그녀의 입술을 다시 머금었다. 그의 목에 매달려 있는 그녀를 안고 그는 수영장의 끝 으로 향했다.

「넌 내 것이야.」

「……. 」

향기는 대답 대신에 미소를 지었다. 그리고 그의 페니스가 곧바 로 그녀의 질 안으로 들어왔다.

"악!"

부끄러움도 모르고 향기는 비명에 가까운 신음을 냈다. 물속이 라서 그런지 안으로 들어가는데 **뻑뻑한** 느낌이었다.

「칼리드, 너무 **뻑뻑**해요.」

「나도 미칠 것 같아.」

칼리드는 향기를 놓지 않을 것처럼 강하게 안았다.

「영사관 일은 그만둬.」

「헉헉, 안 돼요.」

「왜지?」

칼리드의 세컨드가 되어 이곳에서 이렇게 살 수는 없었다. 그가 질리고 나면 그녀는 버려질 게 분명했다. 섹스만으로는 오래가는 사이가 될 수 없다. 아버지와 어머니처럼 그냥 평범한 가정을 이루고 살고 싶은 향기였다.

「난 평범한 게 좋아요.」

칼리드가 그녀를 알 수 없는 표정으로 보았다.

「사람들은 특별한 걸 좋아하지.」

칼리드의 말에 향기는 더는 대꾸하지 않았다. 아니 대꾸할 수가 없었다. 그가 열정적으로 허리 짓을 하는 바람에 아무런 생각도 할 수 없었다.

수영장 안에서의 섹스는 향기에게 쾌락의 끝을 선물했다. 섹스가 끝이 나고 수영장 끝에 있는 계단을 오르는 그를 향기는 말없이 보았다. 하늘에 전사가 있다면 저런 몸이 아닐까 라는 생각이 들었다. 거대한 근육질의 몸은 향기를 사로잡았다.

원래 그렇게 근육질의 섹시한 남자를 좋아하지 않았는데 향기는 자신의 좋아하는 스타일이 변한 걸 느낄 수 있었다.

그가 계단 끝에 서서 그녀에게 손을 내밀었다. 향기는 그의 손을 잡으며 미소 지었다. 하지만 그녀의 마음은 그렇지 못했다. 눈물이 날 것 같았다.

비슷한 사람을 만나야 행복하다는 생각을 하는 향기였다.

"꿈속의 왕자님과 오늘이 마지막이네."

그녀는 이렇게 조용히 말하며 그의 품 안으로 뛰어들었다. 그는 미소 지으며 향기를 안아 주었지만, 향기는 웃을 수 없었다.

5. 술탄의 여자들

총영사관에 첫 출근 날이었다. 오전에 카짐이 그녀를 데려다주어 생각보다 일찍 영사관에 도착했다. 부자 나라라서 영사관의 규모가 클 줄 알았는데 생각보다 작은 규모에 솔직히 놀랐다. 아부다비에 있는 대사관과는 확실하게 차이가 있어 보였다.

그녀는 총영사의 보좌관으로 업무를 처리하게 되는데 이곳의 총영사는 아버지의 직속 후배였기 때문에 그녀가 안전하게 근무할 수 있을 것 같았다.

"안녕하십니까?"

"이게 누구야?"

김요셉 총영사가 그녀를 따뜻하게 안아 주었다.

"먼 길 오느라 고생했어. 여긴 오기 쉽지 않았을 텐데 말이야."

아버지를 두고 말하는 곳이었다.

"제가 이곳에서 자란 적이 있다 보니 하필 아랍어를 할 줄 알아서……. 어쩔 수가 없었어요."

"망나니 장관 때문에 고생이 많아. 하지만 장관도 정권이 바뀌면 바뀌는 거니까 몇 년만 참아."

이야기를 듣고 있으니 그녀가 말하기 전에 내용을 다 아는 모양이었다.

"의전장님께서 말씀하신 겁니까?"

"아니, 장관이 나한테 직접 전화해서 못 견디게 하라고 하더라."

"……."

그녀를 여기에 보내고도 전화까지 해서 괴롭히라고 한 걸 보면 장관은 치가 떨릴 정도로 인간쓰레기였다. 어떻게 해서든지 정신을 차리게 해 주고 싶었다.

"어려운 일 있으면 말해."

"네, 의전장님은 뭐라고 안 하셨어요?"

"요즘 의전장도 좀 이상해."

"왜요?"

"사람들이 예전하고 다르다고 하더라고. 참 괜찮은 사람이었는데 말이야."

그 점은 향기도 느꼈다. 예전의 바른 분이 아닌 것 같았다.

"아 참, 여기서는 중동에 진출한 기업들의 행사도 돕고 있어. 우리 송 서기관이 의전 행사를 오랫동안 담당해 왔으니까 우리가 거는 기대도 커."

향기는 김 영사의 따뜻한 말에 마음이 편안해졌다. 영사관에 근무하는 직원들도 너무 좋은 사람들이었다. 그녀가 머물 공관은 영사관과 그리 멀리 않은 곳에 있었다. 첫날이라서 사람들과 인사를 한 후에 사무관이 그녀를 숙소로 안내해 주었다.

그녀가 머물 숙소는 생각보다 혼자 살기에 커다란 집이었다.

"공간이 생각보다 넓어요. 마음에 들어요."

집 안을 둘러보며 향기가 감탄했다.

"그렇죠? 마음에 드신다니 다행이에요. 총영사님께서 조카라고 얼마나 신경을 쓰시는지, 제가 너무 부러울 정도였어요."

"친조카는 아니고, 아버지와 친하셨어요."

"지금은……."

"아버진 오래전에 돌아가셨어요. 총영사님은 그게 안타까우신 거예요."

"어머, 죄송해요."

그녀의 말에 사무관이 화들짝 놀란 표정을 지었다.

"전 처음부터 외교통상부 안에 있는 의전팀에서 근무해서 그런지 파견 근무는 이번이 처음이에요. 그런데 성은 씨는 처음부터 이곳에 오셨다고요?"

"네, 제가 아랍어를 전공했거든요. 외교관 중에 아랍어를 전공한 사람이 드무니까 제가 선택된 거죠."

이성은 사무관은 그녀보다 나이는 어리지만 밝은 성격이었다.

"짐 정리는 다녀와서 하면 될 것 같고, 돌아가죠."

"영사님이 오늘은 쉬시라고 하셨는데……."

"괜찮아요. 사실 며칠 전에 도착해서 좀 쉬었어요."

솔직하게 피곤했다. 칼리드와 섹스는 생각보다 많은 체력을 요구했기 때문이었다. 하지만 영사관에 돌아가는 길에 칼리드의 차가 지나가는 행렬을 보았다.

"라스 알카이마의 술탄이 아랍에미리트에서는 가장 손꼽히는 미남이죠."

"……."

향기는 창가로 가 차량 행렬을 보았다. 칼리드의 행렬은 그의 평소의 모습처럼 카리스마가 넘쳤다.

"세계에서 손꼽는 갑부에, 잘생겼지, 나라의 지도자지. 저런 사람을 두고 백마 탄 왕자님이라고 하죠."

"그렇네요."

"서기관님은 어떠실 것 같아요?"

"뭐가요?"

"저런 사람과 결혼한다면 어떠실 것 같냐고요."

"글쎄요……."

뜻밖의 질문에 당황한 향기였다. 물론 성은이야 그냥 물어본 말일 테지만 향기의 입장은 그렇지 못했다.

"난 좀 부담스러울 것 같아요. 술탄이 날 좋아하지도 않을 테지만 그가 만난 여자들에 비하면 전 완전 오징어죠."

"……."

"요즘 잘나가는 모델들은 다 한 번씩 그의 요트에 초대가 됐다고 했어요. 그 요트 안은 완전 환락의 끝을 볼 수 있다고 하더라고요."

"환락?"

"제 표현이 조금 진부했네요. 속된 말로 완전 죽여준다더라고요."

성은은 아주 신이 난 상황이었다. 성은이 이름을 말한 모델들과 배우들은 그녀 같은 공부벌레도 다 한 번쯤 이름을 들어 본 사람들이었다.

"아랍인 친구 중에 쌀와라고 칼리드의 집에서 일하는 친구가 있는데 그 친구도 칼리드의 요트에 일하러 간 적이 있는데 거기서

봤다고 하더라고요."

성은이 말하는 쌀와가 왠지 그녀를 며칠 동안 돌봐 주었던 그 쌀와와 같은 인물일 것 같다는 생각이 들었다.

"그런데 요즘 평의회 의원의 딸과 혼담이 오고 간다는 얘기를 들었어요. 그 여자가 아주 끝내 주는 여자죠. 아랍 에미리트에서 가장 예쁜 여자예요."

"성은 씨는 술탄에 대해 많이 아나 봐요."

"아뇨, 이 정도는 여기 사는 사람들은 다 알죠. 술탄은 솔직하게 로망이잖아요."

그들은 영사관에 도착했고 향기는 영사관의 1층을 보았다. 은 행 창구 같은 느낌의 영사관은 주로 비자 업무를 처리하는데 한국 면허증을 현지 면허증으로 바꾸어 준다든가 하는 사소한 일을 하기도 했다.

"여기 사업하러 오시는 분들이 많은가 봐요?"

생각보다 창구는 사람들로 붐볐다.

"네, 생각보다 많아요. 대기업들도 원유나 가스 때문에 많이 들어와 있고요."

"잘생긴 남자들이 많죠."

아무래도 아랍이라는 특성상 일하러 오는 사람들은 여자들보다는 남자들이 많은 것 같았다.

"저기도 한 명 있네요."

성은이 말하는 쪽으로 고개를 돌리자 그쪽에 어디서 많이 본 사람이 있었다.

"아주 잘생겼죠."

"그러네요."

남자도 그녀를 본 모양이었다.

"안녕하세요?"

남자가 인사를 하며 다가오자 성은이 누구냐고 물었다. 그제야 남자의 얼굴이 떠오른 향기는 남자를 보고 미소 지었다.

"비행기 안에서 옆에 앉은 사람."

"복도 많으십니다."

"그런가?"

"네, 확실히요."

복이라는 생각이 눈곱만큼도 들지 않았다.

"여기는 어쩐 일이세요?"

"사업 때문에 영사님을 좀 뵈려고 왔죠."

"아, 그러셨구나. 전 여기서 일해요."

"자주 보겠는데요."

그렇게 이야기를 하며 스쳐 지나려 하는데 그가 향기에게 명함을 주었다.

"연락해요. 저녁이라도 한번 먹게요."

남자는 그렇게 말하고는 깔끔하게 사라졌다.

"어디 봐요. 태우건설?"

"알아?"

"네, 중소기업인데 아주 탄탄한 곳이라 들었어요."

그녀는 명함을 주머니에 넣고는 자신의 사무실로 향했다. 할 일이 태산이었다.

셀림의 입이 씰룩거리기 시작했다. 손발이 묶인 채로 의자에 앉아 있은 지 며칠째인지 몰랐다. 카짐이 들어갔다가 나왔다 한 걸 대충 계산해 보면 3일 정도 되는 것 같았다.

하산이 카짐을 대신해서 그를 지키고 있었다.

「하산.」

「네, 셀림 님.」

「다리가 저려. 좀 풀어 줘. 허리도 아프고. 담배도 피우고 싶어. 담배 한 대만 주면 안 되겠나?」

여러 번 거절하던 하산이 그가 불쌍했는지 담배를 입에 물려 주었다.

「이왕 이렇게 물려 준 거, 손이라도 좀 풀어 주게.」

「안 됩니다.」

셀림이 담배를 뱉어 버렸다.

「내가 무슨 잘못을 했다고 이 난리야!」

셀림의 목소리가 점점 더 커졌다.

「술탄이 날 위해 해 준 게 뭔데?」

셀림은 고문실 안이 쩌렁쩌렁 울릴 때까지 소리를 질렀다. 그때였다. 하산이 담배를 줍고 있는데 칼리드와 카짐이 고문실 안으로 들어왔다.

「술탄, 잘못했습니다. 제발 풀어 주세요.」

셀림은 언제 그랬냐는 듯이 불쌍한 표정을 지으며 말했다.

「뭘 잘못했지?」

술탄의 표정이 좋지 않았다. 이럴 때일수록 정직해야 오히려 이 상황을 벗어날 수 있는 법이었다.

「술, 여자, 도박은 이제 절대로 안 할 겁니다.」

「한 가지 더.」

셀림은 마약에 대해서는 말하고 싶지 않았다. 술탄과 약속한 것 중에서 마약이 가장 끊기 힘이 든 것이었기 때문이었다.

「……」

「셀림!」

칼리드의 화가 난 목소리는 셀림에게는 그 무엇보다도 두려웠다. 형이지만 동경의 대상인 칼리드였다. 같은 아버지, 어머니가 낳은 자식이라고 하기엔 그들은 너무나 달랐다. 모든 걸 다 가진 형이 부러웠다.

「이렇게 하지 않으면 견딜 수가 없습니다.」

「뭐가 견딜 수가 없다는 거야?」

오늘은 불쌍하게 보이는 전략을 쓰기로 했다.

「술탄의 형제이나 전 너무나 다릅니다. 부모님의 열성인자가 다 저에게 몰려 있는 것 같아서 견딜 수가 없습니다.」

「부모님을 모욕하지 마라!」

잘못 건드렸다는 생각이 들었다.

「묶인 줄을 풀어 줘라.」

너무 쉽게 끝을 맺는 게 이상하기는 했지만, 분명히 칼리드가 풀어 주라는 말을 했다.

「감사합니다. 술탄 제가 앞으로는…….」

「아직 감사할 때가 아니다.」

「네?」

갑자기 술탄이 권투 장갑을 손에 끼우더니 그의 손에도 끼워 주었다.

「난 권투를 배운 적이 없고 넌 권투를 배웠으니 이걸로 정했다. 손발을 모두 사용해도 좋다.」

선수 출신은 아니었지만 셀림은 권투 실력이 아주 좋았다. 그런데 발까지 사용하라고 하니 그에게 유리한 건 사실이었다. 그가 알기로도 칼리드는 권투를 한 적이 없었다.

「제가 어떻게…….」

셀림의 입술이 교활하게 올라갔다. 그리고 칼리드를 보며 장갑을 끼웠다. 고문실의 의자가 치워졌다. 그리고 카짐과 하산이 심판을 보기로 했다. 오늘 칼리드는 검은 정장 바지에 드레스 셔츠를 입어서 보기에도 불편해 보였다.

하지만 셀림은 익숙하고 편한 전통 복장 차림이었다.

「셀림, 덤벼라.」

셀림은 가차 없이 주먹을 날렸다. 그는 빠른 주먹을 자랑했었다. 그런데 그가 주먹을 날림과 동시에 칼리드의 발이 그의 복부를 강타했다.

「윽!」

셀림은 저도 모르게 무릎을 꿇었다.

「일어나!」

이를 악문 셀림은 자리에서 일어나 그를 향해 팔을 뻗었다. 하지만 그의 손이 닿기도 전에 칼리드의 주먹이 셀림의 턱을 강타했다. 칼리드가 싸움을 잘하는 건 알았지만 이 정도일 줄 상상도 못한 셀림이었다.

태어나서 처음으로 형에게 맞은 셀림은 충격에서 벗어나지 못하고 있었다.

「널 죽이지 못해서 때리는 것이다. 일어나!」

칼리드의 고뇌가 그대로 드러났다. 하지만 셀림은 칼리드를 이해할 수가 없었다.

「차라리 죽이십시오!」

「끝까지 내 말을 듣지 않을 생각인가?」

「전 단 한 번도 술탄을 배신한 적이 없습니다. 윽!」

칼리드의 주먹이 그의 얼굴을 향해 날아들었고 고개가 돌아간 사이 발이 날아들어 그의 복부를 가격했다. 거짓말 하나 보태지 않고 셀림은 붕 떠서 바닥에 떨어졌다.

「뻔뻔하게 거짓말도 잘하는구나. 네가 라쉬드와 내통했다는 거 다 안다.」

「그, 그건 오해입니다.」

셀림은 배를 움켜쥐며 겨우 말을 했다.

「라쉬드가 너에게 약 살 돈을 대 주는 것도 안다.」

칼리드는 다 알고 있었다.

「아닙니다.」

「널 용서할 수가 없구나.」

칼리드는 주먹에서 권투 장갑을 벗어 바닥에 던져 버렸다.

「다시는 너의 얼굴을 보지 않을 것이다. 가라!」

칼리드는 얼음처럼 차가운 말을 남기고는 고문실을 나갔다. 셀림은 멍한 눈길로 칼리드가 사라진 문을 바라보고 있었다.

이제 살길이 없어진 것이다.

고문실에서 나온 칼리드의 모습에 카짐은 속이 상했다. 칼리드는 셀림을 아꼈지만 이제 더는 봐줄 수가 없었을 것이다. 나예프가 살아 있었다면 칼리드보다 먼저 셀림을 내보냈을 것이다. 카짐의 눈에 칼리드가 마음이 좋지 않아 길게 한숨을 내쉬는 게 보였다.

「어떻게 할까요?」

칼리드의 복잡한 마음을 아는 카짐이 머뭇거리다가 물었다.

「미국으로 보내.」

「네? 미국으로요?」

「미국에 살 집과 약간의 생활비를 주고 더 이상의 지원은 해 주지 마.」

이렇게 말을 하는 칼리드를 보는 게 카짐의 마음을 아프게 했다. 나예프는 단 한 명의 여인과 평생을 함께하신 분이었다. 그래서 칼리드에겐 셀림이 유일한 형제였다. 누이동생이 있긴 했지만, 지금은 영국으로 시집을 가서 얼굴을 볼 기회가 거의 없었다.

「칼리드, 오늘 오후에 한국 영사관에서 주최하는 파티가 있는데 참석하실 겁니까?」

「……향기는?」

「아마 참석하실 겁니다.」

향기를 못 본 지 하루밖에 지나지 않았는데 칼리드는 벌써 향기가 그리운 모양이었다. 카짐은 술탄의 집착이 이해되지 않았다. 카짐은 그런 경험이 없기 때문이었다. 오늘 파티는 몇 개월 전부터 계획이 된 파티였다. 한국 기업과 총영사관이 기업 설명회와 같이 여는 작은 파티였다. 칼리드는 한국 기업에 관심이 많았다.

그래서 향기가 아니더라도 분명히 참석했을 것이다.

카짐은 셸림을 데리고 집으로 향했다.

「카짐, 너도 내가 우스워?」

셸림이 그를 째려보며 시비를 걸어왔다. 셸림이 그의 동생이었다면 벌써 그의 손에 맞아 죽었을 것이다.

「아뇨.」

「그런데 왜 그렇게 불쌍하다는 듯이 쳐다보는 거야? 기분 나쁘게.」

「이제 그만 술탄을 괴롭히십시오.」

카짐은 셸림에게 처음으로 부탁했다.

「이제 부하들도 충고질을 하네.」

셸림은 칼리드를 원망하는 것 같았다. 모든 책임은 자신에게 있는 게 아니라 칼리드에게 있다고 생각하는 모양이었다.

「난 술탄를 용서하지 않을 거야.」

카짐은 칼리드가 안됐다는 생각을 했다. 그라면 셀림을 죽여 버렸을 것이다. 셀림을 집에 데려다준 카짐은 두바이 공항으로 향했다. 오늘 파티 장소가 두바이 공항에서 멀지 않은 두바이 호텔에서 있을 예정이었다.

경호 요원인 그가 미리 가서 상황을 살피는 건 당연했다.

호텔에 도착한 그는 칼리드가 이동할 동선을 파악하고 경호 인력을 어떻게 배치할지 계획을 짜기 시작했다.

두바이에 있는 대형 호텔들은 그 규모가 상당했다. 그만큼 이동하는 사람들이 많았고 조용한 라스 알카이마와는 다른 곳이어서 경호 조건이 그만큼 까다로웠다.

"아!"

이동하다가 여자의 어깨와 그의 몸이 부딪히고 말았다.

「죄송합니다.」

"미안하면 법은 뭐 하러 있어."

카짐은 특수 훈련을 한국교관에게 받아서 한국말을 조금 할 줄 알았다. 아니 발음이 그다지 좋지 않아서 그렇지 잘하는 편에 속했다.

"미안합니다."

그가 약간 어색했지만 한국말로 사과했다.

"어머, 경호원이신 분이 한국말도 하시네."

카짐이 보니 여자의 얼굴이 낮이 익었다. 어디서 분명히 보긴 했는데 오래 대화를 나눈 상대는 아님이 분명했다.

"누구시죠?"

"안녕하세요. 우리 한 번 본 적 있는데, 한국에서."

여자의 손에는 대형 캐리어가 들려 있었다. 보통 키의 여자는 예쁜 얼굴에 똑 부러지는 스타일이었다. 마치 외교관들처럼 말이다.

"아랍어 하실 줄 아십니까?"

「향기처럼은 잘하는 건 아니지만 그래도 당신의 한국말보다는 나을 것 같아요. 안녕하세요. 전 김유진 서기관입니다.」

「이쪽으로 발령받으신 겁니까?」

「아니요, 다음 달 대통령님의 두바이 방문 때문에 출장 왔습니다. 친구도 걱정이 되고 해서…….」

「송향기 서기관님 말씀이십니까?」

그녀가 대답 대신에 그를 보며 웃었다. 그녀는 마치 그에 관해 굉장히 많이 알고 있다는 표정이었다.

"향기야!"

"유진아!"

둘이서 사람들이 많은데도 상관없다는 듯 포옹을 하고 난리였다.

"꿈은 아니지?"

"그럼."

둘이 얼마나 친한지 카짐도 알 수 있을 것 같았다.

「카짐!」

향기가 그를 알아보고 아는 체를 했다. 카짐은 고개를 숙여 인사를 했다.

「카짐, 여긴 어쩐 일이세요?」

「피티가 있어서 미리 점검하러 왔습니다.」

「그러셨구나.」

「그럼, 전 이만…….」

카짐은 뒤를 돌아 유진을 한 번 보았다. 그러자 유진이 그에게 윙크하는 것이 아닌가?

놀란 카짐이 얼굴을 돌렸다. 여자가 그에게 윙크를 한 건 처음이었다. 이상한 여자였다.

"꺄아악!"

두바이 호텔에 사람이 있거나 말거나 향기는 유진의 손을 잡고는 펄쩍 뛰었다. 옆에 있던 성은이 놀라서 그녀들을 보고 있었다.

"언제 온 거야?"

"방금 왔지."

"여기서 묵지 말고 우리 집에서 묵어."

"그럴까?"

"어떻게 된 거야?"

유진은 다음 달에 있을 대통령의 방문 때문에 갑자기 두바이에 오게 된 거라고 말했다.

"원래 내가 오는 거 아닌데, 간다고 졸랐다."

"잘했어. 얼마나 있을 거야?"

"일주일?"

혼자 있는 게 무서웠는데 너무나 잘된 일이었다.

"나 여기 있는 거 어떻게 알았어?"

"몰랐는데 호텔 로비에 오늘 행사에 관한 게 많아서 이쯤이면 오겠다 싶었지."

향기는 유진을 다시 끌어안았다.

"아 참, 이쪽은 총영사관의 이성은 사무관이고 이쪽은 청와대에 있는 김유진 서기관."

"안녕하십니까?"

"안녕하세요."

유진과 성은은 서로 인사했다.

"생각보다 규모가 크네."

"나도 오늘이 첫 출근이시라 잘 몰라. 오늘 준비는 성은 씨가 다 했어."

생각보다 성은은 일을 잘하는 사람이었다. 성은이 체크를 하는 동안 유진과 향기는 며칠 동안 밀린 이야기를 하느라 정신이 없었다.

"카짐 너무 멋지지 않아?"

"알아."

"진짜 멋지게 생긴 건 사실이야."

"왜, 마음에 들어?"

유진은 카짐이 마음에 드는 모양이었다.

"술탄은 너무 높은 곳에 있는 사람이고 카짐 정도면 도전해 볼 만하지."

"점점⋯⋯."

"이따 파티에서 경호하느라 날 봐 주긴 하려나?"

"왜 꼬시기라도 하게?"

"응."

향기는 엄지손가락을 척하고 들어 올렸다.

"네가 최고다."

"난 최고야."

그렇게 잠깐의 대화를 나눈 후에는 직업은 속이지 못하는지 향기와 유진이 한 조가 되어 성은을 돕기 시작했다. 어차피 다음 행사부터는 향기가 기획하고 추진해야 했다. 성은의 말로는 이런 행사들이 꽤 많다고 했다.

"정장은 가져 왔지?"

"그럼, 내 짐은 여기 눌러앉을 사람 같지 않냐?"

유진이 너스레를 떨었다.

"맞아. 내가 가지고 온 가방보다 크다."

성은에게 마무리를 부탁하고 유진과 함께 옷을 갈아입기 위해 집으로 간 향기였다. 향기와 유진은 쌍둥이처럼 검은 치마 정장을 입고 머리도 프렌치 트위스트로 했다. 키 차이가 나서 그렇지 둘의 모습은 마치 쌍둥이 같았다.

"유니폼 같지 않아?"

진주 귀걸이를 하며 유진이 투덜거렸다.

"나도 그 생각했어. 너무 똑같은 것 같아."

"그렇지?"

"그래도 우리 유진이 예쁘다."

"야, 예쁜 건 네가 더 예쁘지."

서로 칭찬을 주고받으며 준비를 마친 그녀들은 택시로 빠르게 호텔로 향했다.

"차는?"

"다음 주에 렌트하려고. 이렇게 다닐지 몰랐어. 영사관하고 집이 너무 가까우니까 차 빌릴 일 없겠다고 생각했는데, 잘못 생각한 것 같아."

"맞아, 차는 있어야지. 그리고 저 정도는 돼야지."

마이바흐……

"진짜 죽이는 차인데, 아랍의 부호겠지? 여기는 택시도 람보르기니라는데, 설마 그렇고 그런 부자는 아니겠지? 그럼 너무 불공평하잖아. 우리도 그렇고 그런 공무원인데……. 향기야!"

향기는 자신도 모르게 몸을 숨겼다.

"뭐 해?"

"아니야."

"빚쟁이라도 봤어?"

"어?"

"아니, 몸을 갑자기 숨기니까."

"……"

그때 마이바흐에서 칼리드가 내렸다. 행사장에 슈트를 입고 나타난 칼리드의 모습은 인상적이었다.

"완전 모델 포스네. 죽인다, 그치?"

"……"

"송향기? 넋을 잃은 거냐?"

"아니, 우리 일하러 가야 해."

"오늘은 아니거든. 오늘은 그냥 참석해서 이곳의 행사 분위기만 보는 거지."

"저기 총영사님이시다."

"어디?"

향기가 유진의 손을 잡고 차에서 내리는 총영사에게로 향했다. 그때였다. 칼리드가 그녀와 눈이 마주쳤고 어느 때보다 매력적인 미소를 보냈다.

"봤어? 술탄이 날 보고 웃는 거? 심장이 터지겠다. 향기야."

"너 보고 웃은 거 아냐."

"맞거든."

어이가 없었지만 더는 말하지 않았다.

"카짐, 저기 있다."

"하나만 신경 써라."

"그럼 난 카짐."

"왜 좀 전엔 술탄이 너 보고 웃었다며?"

"실현 가능성이 있는 쪽으로 마음이 기운다."

유진은 정말 카짐이 마음에 드는 모양이었다.

김 총영사 앞으로 간 향기와 유진은 반갑게 영사를 맞았다.

"안녕하십니까?"

"이게 누구야? 김 서기관 아닌가? 청와대 생활은 어때?"

"좋습니다."

"우리 김 서기관 같은 실력자가 빨리 돌아와야 우리 외교부가 힘을 얻을 텐데."

"감사합니다."

그들은 호텔 안으로 이동했다.

"라스 알카이마의 술탄은 조금 전에 도착하셨습니다."

"빨리 왔군, 아마 술탄 중에 막내이기도 하고, 가장 경제에 관심이 많아서일 거야. 다들 돈들은 많은데 어떻게 쓸지 모르고 있지만, 라스 알카이마의 술탄은 다르지. 그는 통치할 줄 아는 사람이야."

김 총영사가 칼리드의 칭찬을 입에 침이 마르도록 했다. 그렇게 총영사와 함께 행사장으로 향했다.

행사장 안에는 시작도 하지 않았는데 벌써 손님들이 꽉 차 있었다.

"5분 남았습니다."

성은이 그들에게 다가와 말했다.

"그럼 슬슬 준비할까?"

총영사는 무대로 향했고 향기와 유진은 사람들 사이에 있었다.

"이렇게 무대 밖에서 손님의 입장으로 행사를 지켜보는 게 얼마 만인지 모르겠다."

향기는 이렇게 말하면서도 무대로 향하는 칼리드를 보았다. 오늘따라 칼리드는 심장이 오그라들 만큼 멋있었다.

"안녕하세요?"

행사가 시작되자마자 누군가 그녀의 팔을 잡으며 인사를 했다.

"어머! 안녕하세요."

비행기에서 마주친 서우진이라는 사람이었다.

"이렇게 또 뵙습니다."

"그렇게 생각하니 세상 참 좁네요."

"누구?"

유진이 궁금한 눈으로 보았다.

"이쪽은 서우진 씨. 건설업을 하시고, 이쪽은 제 친구 김유진 서기관이에요."

"다 외교관이시군요."

"네."

우진은 웃는 게 참 매력적인 남자였다. 눈이 완전히 반달 모양이었다. 그렇게 웃으며 얘기를 하다가 무대에 앉아 있는 칼리드와 눈이 마주쳤다. 그는 화가 난 얼굴이었다.

"왜 저러지?"

"뭐가?"

"아니야."

그렇게 간단한 행사가 끝이 나고 2부 행사인 연회가 시작되었다. 모두가 샴페인 잔을 들고 각자 필요한 사람들에게 찾아가서 인사를 나누는 시간이었다.

향기의 눈길은 칼리드에게 가 있었다. 하지만 칼리드의 곁으로 갈 수가 없었다. 사람들이 그를 둘러싸고 있었기 때문이었다.

"정말 멋진 남자야."

"맞아."

그녀의 눈길이 칼리드에 가 있자 유진이 말했다.

"셀림은 없네."

"보고 싶지도 않아."

"없으면 더 그렇지 않아? 뭔 짓을 할지 모르니까."

유진이 주변을 두리번거렸다. 그러다가 카짐을 발견하고는 얼른 눈을 돌렸다.

"왜?"

"내가 아까 장난을 좀 쳤거든."

"무슨 장난? 카짐한테?"

"응, 윙크를 날려 줬지."

가끔 엉뚱한 일을 벌이는 유진 때문에 놀란 적이 많았는데 오늘 제대로 사고를 친 것 같았다.

"네가 미쳤구나?"

"순간 정신 줄을 놓은 것 같긴 하지만 뭐 어때? 여자가 남자에게 관심을 표현한 건데."

유진은 아주 당당했다.

"그래서 카짐이 보라는 칼리드는 안 보고 유진이 널 아까부터 힐끔거리고 있는 거였어."

"정말?"

"그래."

카짐은 함부로 눈길을 돌리는 사람이 아니었다. 그에겐 칼리드를 지키는 의무가 있었고 카짐은 충실했다. 유진이 끼어들기 전까지는 말이다. 향기는 웃음이 났다. 무뚝뚝한 카짐이 여자에게 눈길을 주는 게 신기했다.

"어머!"

"왜?"

"저, 저기 봤어?"

유진이 호들갑스럽게 말했다.

"저기 에이미 아니야?"

"에이미가 누구야? 설마…… 그 에이미?"

슈퍼스타 에이미가 이 자리에 왜 온 건지 신기했다. 사람들의 시선이 금발 머리의 슈퍼스타에게 고정이 되어 있었다.

"둘이 스캔들 있었잖아. 작년이었나? 사실이었구나."

"……."

눈에 띄는 미인이었다. 아니 푸른 눈을 가진 금발 미녀의 결정체였다. 아름다웠다. 그런 그녀가 사람들을 가로질러 칼리드에게로 가서 그의 품에 안겼다.

"환상적인 그림 아니냐? 완전 CF의 한 장면 같아."

"……."

"저 기럭지들은 어쩔 거야. 완전히 끝내주는데?"

향기는 멍한 눈으로 칼리드의 얼굴을 보았다. 그의 얼굴은 미소 짓고 있지는 않았지만, 여자를 반가워하는 기색이 역력했다.

"유진아, 나 잠깐 화장실 좀……."

"어, 그래."

향기는 칼리드와 에이미를 한 번 스치듯이 보고는 화장실로 잠시 자리를 피했다. 그때까지 향기는 칼리드의 여자가 에이미 하나로 끝날 줄 알았다.

칼리드의 시선이 매섭게 빛을 냈다. 황폐한 사막의 연락책 역할을 하던 매처럼 그는 매의 눈을 하고는 향기와 그 옆에 서 있는 남자를 보고 있었다. 총영사의 말은 이미 그의 귓전엔 들리지 않았다. 향기는 뭐가 그리 좋은지 남자를 보고 미소 지었다.

지금은 술탄들과 연방 평의회 의원들과 함께 자리에 앉아 있어서 카짐을 부르지도 못했다. 총영사의 말이 오늘 따라 길게 느껴지고 있었다.

1부 행사가 끝이 나고 칼리드는 눈으로 향기를 찾았다. 검은 정장에 깔끔한 차림의 향기를 보고 있으니 옷을 찢고 싶은 마음이 생겨 손이 근질거렸다. 자신이 언제부터 이렇게 변태스러웠나를 생각하자 피식 웃음이 나왔다.

단순한 정장 차림이 가장 잘 어울리는 향기였다. 솔직히 말하면 아무것도 입지 않은 향기가 더 매력적이었지만…….

그는 슬며시 미소를 띠며 향기 쪽을 보다가 자신의 앞을 가리고 있는 여자 때문에 깜짝 놀랐다.

「에이미?」

「술탄.」

할리우드의 섹시스타인 에이미가 그의 앞에 나타났다. 옷은 반쯤 벗은 채로 서 있는 에이미는 그가 뭐라고 할 사이도 없이 그의 품에 뛰어들었다.

「정말 보고 싶었어요.」

에이미의 어깨너머로 향기의 굳은 얼굴이 보였다. 순간 칼리드는 에이미를 힘껏 안았다. 향기가 그를 보고 질투의 눈빛을 보내는 게 아주 마음에 들었다. 왜 이런 유치한 짓을 하는 건지 칼리드는 스스로 생각해도 웃음이 나왔다.

「여긴 어쩐 일이야?」

「촬영 때문에 왔다가 로비에 당신의 사진이 있기에 혹시나 해서 와 봤죠.」

「촬영해?」

「네 두바이에서 일주일 촬영해요.」

「그렇군. 촬영 잘 하고 가.」

「저녁 한번 안 사 주실 건가요?」

「바빠.」

칼리드는 칼같이 잘라 말했다. 에이미는 지금 그의 관심의 대상이 아니었다.

「매정한 사람이군요.」

「촬영팀에 대해 신경 써 주라고 말해 놓지.」

「하나도 안 고마워요.」

그가 피식 웃었다. 에이미 때문에 웃은 게 아니라 넋을 놓고 이쪽을 보고 있는 향기가 웃겨서였다. 조금 전에 남자와 같이 있을 때는 미워 보이더니 지금은 그의 향기였다.

칼리드가 에이미와 이야기를 하는 사이에 향기가 보이지 않았다. 칼리드는 더는 에이미와 대화를 나눌 생각이 없어서 에이미를 돌려보내고 향기를 찾아 나섰다. 그때였다. 그의 눈앞에 향기가 행사장으로 들어오는 게 보였다.

그는 사람들을 지나쳐 향기를 향해 곧바로 걸어갔다. 그때였다.

「술탄.」

압바스였다.

「어딜 가십니까?」

「아닙니다.」

작은 체구의 압바스는 온화하게 생긴 사람이었다. 라쉬드의 나이인 압바스가 차라리 그의 숙부라면 얼마나 좋았을까 라는 생각을 한 적이 있는 칼리드였다. 압바스가 뭔가 할 이야기가 있다는 표정을 짓고 있었다.

「무슨 일이 있으십니까?」

「그게 제가 술탄께 소개하고 싶은 사람이 있어서 말입니다.」

「누구죠?」

압바스가 사업가를 그에게 소개한 적은 없었다. 오늘 자리라면 당연히 사업가를 그에게 소개하고 싶을 것이다.

「자이납.」

압바스가 자신의 딸을 불렀다. 깔끔한 정장 차림의 자이납은 아름다운 여인이었다. 오늘 무슨 복이 많아서인지 아름답다는 여자들은 다 보고 있는 것 같았다. 에이미는 서양인들의 칭송을 받는 미모이고 자이납은 아랍 사람들의 칭송을 받을 만한 미모였다.

하지만 그의 눈에는 향기만이 아름답게 보였다.

「인사드려라. 술탄이시다.」

자이납이 얼굴을 붉히며 그에게 인사를 했다. 칼리드는 충신인 압바스의 체면을 봐서 자리를 뜨지는 않았다. 지난번에 자이납을 본 적이 있는 칼리드였다.

「제 딸입니다. 술탄에게 제 딸을 소개해 드리고 싶었습니다.」

압바스는 미모의 딸이 자랑스러운지 어깨에 힘이 들어가 있었다.

「자랑스런 따님을 두셨군요.」

「과찬이십니다. 술탄.」

압바스는 평소와는 다르게 그에게 자꾸만 말을 걸었고, 그런 그들을 향기가 상처받은 얼굴로 보고 있었다. 에이미까지는 장난이었지만 지금은 아니었다. 자이납의 경우는 향기가 받아들이기 힘들 것 같았다.

자이납은 칼리드의 눈에 들어오지 않았다. 왜 이렇게 딸까지 데리고 왔는지 칼리드는 알 수 없었다.

「술탄.」

평의회 의원 함자였다. 함자의 옆에는 아름다운 여성이 서 있었다.

「제 딸입니다.」

압바스의 얼굴이 굳어졌지만 나름 딸에 대해 자부심이 있는지 곧 인상이 펴졌다. 솔직히 객관적으로 봐도 압바스의 딸 자이납의 승리였다. 하지만 칼리드는 이 상황에서 벗어나고 싶은 마음뿐이었다.

그때 카짐이 그를 부르러 왔다.

「한국인 건설사 사장이 뵙고 싶다고 합니다.」

카짐이 칼리드에게 명함을 건넸다.

「만나고 싶어 하실 것 같아서…….」

의미심장한 말을 한 카짐이었다. 카짐이 이런 표정을 지을 땐 뭔가 일이 있곤 했다.

「그럼, 잠깐 실례하겠습니다.」

칼리드는 예의를 갖추고는 그들에게서 벗어났다. 그리고 카짐이 가져온 명함의 주인공을 만나고는 인상을 썼다. 조금 전에 향기와 반갑게 인사를 나누던 남자였다.

「안녕하십니까? 전 태우건설 사장 서우진입니다.」

태우건설은 들어 본 기억이 있었다. 그런데 생각보다 사장이 젊었다.

「태우건설 사장이 맞습니까? 너무 젊어 보여서…….」

「맞습니다. 아버지가 하시던 회사를 제가 뒤를 이어 하고 있습니다.」

칼리드는 무표정하게 그를 바라보려고 노력했다. 그리고 왜 향기와 인사를 나누었는지 물어 보지 않으려고 애를 썼다.

「송향기 서기관과 아십니까?」

카짐이 그의 궁금증을 대신 물어봐 주었다. 오늘 카짐이 한 일 중에 가장 잘한 일이었다.

「알고 싶어 하는 사입니다.」

알고 싶어 하는 사이라면…….

「그럼 그 관심을 끄시는 게 여기서 일하는 데 많은 도움이 되실 겁니다.」

카짐이 미친 게 맞았다. 어쩌면 이렇게 그의 마음을 잘 아는 것일까? 역시 최고의 경호대장이었다. 칼리드는 웃음이 나오는 걸 참지 못했다.

그리고 카짐의 말이 맞았다. 서우진은 사업적인 수단이 좋은 사람이었다. 우진은 두바이보다는 라스 알카이마에 관심이 많았다. 나중에 자리를 다시 마련하기로 한 그들이었다. 그가 우진과 이야기를 끝내고 돌아서자마자 이번엔 두바이 평의회 의원이 자신의 딸을 데리고 왔다. 오늘은 정말 이상한 날이었다.

물론 평소에도 그를 찾아와 딸을 주겠다는 말을 하는 사람들이 많았지만, 오늘은 더 유난스러운 것 같았다. 라쉬드가 그의 곁으로 왔다.

「옆구리는 괜찮으십니까?」

「총상이 어디 쉽게 낫겠습니까?」

「오늘따라 유난스럽게 사람들이 술탄을 원하고 있군요.」

「⋯⋯.」

그는 더는 대화를 나누기 싫어 라쉬드가 말을 하는데도 지나쳐 버렸다. 그리고 향기를 찾기 시작했다. 상처 입은 작은 강아지 같은 표정의 향기는 그의 눈에 보이지 않고 있었다. 하지만 잠시 후에 총영사 옆에 서 있는 향기가 보였다.

칼리드는 사람들을 뚫고 향기를 향해 걸었다. 하지만 중간에서 또 끊어지고 말았다. 아무래도 끝이 나고 밖에서 이야기를 나누는 편이 나을 것 같았다.

자이납의 눈은 칼리드를 향해 있었다. 압바스의 딸이자 아랍 최고의 미녀인 자이납은 이런 홀대를 받은 이유를 알고 싶었다. 수많은 남자들의 청혼을 받으며 아랍 최고의 미녀라는 타이틀에 맞게 승승장구하던 그녀는, 오늘 처음으로 자신을 차가운 시선으로 바라보는 남자를 만난 것이다.

「술탄⋯⋯.」

나이 많은 술탄들 가운데 언제나 독보적으로 눈에 띄는 남자가 바로 칼리드였다. 어릴 때부터 그를 동경했고 언젠가는 그의 부인이 될 거라는 생각으로 자란 자이납이었다. 물론 더 큰 욕망도 있었지만 자이납은 함부로 자신의 욕망을 드러내는 사람이 아니었다.

「자이납.」

「네, 아버지.」

「술탄은 포기해야 할 것 같구나.」

「네? 그게 무슨 말씀이신지…….」

아버지의 말에 놀란 자이납은 그 이유가 궁금했다.

「여자가 있어. 그래서 지금은 아무도 눈에 들어오지 않는 것 같아.」

압바스는 칼리드의 여자가 누군지 알려 주었다.

「제가 저 여자보다 못하다는 생각이 들지 않습니다.」

자이납은 자신이 남자들에게 미치는 영향을 너무나 잘 알았고, 자신 또한 있었다.

「술탄의 눈이 낮은 거지.」

자이납이 갑자기 웃기 시작했다.

「아버지 걱정하지 마세요. 그의 곁에 누가 있더라도 전 그의 첫 번째 부인이 될 거니까요.」

이상하게 자신감이 솟구쳤다. 술탄의 관심을 받는 동양의 여자가 안 예쁜 게 아니라 그녀가 훨씬 더 미모엔 자신이 있었기 때문이었다.

「자이납 님.」

「누구죠?」

「라쉬드께서 뵙기를 원하십니다.」

자이납은 아버지 몰래 행사장을 빠져나와 그가 안내하는 곳으로 향했다. 그곳은 검은색 벤츠가 서 있었다.

「라쉬드 님.」

「자이납.」

자이납은 젊은 남자들보다는 아버지 또래의 남자들을 더 좋아했다. 그들은 그녀의 아름다움을 칭송했으며 젊은 남자들보다 많은 선물을 그녀에게 안겨 주었다.

뒤에서 즐길 건 즐기면 그만이었다. 칼리드의 여자가 되는 것이 그녀의 꿈이었지만 그는 꿈이지 그녀의 취향은 달랐다. 자이납은 아랍의 다른 여자들과는 다르게 남자를 우러러보는 것보다는 자신을 떠받들어 주는 남자가 좋았다.

칼리드와 결혼을 하게 되면 그녀는 그의 앞에선 엎드린 시늉이라도 내야 하지만 다른 남자들은 상황이 달랐다. 그녀를 예뻐해 줄 남자와 칼리드 몰래 즐기면 그뿐이었다. 그리고 이상하게 젊은 사람들보다 나이 든 사람과의 섹스가 좋았다.

물론 끝까지 간 적은 없지만 말이다. 그녀는 왕족에게 시집을 가야 했기 때문에 처녀성은 지켜야 했다. 그런 의미에서 칼리드보다는 라쉬드를 유혹하는 게 자이납의 입장에선 더 재미있는 일이었다.

「내가 보낸 선물은 마음에 들었느냐?」

「네, 무척 마음에 들었습니다.」

라쉬드는 그녀의 집안과 비교해서 엄청난 부를 가지고 있었다. 칼리드도 부자였지만 라쉬드도 만만치 않은 부자였다. 자이납은 다 다지고 태어났음에도 뭐든 다 가지고 싶어 하는 쇼핑 중독이었다.

특히 그녀는 값비싼 것들을 좋아했는데, 이번에 라쉬드가 자이납에게 보낸 건 엄청난 가격의 팔찌였다.

「이거, 너무 예뻐서 이렇게 차고 나왔습니다.」

그녀가 슬쩍 다이아몬드 팔찌를 보여 주었다.

「예쁘구나.」

「감사합니다.」

그녀는 이렇게 말을 하며 라쉬드의 볼에 입을 맞추었다. 당황한 라쉬드는 놀란 눈으로 그녀를 보았다. 하지만 싫은 내색을 보이지 않았다.

「칼리드를 보았느냐?」

라쉬드의 음성이 떨리고 있었다.

「네, 만났습니다.」

「뭐라고 하더냐?」

「어떤 게 궁금하십니까?」

「전부 궁금하다.」

자이납은 라쉬드의 가슴에 손을 올리며 안겨 들었다. 그리고는 그의 입술에 자신의 입술을 가져다 댔다.

「이것도 궁금하십니까?」

「……그렇다.」

라쉬드가 자이납을 품에 안았다. 그리고 그들은 뜨거운 키스를 했다.

「칼리드를 제 것으로 만들 테니, 도와주십시오.」

그녀의 말에 라쉬드가 고개를 끄덕였다. 라쉬드는 얼마나 그녀가 영악한지 알고 있는 것 같았다.

행사가 끝이 나고 향기는 뒷마무리까지 다 한 후에야 행사장을 떠났다.

"오늘은 이 사무관이 참 잘해 준 것 같아요."

"아닙니다."

의전행사 담당관에서 실력이 제일 좋은 향기에게 칭찬을 받으니 성은도 기분이 좋은 모양이었다.

"오늘은 쉬시고 즐거운 마음으로 내일 만납시다."

"네."

성은이 가고 유진과 향기는 숙소로 향했다.

"야, 저기 봐."

"……."

유진이 어디를 가리키고 있는지 향기는 알았다. 그녀도 놀란 눈으로 보고 있으니까 말이다. 칼리드의 차였다. 그의 차가 여기 왜 있는 건지 알 수가 없었다.

"칼리드 차 맞지?"

유진이 눈을 동그랗게 뜨고 물었다.

"그런 것 같아."

"여기에 볼일이 있나?"

"아는 사람이 있겠지."

향기는 말을 돌렸다. 자꾸만 칼리드가 그녀를 찾아온 것 같은 느낌이 들었기 때문이었다.

"하긴, 그런데 얼굴이나 한 번 더 봤으면 좋겠다."

"누구? 칼리드?"

"아니, 카짐 말이야. 은근 귀엽지 않니?"

향기가 유진을 내려다보았다.

"외국에 오니까 한국어 뜻이 이해가 안 돼? 귀엽다는 말은 거기에 쓰는 게 아니야."

향기는 은근히 자신을 찾아오지 않았을까 하는 기대감이 생겼다. 하지만 그녀들이 가까이 가도 차는 열릴 생각을 하지 않았다. 다만 유진의 바람대로 카짐이 서 있었다.

「카짐, 여긴 어쩐 일이세요?」

향기가 애써 태연한 척 물었다.

「안에 계십니다.」

「네?」

「그리고 친구분은 제가 잠시 모시겠습니다.」

"향기야, 뭐라고 하는 말이야?"

유진은 아랍어를 잘하지 못했다. 알아듣는 것도 있었지만 어려운 단어들은 거의 모른다고 보는 게 맞았다.

"저랑 함께 가시죠."

카짐이 한국말을 했다. 놀란 향기가 그를 보았지만 카짐이 유진의 손을 잡아 자신의 옆에 세우는 바람에 다른 건 생각할 겨를이 없었다.

「카짐, 유진이를 꼭 데려가야 하나요?」

「네, 두 분께 방해만 될 겁니다.」

유진은 카짐이 뭐라고 말하는지 전혀 모르는 눈치였다. 괜히 유진에게 미안한 생각이 들었다.

「그러면 금방 데려와 주세요. 저도 칼리드를 바로 보낼 거니까요.」

카짐이 알 수 없는 미소를 지었다.

"왜 칼리드라고 말하는 거야?"

"칼리드가 안에 있다고 말하는 거야."

"왜?"

유진이의 눈이 커졌다. 술탄이 향기의 숙소에 있다니 유진은 놀란 것 같았다.

"할 얘기가 있대."

"뭐? 무슨 일인지 말 안 할래?"

"있다가 말해 줄게."

어차피 유진에게 말하려고 했다. 하지만 순서가 좀 바뀌게 된 것뿐이었다.

"나 죽이는 건 아니겠지?"

"제가 왜 죽입니까?"

어눌한 카짐의 한국어 실력에 향기가 작게 웃음을 터뜨렸다.

"유진아, 네 말이 맞네."

"그렇지?"

유진이 웃으며 카짐과 함께 칼리드의 마이바흐를 타고 사라졌다. 향기는 떨리는 마음에 심호흡하고는 자신의 숙소로 들어갔다.

찰칵!

"어머!"

문을 열자마자 그가 그녀의 팔을 잡아 안으로 끌어당겼다. 무슨 블랙홀에 빨려들어 가는 것처럼 빛의 속도로 그녀는 칼리드의 가슴에 안겼다. 따뜻한 그의 품이 좋았지만, 오늘 여자들에게 둘러싸인 그를 보고 나니 생각이 많아진 건 사실이었다.

「여긴 어떻게 오신 거예요?」

새초롬한 그녀의 물음에 칼리드가 가슴을 들썩이며 웃었다.

「오면 안 되는 곳인가?」

「여긴 칼리드의 저택 화장실보다 좁은 곳이에요.」

「우리는 침대 하나만 있으면 돼. 그리고 난 이 집의 침대가 어디 있는지 알지.」

「뭐라고요?」

벌써 칼리드는 그녀를 어깨에 둘러멨다. 그리고 정말 그녀의 침실로 걸어가고 있었다.

생전 처음 타 보는 슈퍼카에 유진은 눈이 휘둥그레졌다.

"칼리드는 정말 부자인가 봐요. 난 슈퍼카는 처음 타 봐서요."

"……."

유진의 말에도 그는 묵묵부답이었다. 솔직히 말을 하지 않고 있는 카짐이 더 멋지긴 했다. 뭔가 비밀스러운 구석이 있는 것 같아서 자극적이기도 했다.

"난 아랍어를 잘 못해서 그렇지만, 내 말 다 알아들으면서 왜 말을 안 해요?"

"······."

"말하기 싫으면 하지 말아요."

그녀의 옆에 앉아 있는 그는 굉장히 거구였다. 163㎝의 보통 키에 유진과 비교하면 거인이었다. 그는 손을 무릎 위에 놓고 앉아 있었다.

"어디로 가는 거예요?"

그렇게 말하면서 유진은 그의 커다란 손 옆에 자신의 손을 가져다 댔다. 그를 유혹하자는 건 아니었고 그냥 그의 손과 그녀의 손 차이가 궁금했기 때문이었다.

"뭐 하는 거지?"

그녀의 손이 살짝 닿자 그가 화들짝 놀라 손을 치웠다. 은근히 귀여운 남자였다.

"그냥 얼마나 큰지 대 본 거예요. 내가 잡아먹을까 봐 그러는 거예요? 도대체 왜 그래요?"

"신경 쓰여."

그의 말에 유진은 입을 다물었다. 왜 그녀가 신경이 쓰인다는 것일까? 아무리 생각을 해도 이해할 수가 없었다.

"왜 신경이 쓰이는 건데요?"

한참이 지난 후에 그에게 물었다.

"몰라."

그의 기막힌 답에 유진은 어이가 없었다.

"내가 그렇게 싫어요? 우리가 만난 건 몇 번 되지 않지만, 내가 안 좋은 인상을 준 건 아니잖아요?"

"맞아, 그 반대니까 문제지."

"……."

카짐의 답에 당황한 건 오히려 유진이었다.

"결혼했어요?"

"아니."

"그럼, 여자 친구 있어요?"

"아니."

"그럼 뭐가 문제예요?"

유진은 이해할 수가 없었다. 좋다는 건지 신경만 쓰인다는 건지 카짐의 말뜻을 이해하기 어려웠다.

"답답하게 자꾸 말 안 할 거예요? 내가 싫은 게 맞네."

"……아니야."

"그럼 뭔데요? 신경이 쓰이는 건 나라고요. 차 안에 가만히 앉아서 이게 뭐 하는 거예요? 기사도 없이 단둘이 뭐 하자는 건지 모르겠어요. 우리 이제 돌아가요."

"안 돼."

"다 안 된다고 하는 이유가 뭐예요? 칼리드는 왜 향기하고 둘만 있는 건데요? 둘이 뭐 하는 건데요?"

답답해서 죽을 지경이었다. 그가 갑자기 시계를 보더니 차를 출발시켰다.

"집에 가는 거예요?"

이제 돌아가는 모양이었다. 재미없긴.

"아니."

의외의 답이었다.

"그럼요?"

"별장."

"네?"

그는 말없이 차를 몰았다. 그리고는 리조트같이 생긴 집 앞에서 차를 멈추었다.

"칼리드의 별장인가요?"

확실히 아랍의 부호는 스케일이 남달랐다.

"아니, 내 별장이야."

카짐의 별장이라고? 바다가 보이는 곳에 아주 멋진 시설을 갖춘 곳이었고 그를 마중 나온 하인들도 있었다. 유진은 저도 모르게 그의 뒤를 따라갔다.

"와인 마시겠어?"

"뭐, 한 잔 주세요."

그가 뭐라고 말하자 하인들이 다 사라졌다.

"왜 아무도 없어요?"

"쉬라고 했어."

"아……."

그가 와인을 그녀에게 건넸다.

"이렇게 멋진 곳에 있는 건 좋은데, 가 봐야 하지 않을까요?"

유진은 향기가 은근히 걱정되었다.

"오늘은 여기서 쉬도록 해."

"네?"

그가 무슨 말을 하고 있는지 알 것 같았다.

"향기하고 술탄은 언제부터……."

"한국에서부터."

"앙큼하게 나한테 얘기도 안 해 주고. 배신자 같으니라고."

"……."

여전히 그는 소파에 앉지도 않고 서서 와인 잔만 들고 있었다.

큰 키에 훈련으로 인해 만들어진 완벽한 몸매는 평소에 유진이 좋아하는 스타일이었다. 유진은 이상하게 슈트에 약했다. 지금 그녀 앞에 있는 남자는 모델 뺨치는 몸매에 잘생긴 얼굴의 소유자였다.

남성미가 솟구치는 인간이었다.

유진이 그의 옆에 다가서자 그가 놀란 토끼처럼 옆으로 움직이다가 와인을 자신의 와이셔츠에 쏟았다.

"어머, 괜찮아요?"

"왜 곁에 다가오고 그러지?"

"혹시 남자 좋아해요?"

"……."

그녀는 그렇게 말하고는 옆에 있는 티슈로 그의 와이셔츠를 닦았다.

"안 되겠어요. 벗어요."

"……."

"얼른 빨아야 지워진다고요."

유진은 아무 생각 없이 그의 와이셔츠 단추를 풀었다. 키가 어찌나 큰지 구두를 신고도 발끝을 들어야 했다. 그는 유진이 와이셔츠 단추를 다 풀 동안 가만히 있었다.

"어서 벗어요."

그가 가만히 있자 그녀가 그의 와이셔츠와 재킷을 동시에 벗겨

내려 했다.

"아!"

그가 갑자기 그녀의 손을 잡았다. 그리고 뭐라고 할 사이도 없이 그녀의 입술을 삼켜 버렸다. 너무나 어리둥절한 상황에 유진은 당황스러웠다. 그리고 그를 잘못 건드렸다는 생각을 했다.

"으으읍!"

그의 혀가 그녀의 입안으로 들어오고 있었다. 유진은 정신을 차릴 수가 없었다. 하지만 때는 늦었다. 그가 그녀를 안아 들고는 자신의 침실로 데리고 들어가 버렸다.

6. 사막의 불꽃

향기가 배정을 받은 숙소의 가장 좋은 점은 침실 창가에 바다가 보인다는 것이었다. 낮의 푸른 바다와 저녁의 어두운 바다는 사뭇 다른 느낌이었다. 특히 섹스하면서 보는 바다는 아주 남달랐다.

"아흣!"

「헉헉헉…….」

향기의 손바닥이 창문을 누르고 있었고 그 위에 칼리드의 손이 겹쳐져 있었다. 옷을 다 벗지도 못하고 시작된 섹스로 그녀의 치마는 허리까지 올라와 있었고 블라우스는 뜯겨 나가 그녀의 풍만한 가슴이 다 드러나 버렸다.

오늘 칼리드는 사나웠고 향기는 그의 사나움이 만족스러웠다.

향기의 엉덩이를 잡은 손에 힘이 들어갔다. 뒤에서 하는 섹스는 처음이었지만 깊게 들어와 그녀를 자극하는 페니스 때문에 더욱 더 정신을 차리지 못하고 있었다.

"아아앙!"

계속해서 칼리드가 밀어붙이는 통에 그녀는 이제 얼굴과 가슴까지 유리창에 닿아 있었다. 그들의 열기 때문에 유리창에 김이 서렸다.

「너무 조여…….」

「칼리드…….」

퍽퍽퍽!

그의 허리 짓은 더욱 빨라지며 그녀를 극한까지 몰고 가고 있었다.

"아아악!"

"윽!"

칼리드가 자신의 분신들을 바닥으로 쏟아 냈다. 그리고 뒤에서 그녀를 안았다.

「행사장에서 볼 때부터 이렇게 하고 싶었어.」

그가 거친 숨을 내쉬며 말했다.

「저도 그랬어요.」

향기도 솔직하게 자신이 그를 원하고 있다는 걸 말했다. 그의 모든 걸 갖고 싶었다. 그가 향기의 손을 잡고 침대로 이끌었다. 그리고 침대 옆에서 그녀의 옷을 단숨에 벗겨 버리고 자신도 완벽한 나신이 되었다.

칼리드가 양손으로 향기의 얼굴을 감쌌다.

「오늘 내 주위의 여자 때문에 힘든 거 알아.」

「아니에요.」

향기는 거짓말을 했다.

「거짓말, 이 작은 얼굴엔 기분 나빴다고 다른 여자들은 보지도 말라고 쓰여 있는데 말이야.」

그는 그녀의 마음을 읽는 재주도 있는 것 같았다.

「신경 쓰지 마. 가슴에 담아 두지도 말고.」

「칼리드, 난…….」

「쉬……. 나만 믿어.」

그는 그녀를 데리러 오겠다고 말하고는 오지 않았었다. 물론 얼마 되지 않은 기간이었지만 그는 전화 한 통도 없었다. 그런 그를 과연 믿을 수 있을까? 향기는 혼란스러웠다.

그러는 사이 그의 손이 얼굴을 내려와 목을 타고 향기의 풍만한 가슴을 어루만졌다.

"헉헉."

향기는 점차 숨이 가빠졌다. 그가 손가락으로 유두를 건드리자 찌릿함에 향기는 몸을 부르르 떨었다. 그녀의 몸은 이미 칼리드가 주인이라고 말하고 있었다. 그의 손끝에 완벽하게 연주가 되는 느낌이었다.

향기는 또 한 차례 칼리드와 섹스를 한 후에 그의 품에서 잠이 들었다.

아침 일찍 유진이 왔고 칼리드도 카짐의 차를 타고 궁전으로 돌아갔다. 유진과 향기는 말없이 출근 준비를 했다. 향기도 유진도 지금 궁금한 것이 많았지만 참고 있는 중이었다.

"두 분 피곤해 보여요."

성은이 고맙게도 아이스커피를 건네며 말했다.

"잠을 제대로 못 자서."

"당연하죠. 여기 오시자마자 행사 준비까지 도와주셨으니, 김 서기관님이나 송 서기관님은 피곤하실 만해요. 감사합니다."

성은은 이렇게 말하고는 자신의 자리로 돌아갔다.

"우리가 왜 피곤한지 알면 기절하겠다."

유진이 먼저 말을 꺼냈다.

"카짐이랑 어떻게 된 거야?"

"너야말로 술탄이랑 어떻게 된 거야?"

둘은 서로 목소리를 죽이며 말했다.

"안 되겠다. 나가자."

"어?"

"나 행사장도 알아봐야 하니까 네가 도와줘."

유진은 향기와 대통령 순방 시에 머물 호텔 등을 알아본다며 영사의 허락을 맡고 외근을 나왔다.

"빨리 말해."

"난 칼리드와 만나. 그런데 그 이상도 이하도 아니야."

"잠만 자는 사이?"

"뭐 그래. 그런데 너는 카짐이랑 뭐야?"

"그냥 어제 불꽃 튄 사이다."

"오올……."

솔직한 유진이었다. 그리고 향기가 아끼는 친구였다.

"그냥 원나잇이야?"

"내가 카짐의 마음을 어떻게 알아."

"유진이 넌?"

"카짐은 내 이상형의 외모에 가까워."

"아니, 이상형이지."

"맞아. 그래서 끌려."

유진의 말에 향기가 미소 지었다.

"비웃는 거야?"

"아니, 부러워서 나도 너처럼 솔직해지고 싶어."

"술탄이랑은 뭐야?"

"나도 그에게 끌려. 그리고 끌려다니고 있고. 우린 이루어질 수 없는 사이라서 더 그래."

"향기야……."

향기는 눈물이 나오려는 걸 억지로 참고 또 참았다.

커피를 마시면서 많은 이야기를 한 그들은 자리에서 일어나자마자 두바이의 유명 호텔들을 답사하기 시작했다. 이렇게 일을 정신없이 하다 보니 복잡하기만 했던 생각들이 어느 정도 정리가 되어 가고 있었다.

"배고프다."

"그래?"

"점심 먹고 나머지 호텔에 가자, 버즈 알 아랍 호텔에 제일 먼저 가 보고 싶어. 두바이 하면 생각나는 호텔이니까."

향기의 말에 유진도 고개를 끄덕였다.

"하루에 천에서 천오백 달러가 기본이시란다."

"우리 봉급쟁이들은 상상조차 하면 안 되는 곳이네."

향기가 한숨을 지었다.

"인터넷 보니까 28층에 헬기장이 있는데 거기서 타이거 우즈가 골프공을 날렸다고 하더라. 그리고 테니스 선수 페더러하고 아가

시가 비공식 경기도 했다고 하더라고. 한마디로 억 소리 나는 스케일을 자랑하는 거지."

"우리는 그냥 근처 식당에서 밥이나 먹자."

쇼핑몰에서 점심을 먹은 그들은 식사에 대체로 만족했다. 그리고 오후에는 오전과는 다르게 꿈의 호텔들을 보고 돌아다녔다. 그리고 영사관에 도착한 그들은 완전히 파김치가 되어 있었다.

"아, 발 아파."

"나도."

호텔들이 너무 넓었고 대충 둘러보는데도 구둣발로 다니니 무리가 온 모양이었다.

"괜찮으세요?"

성은이 그들에게 다가와서 물었다.

"난 물집이 잡혔어."

"나도."

"얼마나 돌아다니신 거예요?"

"많이 돌아다녔죠. 거기다가 가는 곳마다 너무 크니 대충 보는데도 너무 힘드네요. 내일은 조금 낮은 굽을 신든지 아니면 운동화를 신어야겠어요."

유진이 성은을 보며 말했다.

"아 참, 배달이 왔는데……."

"저요?"

향기가 놀라서 자신을 손으로 가리켰다. 서울도 아니고 아는 사람이 없는 이곳에서 배달이 오다니 신기한 것 일었다.

성은이 낑낑거리며 상자를 가져 왔다.

"뭐야?"

"몰라."

"혹시……."

"아니야."

유진이 뭘 말하고 싶어 하는지 알기에 향기가 서둘러 유진의 말을 막았다.

"보자."

유진의 성화에 못 이겨 상자를 보게 된 향기의 얼굴에 미소가 떠올랐다. 상자 안에는 예쁜 드레스가 들어 있었다. 그리고 가방과 구두까지 그녀를 위해 맞춤옷이 준비되어 온 것이었다.

그리고 카드가 들어 있었다.

"뭐래?"

"데리러 온다고, 예쁘게 입고 있으라고."

"부럽다."

유진은 정말로 부러워하는 것 같았다. 퇴근 시간이 되고 유진과 집에 도착한 향기는 그가 선물한 옷으로 갈아입고 메이크업도 신경 써서 했다.

"예쁘다."

"고맙다. 그런데 솔직하게 걱정은 돼."

"뭐가?"

"이래도 되는 건가 하고 말이야."

향기의 마음은 솔직하게 복잡했다.

"섹스를 한다고 다 결혼을 해야 하는 건 아니야. 칼리드가 유부
남도 아니고 사귀면 다 결혼해야 하는 것도 아니잖아? 그냥 즐겨.
마음 가는 대로 하라고."

"알았어."

향기는 유진을 끌어안았다. 이러고 있으니 마음이 좀 놓이는 것
같았다.

딩동—

"왔나 보다."

"그러게. 다녀올게."

"부럽다."

향기가 출구에 나서자 칼리드가 아닌 카짐이 꽃다발을 들고 서
있었다.

"유진은?"

"뒤에요. 먼저 갈 테니 꽃다발 주고 오세요."

"네."

이 꽃다발은 카짐이 유진을 위해 준비해 온 것 같았다. 카짐을 뒤로하고 향기는 리무진에 올랐다. 그녀를 본 칼리드는 연속해서 감탄사를 내뱉었다.

「아름다워.」

「선물 고마워요. 그리고 오늘은 찢지 말았으면 좋겠어요. 마음에 들거든요.」

「알았어.」

그가 웃으며 향기의 입술에 입을 맞추었다.

「그리고 이런 선물은 너무 부담스러워요. 다음엔 이러지 말아요.」

그녀가 입은 칵테일 드레스는 샤넬 제품으로 유진이의 말로는 굉장히 고가라고 했다.

「그럼 이건 더 부담스러워하겠군.」

그가 벨벳 상자를 꺼내더니 그 안에서 다이아몬드로 쭉 둘러진 팔찌를 꺼내 들었다.

「이건…… 받을 수 없어요.」

「받아, 내 마음이니까.」

그런데 정말 향기를 놀라게 한 건 그게 팔찌가 아닌 발찌라는 것이었다. 그가 그녀의 발을 잡더니 입을 맞추고 그 위에 발찌를 채워 주었다.

「난 이제 당신의 노예가 되는 건가요?」

「하하하, 그렇게 되는 건가? 그럼 나의 노예가 되어 주겠어?」

「기꺼이요.」

「…….」

그녀의 말에 그의 눈동자가 위험스럽게 짙어지고 있었다.

「향기가 나의 노예가 된다면 하렘을 부활시켜서 그곳에 잡아두고 싶어. 매일 밤 향기의 아름다운 몸을 탐하며 그렇게 살고 싶어.」

「칼리드…….」

「그럴 수는 없겠지.」

그의 입술이 향기의 입술을 덮었다. 향기는 칼리드의 목에 팔을 감아 그에게 더 깊은 키스를 돌렸다. 한참 동안 키스를 하던 그들이 도착한 곳은 사막이 보이는 곳에 있는 대형 천막이었다.

커다란 소파 같은 곳에 쿠션들이 즐비하게 놓여 있었고 그곳에는 많은 음식이 있었다.

「영화에서나 본 장면들 같아요.」

칼리드가 매력적인 미소를 지으며 웃었다. 그가 그녀를 앉히자 사람들이 들어왔다.

「뭐예요?」

「저녁 먹으면서 즐기라고.」

음악이 울려 퍼지자 신기하게 벨리댄스를 추는 여자가 그들의 천막 안에 들어와 춤을 추기 시작했다.

「섹시하네요.」

춤도 아름다웠고 육감적인 벨리댄서도 아름다웠다.

「향기가 더 아름다워.」

그의 입술이 그녀의 목선을 따라 내려가고 있었다.

「칼리드…….」

칼리드의 손은 그녀의 드레스 지퍼를 내렸다. 음악 연주자와 벨리댄서가 있는데도 그는 멈추지 않았다. 향기도 그의 손길을 거부하지 않았다. 지금 다른 사람들은 신경 쓰이지 않았다. 오로지 칼리드와 그녀뿐이었다.

드레스가 허리까지 내려왔고 그녀의 가슴이 온전히 드러났을 무렵 음악이 그치고 사람들이 천막에서 나갔다.

「발찌만 찬 향기의 모습을 보고 싶어.」

그의 말에 향기는 자리에서 일어나 허리까지 내려온 드레스를 완전히 벗어 버렸다. 그리고 속옷까지도 벗었다. 그리고 칼리드의 앞에 섰다.

「마음에 드나요?」

「…….」

칼리드는 대답 대신에 그녀를 자신의 바로 앞에 세운 후에 향기의 검은 숲에 입을 맞추었다. 그리고 혀로 검을 숲을 핥았다. 그의 뜻밖의 행동에 조금 놀라긴 했지만, 향기는 그가 하는 대로 내버려 두었다.

그가 향기의 다리 하나를 들고는 자신의 목에 걸쳤다. 그리고 혀로 여성을 가르고 들어와서 클리토리스를 핥기 시작했다.

"아아앙."

저도 모르게 신음이 터져 나왔다. 그녀의 중심에서부터 나오는 찌릿한 느낌이 온몸으로 퍼져 나가는 느낌이었다.

"아흐."

칼리드가 혀로 클리토리스를 집중적으로 자극하기 시작했다. 향기는 저도 모르게 그의 머리카락을 잡았다.

"미치겠어."

다리에 힘이 풀려 그대로 주저앉은 향기는 쿠션 사이에 파묻혔다. 하지만 칼리드는 그녀의 여성을 핥는 걸 멈추지 않았다.

「칼리드, 제발 넣어 줘요.」

향기가 그에게 말했지만, 소용이 없었다. 칼리드는 오늘 향기의 온몸에 키스 마크를 새길 모양이었다. 그녀의 온몸을 핥던 칼리드가 몸을 일으켰다. 칼리드는 마치 용사 같았다.

「칼리드…….」

그녀가 손을 뻗어 그의 페니스를 어루만졌다.

「안 돼.」

그가 페니스를 만지는 그녀의 손을 잡았다. 그리고 한 손으로는 자신의 페니스를 잡아 그녀의 여성에 그대로 문지르기 시작했다.

「원해?」

「네, 원해요.」

그가 단번의 몸짓으로 그녀의 질 안에 그의 페니스를 밀어 넣었다. 고통스럽기는 했지만, 향기는 그의 페니스가 주는 느낌이 너무나 좋았다.

"아아악, 더……."

"으으윽!"

퍽퍽퍽!

그의 리듬에 맞춰 향기도 허리를 움직이기 시작했다. 그들은 서로를 위해 태어난 사람 같았다.

카짐의 꽃다발을 받은 유진은 꽃향기를 맡으며 아주 기분 좋은 시간을 보냈다. 카짐이 그녀에게 툭 하고 무뚝뚝하게 꽃다발을 주기는 했지만 그래도 좋았다.

"아주 매력 있는 사람이야."

이렇게 남자에게 빠져든 적이 없는 유진은 향기처럼 걱정이 되긴 했다.

"여기서 떠나면 못 볼 텐데……."

일주일간의 꿈같은 시간이 지나는 게 두려워지기 시작했다.

"시작하지 말았어야 했어."

딩동—

"누구지?"

향기가 돌아온 모양이었다. 떠난 지 1시간밖에 안 됐는데 좀 이상했다.

"싸웠나?"

유진은 아무 생각 없이 문을 열어 주었다. 그리고는 그 자리에 얼어붙었다.

"카짐."

"……."

"뭐 놓고 갔어요?"

"응."

"뭐요?"

"너."

카짐이 그녀를 어깨에 그대로 걸쳐 멨다. 그리고는 그녀의 집 열쇠가 어디에 있는지 물었다. 열쇠를 가지고 나온 카짐은 문을 닫고는 자신의 차에 그녀를 태웠다.

"안 갔어요?"

"오늘 밤은 다른 사람에게 맡기고 퇴근했어."

"그래도 돼요?"

"칼리드 님의 허락을 받았지."

유진은 그의 입술에 입을 맞추었다.

"어떻게든 되겠지, 뭐."

"뭐가?"

"아니에요."

일주일이 지나고 그녀가 돌아가게 되면 마음이 너무 아플 것 같았다. 하지만 유진은 어떻게든 견뎌 낼 것이다. 그래서 나중 일은 생각하지 않고 지금에 충실하기로 했다.

"일주일도 안 남았어요."

"알아."

그의 별장에 도착하자마자 카짐이 유진을 안아 들었다. 그리고 자신의 침실로 향했다. 그들의 사막의 열정은 끝을 맺을 줄 몰랐다.

다음날, 총영사관에 출근한 그들은 파김치가 되어 있었다. 뭐 하나 들 기운도 없었다. 향기가 유진의 머리를 받쳐 주었다.

"목이 다친 것 같아. 들 수가 없다."

"자긴 한 거야?"

"아니."

"오늘은 어떻게 돌아다닐래?"

향기가 유진이 걱정스러운 듯이 물었다.

"너의 체력을 존경한다."

"오늘은 나가지 말자."

"빨리 보고하지 않으면 즉시 귀국이다."

외교관들의 애환이었다.

"오늘 호텔 정하고 가격 보고 해서 예약 잡고 경호원 요청하고 기타 등등 할 일은 많은데 빌어먹을 카짐 때문에 죽을 것 같아."

"어젠 네가 더 좋아했을 것 같다."

"빙고!"

"나가자."

무거운 몸을 이끌고 나가려는데 총영사가 그들을 불러 세웠다.

"병원에 가 봐."

"네?"

"둘 다 안 좋아 보여."

"아닙니다. 일이 산더미입니다."

총영사는 걱정 어린 시선으로 그들을 보며 쉬엄쉬엄 일하라고 말했다.

"총영사님께 죄송하다."

"염치가 없는 거지."

"맞아."

그들은 빠르게 빠져나와 마지막으로 가야 할 호텔들을 체크하기 시작했다.

"유진아……."

"왜?"

"오늘은 너 혼자 보내고 싶다."

"아니, 우리는 운명 공동체야."

그렇게 힘겨운 시간을 보내고 있는 그들이었다.

라스 알카이마의 평의회 의원들이 궁전에 모였다. 표정들이 하나같이 그리 좋아 보이지 않았다.

「오늘은 반드시 이야기해야 할 것 같습니다.」

「그래야죠. 이제 술탄께서도 대를 이어야 하는데, 걱정입니다.」

「오늘이야말로 술탄께 후사 이야기를 할 때입니다.」

「맞아요.」

정신없이 말을 하는데 유일하게 입을 다물고 있는 건 압바스뿐이었다.

「왜 말이 없으십니까?」

「혼처부터 정하는 게 맞는 것 같습니다.」

「라쉬드께서는 압바스의 따님이 좋을 것 같다고 계속 말씀하셨습니다. 미인이고 똑똑한데다가 다른 토후국에서도 혼사가 들어온다고 하니 마음에 드신 모양입니다.」

그때였다. 칼리드가 어느 때보다 밝은 얼굴로 나타났다.

「술탄.」

모두가 일어나 그를 맞았다. 압바스는 칼리드를 찬찬히 보았다. 모든 걸 다 갖춘 사람이었다. 다만 나예프와 그와의 얽힌 인연 때문에 압바스는 칼리드를 술탄으로 둘 수가 없었다. 칼리드가 술탄이 되기 전에 나예프는 잔인한 왕이었다.

칼리드의 아버지인 나예프에 의해 압바스의 아버지는 살해를 당했다. 나예프에 대한 증오가 오늘까지 압바스를 지탱한 힘이었다. 나예프가 갑작스런 병으로 죽게 되자 압바스는 복수를 할 수 없게 되었다.

압바스는 무덤에서도 나예프가 통곡을 하게 만들고 싶었다. 그래서 그는 그와 같이 나예프에게 구박을 받은 라쉬드의 편에 서기로 했다.

물론 비밀리에 말이다. 자신의 딸까지 칼리드에게 시집보내기로 마음먹은 압바스였다. 아름다운 딸을 주는 게 마음에 걸리긴 했지만 칼리드를 암살하더라도 자이납의 도움이 필요했기 때문이었다.

「술탄, 오늘 저희들이 모인 건 술탄의 결혼 때문입니다.」

「그만들 하세요.」

「술탄께서 후사가 없으시니 저희들도 답답할 노릇입니다.」

「맞습니다. 셀림께서도 지금 미국으로 쫓겨나실 것 같은데 걱정입니다.」

술탄의 인상이 굳어지고 있었다. 칼리드는 그렇게 호락호락한 인물이 아니었다. 더 이상 회의를 하지 않고 자리에서 일어난 칼리드를 압바스가 따라갔다.

「술탄.」

술탄이 뒤를 돌아 봤다.

「토요일 저녁에 저의 집에 술탄 님을 모시고 싶습니다.」

「저를 말입니까?」

「미천한 소신의 생일입니다. 저녁 한 끼를 대접하고 싶은데 꼭 오셨으면 합니다. 술탄께서 오신다면 제가 추진하는 라스 알카이마의 사업에도 아주 많은 도움이 될 것 같습니다.」

술탄이 거절할 수 없는 이유를 들었다. 술탄은 압바스의 경제 정책에 힘을 실어 주고 있었기 때문이었다.

「알겠습니다.」

술탄이 떠나고 압바스는 회심의 미소를 지었다. 토요일 밤에 칼리드는 압바스의 딸 자이납의 남자가 될 것이다. 칼리드를 죽이는 것보다 그 집안 전체를 망하게 하는 게 바로 그의 복수였다.

자이납은 이런 그의 생각을 누구보다 잘 알고 있었다.

머리가 터질 것 같은 향기였다. 이런저런 일도 많았지만 칼리드에게 매일 밤 불려 가는 것도 이제는 체력적으로 너무 힘이 들었다. 그건 향기뿐만이 아니었다. 옆에서 졸고 있는 유진은 더했다.

"마셔라."

"이게 뭐야?"

다 죽어 가는 목소리로 유진이 물었다.

"한국산 피로회복제다."

"역시 향기 너뿐이다."

유진이 피로회복제를 마시고 있는데 총영사가 집무실에서 나오다가 유진을 보았다.

"너무 열심히 하지 말라니까."

"죄송합니다. 열심히 해서……."

아주 넉살이 좋은 유진이었다. 학교 다닐 때는 수줍음도 많았는데 나이가 들수록 아주 얼굴이 두꺼워지는 것 같아 신기했다.

"양심은 어디 갔냐?"

"한국에."

"무거웠냐?"

"짐이 너무 많아서 양심까지 가져오진 못하겠더라."

어이가 없었지만 귀여운 유진이었다.

"점심 드시러 가시죠."

성은이 그들에게 말했다.

"다음 주면 복귀하실 텐데 제가 밥 한번 사겠습니다. 서기관님."

"고마워."

성은을 따라 근처 식당에 간 그들은 아랍의 전통 음식으로 점심을 먹었다.

"난 여기 체질인가 봐 다 맛있어."

유진이 열심히 먹으며 말했다.

"저도 여기 음식 다 좋아요."

"여기는 아랍 전통 음식만 있는 게 아니라 한식당도 있고 해서 음식 가지고 불편한 일은 없는 것 같아. 비싸서 그렇지."

두바이의 물가는 생각보다 비쌌다. 하지만 관광 도시답게 즐겁게 살 수 있어서 좋은 것 같았다. 밥을 먹고 나오는데 뉴스에 칼리드가 등장했다.

"너무 멋지지 않아요?"

커피를 한 손에 든 성은이 뉴스를 보며 말했다.

"임자 있어요."

"야!"

유진의 옆구리를 팔로 친 향기였다.

"네?"

"농담입니다. 저렇게 멋진 사람이 여자 없을 라고요."

"스캔들을 달고 사시는 분이죠. 아랍 여자들의 로망이신 분이고요."

"이 사무관의 로망은 아니고요?"

유진이 넌지시 물었다.

"맞아요, 저런 남자와 한 번만 자 봤으면 소원이 없겠어요."

이 사무관은 생각보다 직설적인 구석이 있었다.

"멋지다."

유진의 말에 이 사무관은 웃었고 향기는 유진의 등짝을 손으로 때렸다.

"아주 그냥 못됐어."

"내가 뭐?"

점심을 먹고 들어오는 길에 향기는 라쉬드와 영사관 로비에서 마주쳤다.

「이게 누구신가?」

향기는 말 대신에 고개만 숙이고 들어가려 했다. 그와 눈이 마주치면 지난번에 납치됐던 순간이 떠올라 화를 낼 것 같았기 때문이었다. 그녀를 칼리드를 죽이려 했던 자신의 아들과 바꾼 사람이었다.

「우리 송 서기관을 아십니까?」

총영사가 라쉬드를 보며 물었다.

「너무 잘 알아서 문제죠.」

자신이 뭘 잘못하였는지 모르는 사람 같았다.

「무슨…….」

「아무것도 아닙니다.」

라쉬드는 그녀를 납치해서 칼리드에게 가서 그의 아들과 바꾼 인물이었다. 칼리드를 암살하려는 배후의 인물 중에 하나였다.

"난 저 사람 별로야."

유진이 들어오며 말했다.

"여기서는 그래도 술탄 다음으로 인지도가 높은 인물이죠."

성은이 라쉬드에 대해 말해 주었다.

"그런데 숙부인 라쉬드와 술탄은 사이가 안 좋아요."

"왜요?"

"술탄의 아버지인 나예프께선 워낙 잔인한 성정을 가졌던 분이라 적들이 많았죠. 그래서 라쉬드를 술탄으로 추대하려던 사람들이 많았어요. 물론 그건 지금의 술탄이 얼마나 대단한 사람인지 모를 때의 말이죠."

"어쩌면 그렇게 많이 알아요?"

"여기가 워낙 좁아서 그래요."

"아……."

"그리고 사람들은 왕족들에 대해 유난히 관심들이 많으니까요."

"그렇군요."

유진과 성은은 거의 만담 수준으로 주거니 받거니 하고 있었지만 지금 향기의 머릿속은 복잡했다. 교활한 라쉬드가 칼리드를 가만히 두지 않을 것 같다는 생각이 들기 때문이었다.

"자 자, 일합시다. 저는 다음 주면 갑니다."

유진의 말속에는 서운함이 가득했다.

"서운해요."

성은이 맞장구를 쳐 주자 유진이 눈물을 닦는 시늉을 했다. 그래도 며칠 사이에 정이 든 모양이었다.

칼리드는 시계를 보았다. 오늘 저녁은 압바스의 집에 가기로 약속이 되어 있었고 대충 저녁을 먹은 후엔 향기의 집에 갈 생각이었다. 향기를 떠올리자 압바스와의 약속이 짜증이 났다. 매일 저녁 향기를 보는 낙으로 사는데 갑작스러운 약속 때문에 이렇게 향기를 보는 시간이 늦어지니 더 짜증이 날 수밖에 없었다.

「도착했습니다.」

짜증은 그만 난 게 아니었다. 카짐 또한 향기의 친구인 유진에게 빠져 있었다. 그가 이렇게 오니 카짐도 따라올 수밖에 없었다.

「금방 나올 거야.」

칼리드가 카짐의 어깨를 툭 치며 말했다.

「대기하고 있겠습니다.」

빨리 나오라는 말보다 더 무섭게 느껴졌다. 카짐 때문에 웃음이 난 칼리드는 압바스의 집으로 들어갔다. 카짐은 압바스에게 줄 선물을 들고 그의 뒤를 따랐다. 칼리드가 들어서자 압바스가 현관까지 마중 나와 있었다. 그의 딸인 자이납도 나와 있었다.

「환영합니다. 술탄.」

「생신을 축하드립니다.」

카짐이 압바스에게 선물을 주었고 압바스는 기쁘게 선물을 받았다.

「드시지요.」

생각과는 다르게 잔칫집에 손님은 그뿐이었다.

「손님들은 없습니까?」

「어찌 술탄과 다른 손님들을 같이 모시겠습니까?」

압바스가 차분하게 말을 이어갔다. 그가 상석에 앉자 음식과 음악이 압바스의 집 안을 울리기 시작했다. 수많은 하인이 쉴 새 없이 움직이며 음식을 나르고 있었다. 칼리드의 옆에는 자이납이 앉아서 시중을 들었다.

자이납은 상당한 미인이었다. 아마 그가 본 여자 중에서 손가락에 꼽히는 미인이었다. 그런데 이상하게 꽃에서 향이 나지 않았다. 그는 자이납의 향을 맡을 수가 없었다. 한마디로 끌림이 없다는 소리였다.

「드시지요.」

「상당한 미인인데 왜 결혼을 하지 않은 거지?」

「전 이미 마음에 둔 사람이 있습니다.」

「그렇군.」

딸은 마음에 둔 사람이 있는데 압바스는 딸을 그에게 시집보내려 한다니 가슴 아픈 일이었다.

「그 사람은 누군가? 내가 아는 사람인가?」

「……」

자이납이 묘한 미소를 지었다.

「내가 아는 사람이군.」

「맞습니다.」

그때 무희들이 정신없이 들어와서 그의 혼을 쏙 빼놓고 있었다. 오늘따라 빨리 취하는 것 같았다.

「한 잔 더 드시죠.」

「그만 되었다.」

어지러웠다. 자꾸 졸리는 게 이상했다. 며칠 동안 피곤했기에 이러는 것일까? 아니면 도대체 뭐지? 그는 너무 졸려서 그대로 쓰러지고 말았다. 이상했다.

눈을 뜨니 그의 옆에 향기가 있었다.

「여기가 어디지?」

「집입니다.」

향기의 집인가? 언제 여기에 왔지? 왜 이렇게 어지럽고 자꾸 웃음이 나오는 것인지…….

「향기야.」

「네, 술탄 님.」

얼굴은 분명히 향기인데 칼리드가 아니라 술탄이라고 부르고 있었다. 이게 무슨 조화인지 도저히 알 수가 없었다. 향기가 그에게 입을 맞추고 있는데도 별로 안고 싶은 마음이 들지 않았다.

「……넌 향기가 아니야.」

「아닙니다. 전 향기입니다. 술탄.」

술탄이란 말이 이렇게 거슬린 적은 없었다. 무슨 일일까? 그에게 도대체 무슨 일이 일어난 것일까?

카짐은 술탄이 들어간 지 꽤 시간이 흘렀음에도 그가 나오지 않자 너무 걱정되었다. 하지만 풍악 소리가 울리고 있었기 때문에 더 이상의 행동은 하기 어려웠다. 그가 들어가려고 해도 안에서 막고 있기 때문이었다.

무장을 한 그가 집 안으로 들어가는 것은 실례였다. 그리고 이곳은 압바스의 집이었다. 술탄이 신임하는 의원 중의 하나인 압바스의 집에 그가 무작정 들어가는 건 예의가 아니었다.

「안에는 어떻습니까?」

그가 하인으로 보이는 남자에게 물었다.

「술탄께서 아주 즐거워하십니다. 저희 자이납 아가씨께서 술탄님을 극진히 모시고 계십니다.」

술탄의 마음속엔 향기뿐이었다. 그걸 아는 카짐은 이상하게 생각할 수밖에 없었다. 카짐은 그렇게 계속해서 칼리드를 기다릴 수밖에 없었다.

칼리드가 들어간 지 5시간이 넘었다. 음악도 이젠 들리지 않았다. 카짐은 정문이 아닌 담을 넘어 안으로 들어갔다. 무장한 군인들이 지키고 있을 거라 생각했는데 이상하게 밖은 너무나 조용했다.

음식들은 하인들이 치우고 있었다. 카짐을 본 하인이 소리를 지르려고 했지만 카짐이 하인의 입을 막았다.

「술탄은 어디에 계시냐?」

하인이 손으로 술탄이 있는 방향을 가리켰다.

「안내해라.」

하인의 목에 총을 겨누고 있어서인지 그를 본 다른 사람들이 섣불리 달려들지 못하고 있었다.

「열어!」

하인이 방문을 열었고 그는 하인을 놔주고 방 안으로 들어갔다.

「…….」

「어머! 뭐예요?」

자이납이 이불 속으로 숨었다. 그리고 그 옆에는 옷을 벗고 깊은 잠에 빠져 있는 칼리드가 있었다.

「술탄!」

그가 큰 소리로 불렀지만, 그는 답하지 않았다.

「술탄은 너무 피곤해서 잠이 드셨어요. 깨울까요?」

자이납이 당당한 표정으로 말했다. 보통의 여자라면 지금 이 상황에 소리를 지를 텐데 그녀는 그렇게 하지 않았다.

퍽!

그때였다. 뒤통수에서 불이 나는 것 같았다. 카짐은 그대로 그 자리에 쓰러졌다.

카짐이 눈을 떴을 때 그는 칼리드의 차에 옮겨져 있었다. 운전기사는 카짐이 쓰러지는 바람에 다른 사람들을 시켜 차에 태웠다고 했다.

「경호대장님이 술탄의 침실에 들어가셔서 술탄께서도 화를 많이 내셨다고 하던데…….」

말이 이상하게 나오는 것 같았다.

「자이납 님과 같이 주무셨다고…….」

「그 입 다물어.」

「네.」

「들은 말만 가지고 진실이 아닌 일을 소문내지 마라.」

「네, 카짐.」

뭔가가 일이 심각하게 꼬이고 있었다.

7. 서울로의 복귀

일요일 오전까지 향기는 거의 뜬눈으로 밤을 지새웠다. 칼리드에게 연락이 오지 않았기 때문이었다. 정신이 멍해서 커피를 마시기 위해 주방으로 나온 향기는 진하게 아메리카노를 한 잔 타서 소파에 앉았다.

향기는 한 손에 커피를 들고 있었지만, 그냥 그렇게 계속 앉아만 있었지 커피를 마시진 않고 있었다.

"안 마실 거면 나 줘."

언제 왔는지 유진이 그녀의 손에서 커피를 빼앗아 마시기 시작했다.

"어제 카짐에게 연락 왔어?"

혹시나 카짐이 유진에게 따로 연락했는지 궁금해서 물었다.

"아니."

"무슨 일이 있는 건 아닐까?"

향기는 이렇게 불안한 적은 없었다.

"모르지. 워낙 바쁜 사람들이잖아."

유진도 카짐에게 연락이 없는지 날카로웠다.

"그렇지만……."

"전화해 봐."

유진을 슬쩍 떠봤다.

"난 카짐 번호 몰라. 알았으면 욕하고 끊었을 거야."

유진도 지금 화가 많이 나 있는 것 같았다.

"길든다는 게 무서운 거야. 일주일 내내 만나다가 하루 안 만났다고 우리 둘 다 이상해져서 말이야."

향기는 한숨을 푹 쉬며 말했다.

"그러지 말고 전화해 봐."

"좀 그렇지 않을까?"

"그냥 느낌이 안 좋아서 그래. 해 봐."

한숨을 쉬며 향기는 핸드폰을 가져왔다.

"왕족의 번호도 알고. 역시 넌 난 년이다."

"이제 알았어?"

향기는 농담을 받아쳤지만 이상하게 느낌이 좋지는 않았다. 그래도 혹시 몰라서 칼리드의 번호를 눌렀다. 신호가 갔다. 그가 뭐라고 하면 어쩌나 하는 걱정이 들기는 했다.

"여보세요?"

전화를 받아서 향기가 먼저 말을 했다.

"여보세요?"

「여보세요? 누구죠?」

칼리드의 번호가 맞는데 여자의 목소리였다. 우려가 현실로 드러난 걸까? 아니겠지? 향기는 혼란스러웠다. 믿고 싶지 않은 마음이었다.

「술탄 칼리드의 전화 아닌가요?」

[맞아요.]

「저는 한국 총영사관의 송향기 서기관인데 술탄과 통화를 하고 싶습니다.」

[지금 자고 있어요. 있다가 깨어나시면 전화하라고 전해 줄게요.]

「저기, 누구시죠?」

[내가 그걸 왜 당신에게 말해야 하나요.]

그녀의 말이 맞았다. 그녀는 향기에게 말할 의무가 없었다. 전화를 끊은 향기의 눈에서 눈물이 저도 모르게 흘러내렸다.

"향기야······."

유진이 향기를 안아 주었다.

"내가 괜한 짓을 했다. 미안해."

"아니야, 내가 칼리드에게 가당키나 해?"

"네가 어때서······. 그 자식이 나쁜 놈이지. 아니면 그냥 그 여자가 전화만 받아 준 것일 수도 있잖아."

향기는 마음이 불안해졌다.

"만약 칼리드가 날 차 버린 거면 어떻게 하지?"

"아닐 거야."

"아니겠지?"

"응."

그녀는 한동안 마음이 진정이 되지 않아서 한참을 유진의 품에 안겨 울었다.

머리가 깨질 것 같은데 눈은 떠지질 않았다. 그런데 그의 핸드폰이 울렸고 어떤 여자가 그의 전화를 받는 것 같았다. 어떻게 된 상황일까? 칼리드는 어젯밤의 일들을 하나씩 생각했다. 그는 취해서 잠이 들었다.

술을 몇 잔 마신 것 같지 않은데 이상했다.

「으으윽!」

「술탄 괜찮으세요?」

눈을 뜨니 옷을 하나도 입지 않은 자이납이 그와 한 침대에 누워 있었다.

「어떻게 된 일이지?」

「어제 너무 술에 취하셔서…….」

「그걸 묻고 있는 게 아니잖아?」

화가 나기 시작했다. 뭔가 굉장히 당한 느낌이 강했다. 압바스를 믿었는데 그가 그 믿음을 저버린 것 같았다. 칼리드는 머리를 붙잡고 일어나려 했다.

「제가 마음에 두고 있는 사람은 칼리드였습니다.」

「…….」

「제가 너무 부족하다는 걸 알지만 전 칼리드가 저의 첫 남자인 게 자랑스럽습니다.」

「미치겠군, 난 당신의 첫 남자가 아니야.」

「칼리드, 절 못 믿으시는 겁니까?」

「난 내가 한 일을 기억 못할 정도로 취하지 않아. 네가 내게 약을 먹였다면 모를까.」

자이납의 눈에서 갑자기 눈물이 흘러내렸다. 그리고 증거라며 침대 시트를 젖혔다. 처녀의 흔적이었다. 낭패였다.

그는 몸을 일으켜 압바스의 집에서 나왔다. 그를 따라 자이납이 현관까지 쫓아 나왔다. 그리고 아직도 정신이 멍한 칼리드의 입술에 입을 맞추었다.

「미치겠군.」

「안녕히 가세요. 당신은 날 찾게 될 겁니다.」

그는 아무 말 없이 차에 올랐다. 카짐의 와이셔츠에 피가 흥건했다.

「어제 너무 안 나오셔서 안에 들어갔습니다. 」

「그때도 내가 자이납과 함께였나?」

「네.」

「……압바스가 약을 탄 것 같아.」

「제가 보기에도 그런 것 같습니다.」

「압바스가 왜?」

이상한 느낌이 들었다. 압바스는 이성적인 사람이라고 생각했었는데 그 생각이 틀린 것 같았다.

「내가 사람 보는 눈이 없었어. 압바스에 관해 알아봐.」

「네.」

뭔가를 놓친 것 같은 기분이었다.

일요일 오전은 향기에게도 유진에게도 그리 기분 좋은 시간이 아니었다. 유진은 가방에 짐을 정리하기 시작했다.

"화요일에 가는 거 아니야?"

"맞아, 미리 싸 두려고."

"며칠 더 있다가 간다고 하지 않았어?"

"그럴 필요 없을 것 같아. 나라의 세금을 공무원이 마구 쓸 수는 없지."

유진은 억지로 웃으며 가방을 싸기 시작했다.

Rrrrrrr—

유진의 핸드폰이 요란하게 울리고 있었다.

"여보세요?"

[유진.]

카짐의 목소리였다.

"말씀하세요."

[화난 거 알아.]

"화 안 났어요. 누가 그래요? 우리가 화났다고."

[어제는 칼리드에게 일이 생기는 바람에…….]

"당신은 밖을 지키고 있었다?"

[……그래.]

"알았어요. 저는 괜찮아요. 화요일에 떠날 사람인데 뭐가 어떻겠어요. 하지만 술탄은 그러는 게 아니죠. 어떻게 여자와 밤을 보내요?"

[무슨 소리야?]

"무슨 소리긴요. 발뺌하지 말아요. 아침에 향기가 칼리드에게 전화를 걸었는데 웬 여자가 받았어요."

[유진!]

카짐의 목소리는 화가 나 있었다.

"화는 향기와 내가 내야죠. 그렇게 사는 거 아니에요. 난 정말 좋아했는데……."

유진은 그냥 전화를 끊어 버렸다. 더는 카짐과 얽히고 싶지 않았다. 이제 떠날 시간이었고 꿈에서 깨어나야 했다. 카짐의 잘못은 없었다. 그는 그냥 그의 일을 한 것이었다. 향기와는 또 다른 상황이었다.

하지만 지금 이렇게 카짐을 잊지 않는다면 나중에 더 힘이 들 것 같았다. 유진은 다시 짐을 꾸리기 시작했다.

짐을 싸고 있는 동안 인터넷에 사진 한 장이 떴다. 칼리드와 어떤 여자가 키스하는 사진이었다. 유진은 아랍어라서 잘 몰라 향기 몰래 성은에게 전화를 걸었다.

"쉬는데 미안해요."

[아닙니다.]

"칼리드에 관한 기사가 떴는데 제가 아랍어를 잘 몰라서요."

[보셨어요? 이번엔 완전히 빼도 박도 못하는 기사가 뜬 거죠.

자이납이라는 아랍 최고의 미인과 잠자리를 한 거래요.]

"자이납?"

[우리 행사 때도 왔었잖아요.]

"아, 그 여자……."

[둘이 잘 어울리기는 하죠.]

"고마워요."

유진은 전화를 끊었다. 더는 이야기를 듣고 싶지도 않았다. 향기는 아직 보지 못했는지 집 안은 조용했다.

"향기야, 나 짐 다 쌌는데 우리 밥 먹으러 나가자. 바다도 좀 보고……."

향기가 침대에 누워 울고 있었다. 기사를 본 모양이었다.

"향기야……."

"이럴 줄 알았는데……. 아파…."

"향기야……."

"나와 상대가 안 된다는 건 알지만 그래도 양다리는 아니지 않아?"

유진이 향기의 머리를 쓰다듬어 주었다.

"왜 이렇게 너랑 나랑은 연애가 힘이 들까?"

"흑흑흑……."

"우리 한국에서 멋진 남자를 만나 보자. 외국 놈은 아닌가 보다."

유진은 향기를 위로했고 그들은 씁쓸한 일요일을 보냈다.

쾅쾅쾅!

문이 부서질 것 같았다. 하지만 향기는 꼼짝하지 않았다.

"열어 줘야 하지 않을까?"

"아니."

향기는 칼리드의 얼굴을 보고 싶지 않았다. 그의 얼굴을 본다면 마음이 약해질 것 같았다.

쾅쾅쾅!

문을 쉴 새 없이 두드리고 있었다.

"나도 열어 주고 싶지 않다."

팍!

갑자기 문이 열리며 카짐이 집 안으로 들어왔다.

"카짐……."

놀란 유진이 카짐의 이름을 불렀다. 카짐의 주먹에서 피가 흐르고 있었다. 문에 금이 가 있었다. 카짐은 유진의 손을 잡고 밖으로 나갔다. 놀란 향기는 그 자리에 그대로 얼어붙어 버렸다.

카짐이 문을 부순 것에 놀라기도 했지만 문 앞에 칼리드가 그녀를 보고 서 있는 게 더 무서웠다.

「칼리드…….」

그가 그녀의 손을 잡고는 다짜고짜 그녀의 방으로 끌고 들어갔다. 그리고는 그녀를 창가에 세웠다.

「난 할 말이 없어요.」

「난 할 말이 많아.」

칼리드는 하루 사이에 수염이 엄청 자라 있었고 혈색도 그리 좋아 보이지 않았다.

「다른 건 다 참아도 날 믿지 못하는 건 참을 수 없어.」

「다른 건 다 참아도 양다리는 못 참아요.」

향기도 지지 않고 말했다.

「난 약에 취해 있었어.」

「……」

약에 취해 여자와 잠자리를 하다니. 하지만 그렇다고 용서가 되는 건 아니었다.

「칼리드, 난 이제 당신을 만날 수가 없어요.」

「향기야……」

「나는 이제 당신을 믿을 수가 없어요.」

그녀의 눈에서 눈물이 흘러내렸다.

「가세요. 제발……」

「……」

칼리드의 눈가가 촉촉해졌다. 그저 향기가 잘못 본 것일 수도 있었다. 그가 돌아섰다. 향기는 가슴이 아팠지만 이제 그를 놓아 줄 수밖에 없다는 걸 알았다. 이게 그와의 이별이었다. 그가 나가고 향기는 한동안 아프게 울었다.

3개월 후.

총영사가 그녀를 급하게 불렀다. 갑자기 서울로 원대 복귀하라는 지시를 받은 것이었다.

"복귀 신청이 받아들여진 모양이야. 장관과 의전장이 허락하지 않았는데, 참 이상한 일이군."

뭔가 이상하다는 생각이 들기는 했다. 두 달 전 대통령의 방문 때도 장관이 왔는데 그녀를 보는 눈이 그리 곱지 않았었다.

"저도 이상하게 생각합니다."

"그때도 송 서기관 못 잡아먹어서 안달이었는데 말이야. 그래도 아쉬워. 우리 입장에서는 유능한 외교관을 잃은 거니까."

"감사합니다."

"우리 송별회 해야 하나?"

"제가 쏘겠습니다."

"아니야, 내가 쏠 테니까 약속 잡아."

그녀가 떠나기 하루 전에 그들은 두바이에서 가장 유명한 레스토랑에서 식사했다.

"떠나가 전에 와 보네요. 그런데 너무 무리하시는 거 아니에요?"

"아니야."

총영사가 그녀와 몇몇 직원들을 데리고 온 곳은 맛도 맛이지만 비싸기로 유명한 곳이었다.

"월급 다 쓰시는 거 아니죠?"

다들 맛있게 먹기는 했지만, 걱정했다.

"괜찮으니까 마음껏 먹어."

"네."

총영사님이 이렇게 통이 크신 분인 줄은 상상도 못했었다. 맛있게 먹고 나오려는데 깜빡하고 레스토랑에 핸드폰을 두고 온 향기였다.

"잠깐만……."

"왜요?"

"핸드폰을 두고 왔어."

향기가 다시 레스토랑 안으로 들어가서 핸드폰을 가지고 나오다 걸음을 멈추었다. 레스토랑 앞에서 계산하는 카짐이 보였다. 왜 카짐이 여기에 있는 것일까? 그럼 칼리드도? 순간적으로 향기는 주변을 빠르게 둘러보았다.

하지만 칼리드는 보이지 않았다.

「안녕하세요?」

그가 고개를 숙여 인사를 했다.

「우리 유진이랑은 잘 지내시죠? 유진이가 제가 부러워할까 봐 말을 안 해요.」

「잘 지내고 있습니다.」

「저 다음 주에 한국 들어가요. 그동안 감사했어요.」

유진과 카짐은 원거리 연애를 하는 중이었다. 그날 칼리드와 향기는 헤어졌지만, 유진과 카짐은 화해를 했다.

"칼리드……."

카짐을 보니 괜히 칼리드가 떠올랐다. 잊었다고 생각했는데 그게 쉬운 일이 아니었다. 그날 이후에 인터넷에서는 연일 칼리드와 자이납에 관한 기사가 떴다. 그래서 향기는 두바이의 인터넷을 그날 이후로 거의 보지 않았다.

하지만 칼리드는 유명한 사람이었고 뉴스에서 그의 얼굴은 종종 보았다.

"찾으셨어요?"

"네."

향기가 핸드폰을 들어 보였다.

"난 서기관님이 안 가셨으면 좋겠는데……."

그간 성은과도 많은 정이 들었다. 서울은 위계질서가 확실하고 남자 직원들이 거의 다여서 이렇게 동생같이 지내지는 못했었다.

"나도 기억에 남을 것 같아. 한국에 오면 연락해. 언제든지 대환영이니까."

"네."

그렇게 향기는 아랍에서의 일들을 정리하고 서울로 향했다.

세상에서 가장 좋은 게 어머니가 있는 집이었다. 집으로 돌아온 건 너무나 좋았지만, 아랍에 가기 전과 다녀온 후의 향기는 많이 달라졌다. 칼리드라는 남자를 알아 버린 후에 향기는 자신의 속에 있던 뜨거운 열정을 알게 되었다.

그리고 그와 헤어진 뒤에는 그녀 안에 있던 우울한 감정들이 살아난 것 같았다. 출근을 앞둔 일요일 오전이었다.

"밥 먹어."

라엘이 그녀를 까칠하게 불렀다.

"왜 그래?"

"어머니는 왜 내 식성은 일도 고려 안 하고 언니 거만 신경 쓰는 거야?"

"몰라서 물어? 내가 올 때 엄마 금으로 된 목걸이 사 줬으니까."

"아······."

금방 상황을 이해하는 분위기였다.

"두바이는 어때? 난 이번 방학에 가 볼까 하는데······."

"좋아."

"그게 다야?"

"내가 놀러 갔어? 일하러 갔지."

"그렇긴 하네. 언니는 너무 워커홀릭이야. 아랍의 남자들은 어때? 진하게 생겼지?"

"아서라."

"왜?"

"우리랑은 생각 자체가 다른 사람들이야. 우리나라 남자나 만나."

라엘은 요즘 두바이에 꽂혀서 날이면 날마다 그녀를 붙잡고 물었다.

"외교관이나 될까?"

"하고 싶으면 해. 나쁘진 않아. 하지만 상사복은 있어야 해."

장관은 여전히 건재하게 그 자리에 있었다. 그런데 어떻게 복귀하게 된 건지 참 신기했다. 게다가 보직도 그대로였다. 무슨 이유일지 내일 출근해 보면 알 것 같았다.

"언니, 수요일에 아버지 제사야 알지?"

"알아."

"일찍 들어와."

밥을 먹고 난 후에 라엘이 말했다.

"아버지는 왜 그렇게 되신 걸까? 난 좀 이상한 게, 어머니는 아
버지의 죽음에 대해서 한 번도 슬퍼하신 적이 없었어."

"우리 때문에 슬퍼하지 못하신 거야."

"그렇겠지?"

"왜?"

"아니야……."

"뭔지 말해."

라엘이 뭔가를 알고 있는 분위기였다.

"아는 건 아니고 아버지 물건이 집 안에 하나도 없잖아. 아무리
사람이 죽어도 그렇게까지 없애 버리는 건 이상하지. 거기다가 어
머니는 아버지 이야기를 거의 안 하셔. 하시는 건 딱 하나 우리가
어머니, 아버지라고 부르는 거 싫다는 말만 하시지."

"그래서?"

"아니 그렇다고. 진짜 이상한 것 같아. 제사 때도 엄마는 절도
안 하고 음식만 차려 주잖아."

그렇게 따지니 이상한 게 한두 개가 아니었다.

"두바이 총영사님은 아버지 잘 아신다며. 뭐라고 안 하셔?"

"아니."

라엘은 궁금한 게 많은 모양이었다.

"나 쉬고 싶어. 내일 출근해야 해서."

"알겠어."

라엘이 방에서 나가고 향기는 겨울잠을 자는 곰처럼 하루 종일 잠만 잤다. 두바이에서는 칼리드와 헤어진 후로 잠을 잘 이루지 못했었다. 미련이 남아서, 가슴이 아파서 향기는 그렇게 매일 밤을 뜬눈으로 보냈었다.

그런데 몸이 멀어져서일까? 향기는 마음이 편해졌다. 그가 문을 부수고 들어올 일은 없었다. 다시는 그런 사랑을 하고 싶지 않았다. 고집스럽게 사랑이 아니라고 말했지만 결국은 사랑이었다.

Rrrrrrr—

"여보세요."

[왔으면 언니한테 보고해야지.]

"언니, 저 왔어요."

유진의 말에 눈도 뜨지 못하고 농담을 받아 주었다.

[자?]

"응, 겨울잠을 자는 곰같이 자고 있다."

[더 잘래?]

"아니, 말해."

[너, 장관이 벼르고 있다고 하더라.]

"내버려 둬. 그만두면 되지."

칼리드와의 일이 있고 난 뒤에 향기는 많은 것이 변했다.

[맞아. 우리에겐 다른 할 일들이 널려 있으니까.]

"너도 그만두게?"

[생각 중이야. 너 그만두면 우리 두바이에 가서 카페나 차릴까?]

카짐이 있으니 어지간히 두바이에 가고 싶은 모양이었다.

"내가 안 가도 넌 갈 것 같은데?"

[난 너와 갈 거야.]

"나 다시 자고 싶어진다. 끊자."

전화를 끊은 향기는 다시 잠을 청했다. 장관이 이번에도 훼방을 놓는다면 그때는 정말 가만히 있지 않을 것이다.

다음날 일찍 택시를 타고 꽉 막힌 서울의 거리를 겨우 통화해서 외교통상부에 도착했다. 오랜만에 보니 반갑기는 했지만, 괜히 긴장되었다. 이렇게 와서 찬밥 신세가 된다면 그냥 깨끗하게 그만두고 나갈 생각이었다.

"안녕하세요."

그녀의 등장에 모두의 표정이 얼어 있었다. 아마 장관의 표적이 의전 행사 담당관이 될 게 뻔했기 때문이었다. 그녀는 책상에 짐을 놓고는 의전장실로 향했다.

"안녕하십니까?"

"……."

의전장은 말없이 그녀를 쳐다보았다. 예전에 다정했던 의전장이 아니었다.

"그만둘 줄 알았는데, 출근했군."

"제가 그만둘 이유는 없어 보입니다만."

"자네의 아버지가 왜 피살이 된 줄 아나?"

"네?"

왜 의전장이 그녀에게 이런 이야기를 하는지 알 수 없었다.

"바람을 피웠기 때문이야."

"네?"

"아랍 왕족의 세 번째 부인과 바람이 났기 때문이야. 그래서 그 왕족이 격노했고 아버지를 총으로 쏴 죽인 거지. 우리는 외교분쟁이 일어날까 봐 쉬쉬하며 덮었어."

"의전장님 제가 아무리 싫으시더라도 아버지의 이름을 욕보이진 마십시오."

"진실은 언제나 불편한 법이지."

"왜 저에게 이러시는 건지 물어봐도 되겠습니까?"

"난 말이야. 그때 외교부에서 잘릴 뻔했어. 다행히 운이 좋아서 살아남게 되었지만 감봉 조치를 받았고 그때 나에게 감봉 처분은 죽으라는 것과 다름이 없었어. 어머니가 암에 걸리셨었거든……. 나는 네 아버지 때문에 너무 힘들었고 다시는 그런 일이 벌어지지 않게 노력했지……."

"그래도 절 예뻐하셨잖아요."

의전장은 그녀가 알던 의전장이 아닌 것 같았다.

"조용했으니까. 열심히 했으니까. 그래서 예뻐한 거지. 송유준의 딸이라는 걸 잊을 정도로 일을 잘했으니까."

의전장의 말에 할 말이 없었다.

"하지만 지금은 달라. 장관이 송 서기관을 찍은 건 안된 일이지만 난 우리 부서가 조용하길 원해."

어이가 없었다.

"믿을 수가 없습니다."

"그날의 증거라도 보여 줘야 하나? 그건 송 서기관 어머니가 더 잘 아시는 일일 텐데?"

어머니에게 아버지의 죽음에 관해 물어볼 수가 없었다.

"잘 생각해서 결정해."

그녀는 의전장실에서 나왔다. 마음이 무거웠다. 원칙 주의자인

의전장이었다. 하지만 지금 의전장은 원칙 주의자라기보다는 어떻게 해서든지 자신의 자리를 지키고 싶어 하는 꼰대에 불과했다.

"아버지가 그럴 리 없어."

그녀는 이를 악물며 자신의 자리로 돌아왔다.

그녀의 자리엔 장미 꽃다발이 놓여 있었다. 그리고 카드엔 '힘내.' 라는 말이 적혀 있었다.

"누구지?"

짐작조차 가지 않았다. 향기는 유진에게 전화를 걸었다. 이런 일을 꾸밀 사람은 지금은 유진뿐이었다.

[여보세요?]

"유진아, 네가 장미 보냈어?"

[아니, 벌써 장미 보낼 남자 생긴 거야?]

"너 아니야?"

[응, 나는 아니다. 보내 줄까?]

"아니."

[이따가 끝나고 소주나 한잔하자. 우리 부서에 아주 머리 아픈 고문관이 들어와서 날이면 날마다 살얼음판이다.]

"알았어."

약속을 잡고 전화를 끊은 향기는 우선 행사 일정부터 살피기 시작했다. 그 누구도 그녀에게 말을 거는 사람이 없었다. 장관에게 찍힌 서기관은 살아남기 힘든 곳이었다.

김 장관은 의전장을 자신의 사무실에 불러 놓고는 쥐 잡듯이 잡고 있었다.

"왜 불러들인 거야?"

"그게……."

"빨리 말하는 게 좋을 겁니다."

"대통령께서 직접 말씀을 하셨답니다. 이 문제에 관해서 말을 할 경우엔 외교부 전체를 조사하시겠다고 말입니다."

"대통령이 할 일이 없어서 겨우 서기관 하나 때문에 외교부를 건드려요?"

어이가 없는 김 장관은 청와대 비서실장과 직통 전화를 연결했다.

"접니다. 이게 말이 됩니까? 겨우 서기관 하나 때문에 외교부를 건드린다니 이건 대통령님의 월권입니다."

[이번에 조사가 들어가면 장관님이 가장 많이 다치실 겁니다.]

"뭐요?"

[요즘 성추행 문제가 얼마나 심각한데, 그 서기관에게 잘못하셨다면서요.]

모든 내용을 알고 있다는 듯이 말하는 비서실장이었다.

[그냥 두시는 게 나을 겁니다.]

"하! 제가 뭘 했다고 그러십니까?"

[지금 이렇게 전화하시는 게 더 이상합니다. 불합리한 인사도 문제가 될 수도 있고요.]

비서실장과 전화를 끊은 김 장관은 더 열이 받았다. 이대로 당하고만 있을 수는 없었다.

"소문에는 아랍의 주요 인사가 뒤를 봐 준다는 소리가 있습니다."

의전장이 말했다.

"그렇지 않고서야 어떻게 청와대에서까지 일개 서기관의 문제에 반응을 보이겠습니까?"

"의전장은 원래 이런 말을 하지 않는데 어지간히 송향기가 싫은 모양입니다."

김 장관이 신기한 듯이 물었다.

"전 그냥 조용한 게 좋습니다. 문제를 일으키는 사람이 싫은 겁니다. 조직은 잘 지켜져야 합니다."

"맞아요. 송향기는 암적인 존재야."

아무래도 잘라 내야 할 것 같았다.

"그만두게 하겠습니다."

"난 의전장만 믿어요."

김 장관의 얼굴에 미소가 가득했다.

호텔 로비에 있는 사람들의 시선이 한 방향으로 움직이고 있었다. 사람들 사이를 가로지르는 장신의 남자 둘을 감탄 어린 시선으로 보고 있었다.

명품 브리오니 슈트는 수제의 진수를 보여 주는 명품 중의 명품인 슈트였다. 그런 옷이 마치 자신의 일부인 양 가볍게 소화하는 남자는 모델인가 생각이 들 정도였다. 사람들이 홍해가 갈라지듯 남자들이 걷는 길을 피해 주고 있었다.

카짐은 지금 칼리드와 함께 비공식적인 방문을 하고 있었다. 칼리드의 이런 행동은 그가 보지 못한 일이었다. 말은 건설 업체를 보기 위한 일이라고는 하는데, 칼리드가 이곳에 온 진정한 이유를 아는 카짐이었다.

「약속은?」

「내일 오전 10시와 오후 3시에 있습니다.」

이틀간 이곳에 묵을 예정이었다.

「일단 쉬십시오.」

「……유진을 만나러 갈 건가?」

「네.」

칼리드는 그저 웃기만 했다. 마치 그럴 줄 알았다는 듯이 말이다. 칼리드가 짐을 푸는 걸 도와준 카짐은 유진을 놀라게 해 주기 위해 유진이 근무한다는 청와대 앞으로 향했다.

택시기사는 그를 자꾸만 힐끔거리고 있었다.

"뭡니까?"

"영화배우신가 해서요. 어쩜 그렇게 한국말을 잘하세요? 신기하네."

"청와대 앞에서 세워 주세요."

한국어를 잘하게 된 카짐이었다. 이건 다 칼리드 덕분이었다. 어찌나 열심히 공부하는지 놀랄 정도였다. 가끔은 그와도 한국어로 말을 했다. 칼리드의 한국어 선생님은 아랍의 대학에서 한국어를 가르치는 교수였다.

그도 곁에서 어깨너머로 배우긴 했지만, 한국어는 너무 어려웠다.

Rrrrrr—

신호가 가는 동안에도 그의 심장이 터져 저릴 것 같았다. 두 달 만에 보는 유진이었다.

[여보세요.]

"어디야?"

[퇴근 준비 중이죠. 어디예요?]

"밖에."

[그래요? 조용한데?]

"이제 시끄러워질 거야. 퇴근하는 차들이 지금 나오고 있으니까. 차 가져 왔어?"

[네. 안 그래도 오늘 향기랑 술 마시기로 했는데 걱정이에요. 대리를 부르자니 거리가 너무 가깝고……..]

"내가 해 줄게."

[정말 바라는 바죠. 여기 대리해 주려고 오면 비행깃값이 더 나오겠어요.]

"해 줄게."

[OK, 그런데 거기서 여기 올 때까지 술 못 마셔요.]

유진은 그의 말을 참 예쁘게 받아쳐 주는 것 같았다. 그가 안 웃긴 농담을 해도 잘 받아 주었다.

"어디야?"

[오늘따라 왜 이렇게 내 움직임을 물어요?]

"아무튼, 차 타고 정문에 나와서 잠깐 세워 봐."

[……..]

"왜 답이 없어? 검은색 슈트를 입고 있는 잘생긴 남자가 보일 거야."

[꺄악! 거짓말이면 용서 안 해요.]

유진의 차가 청와대를 나오고 있었다. 그는 유진의 차를 모르지만, 이 차 저 차 끼어들며 정신없이 나오는 차가 보였다.

"카짐!"

그녀가 소리 질렀다. 카짐은 미소를 지으며 그녀의 차에 올랐다.

"어떻게 된 거예요?"

"유진이 보고 싶어서 왔지."

유진이 갑자기 그의 입술에 입을 맞추었다.

"같이 향기 만날래요?"

"아니. 향기 씨는 더 만나고 싶어 하는 사람한테 보내야지."

"누구요? ······술탄이요?"

카짐이 아주 묘한 미소를 지었다.

퇴근길에 복잡해 죽겠는데 강남의 호텔이라니, 친구가 아니라 원수가 따로 없었다. 향기는 피곤하기도 해서 지하철은 패스하고 택시를 탔다.

"아니, 자기가 술을 마시자고 해 놓고 웬 호텔?"

갑자기 호텔 무료 이용권이 생겼으니까 서울 호텔로 오라는 말이었다.

"아니 자기 할 말만 하고 끊어 버리면 뭐 어쩌자는 거야?"

"네?"

택시 운전기사가 이상한 눈으로 그녀를 보았다.

"아니, 혼잣말이에요."

서울호텔에 도착한 향기는 스위트룸으로 향했다.

"운은 억세게 좋긴 하네. 여기 호텔 스위트룸은 진짜 좋은데……."

칼리드와의 만남이 생각났다. 칼리드는 확실히 그녀에게 많은 변화를 가져다주었다. 섹스를 알게 했고 외교관 일이 세상 전부가 아니란 것도 깨닫게 해 주었다. 그리고 이별의 아픔까지도 말이다.

"잊을 만하면 꼭 이런다니까."

갑자기 코끝이 찡해지자 향기는 생각을 돌리기 위해 혼잣말을 했다.

똑똑!

"……."

문을 두드렸는데도 아무런 반응이 없었다.

똑똑!

"유진아!"

"……."

똑똑똑!

"김유진……."

장난 친 건가? 이런 일로 장난을 칠 친구는 아니었다. 그런데 이상하게 반응이 없었다. 핸드폰을 꺼내는 사이에 문이 열리고 향기는 그대로 얼어붙어 버렸다. 꿈속에서도 그리던 칼리드가 그녀의 앞에 서 있었다.

이건 분명히 꿈일 거야. 그녀의 눈가에 이슬이 맺혀서 앞이 뿌옇게 변하고 있었다. 그는 방금 샤워를 마쳤는지 머리가 젖어 있었고 가운을 걸치고 있었다.

"난……. 헉!"

칼리드가 무슨 말을 할지 모르고 우물쭈물하는 향기의 팔을 잡아 안으로 끌어들였다.

쾅!

그녀의 등 뒤로 문이 닫히자 향기는 깜짝 놀랐다. 그리고 그가 한 걸음 그녀에게 다가와 문과 그 사이에 향기를 가두었다.

「그러니까…….」

「…….」

아무런 말이 없는 칼리드였다. 그는 이제 그녀를 잊은 걸까?

「유진이와 카짐이 장난을 한 것 같아요. 무례했다면 용서하세요.」

너무나 그리웠던 향이 그녀를 미치게 만들고 있었다. 남자는 시각에, 여자는 후각과 청각에 자극을 받는다고 하던데……. 그녀는 후각에 더 자극을 받는 것 같았다.

「쉬고 싶다면…….」

지금 향기는 아무 말 대잔치를 벌이고 있었다.

「가겠다는 말이죠.」

「…….」

그가 몸을 그녀 쪽으로 움직이자 벌어진 가운 사이로 그의 가슴이 훤하게 드러났다. 더 이상 참기가 어려워 향기는 그가 알아들을 수 없는 한국어로 말하기 시작했다.

"자꾸 이렇게 나오면 반칙인데? 그리고 가운만 입은 건 더 반칙이고……."

"……."

그가 향기가 한국말로 하자 고개를 갸웃거렸다.

"그렇게 하지 말라고. 뽀뽀하고 싶어지잖아."

"……."

그가 또다시 고개를 움직였다. 키스라는 말 대신에 그가 알아듣지 못하는 뽀뽀라는 말을 썼다.

"여전히 설렐 정도로 잘생겼구나. 매일 밤 꿈에서라도 보고 싶었는데 잘 나타나 주지도 않고……."

그는 향기의 눈동자를 말없이 바라보았다.

"나만 봐 주길 바라는 건 무리였어. 이렇게 멋지니 여자들이 안 좋아할 리가 없지. 그사이 결혼은 한 걸까?"

향기는 그냥 그가 나가란 소리가 없자 그동안 하고 싶은 말들을 냈다.

"한 번만 만져 봤으면 좋겠다."

"……."

"안 되겠지? 다른 여자의 남자를 만지면 안 되는 거잖아. 내가 아무리 사랑한다고 해도 그건……."

향기가 말을 삼켰다.

「갈게요. 갑자기 이렇게 찾아와서 미안했어요.」

향기가 그의 품을 빠져나가려고 했지만, 그는 꼼짝도 하지 않고 있었다.

"어쩌라고! 잊으려고 그렇게 노력했는데 왜 나타난 거냐고! 잔 인해. 다들 나한테 너무 잔인해……."

향기의 울음이 터져 버렸다. 그러자 그가 향기를 끌어안았다.

"놔! 놓으라고!"

향기가 그의 품에서 발버둥을 쳤지만, 소용이 없었다.

"이렇게 하면 난 더 못 잊으니까 그만해……. 읍!"

그녀의 말은 그의 입안으로 사라졌다. 그의 키스는 너무나 절박 했다. 그녀와의 키스를 마치 오랫동안 기다렸다는 듯이 굶주린 키스를 하고 있었다. 향기도 그의 목에 매달려 뜨거운 키스를 보내고 있었다.

서로의 혀가 얽히고 타액이 오가며 그들은 몇 달 만에 키스하고 있었다.

"으으읍!"

향기를 어느새 안은 칼리드가 그녀를 침대 위로 올려놓았다.

쫘악!

그녀의 블라우스가 찢어져서 단추가 사방으로 튀었다. 그녀의 옷을 여러 번 찢은 칼리드였다. 향기는 그가 옷을 찢는 것에 신경 쓰지 않았다. 향기의 옷은 그렇게 순식간에 벗겨져 나갔다.

완벽한 나신이 된 향기를 그가 한참 동안 내려다보았다.

「칼리드……. 빨리 넣어 줘요.」

그가 으르렁거리며 그녀에게 달려들었다. 그녀의 입술을 거칠게 삼키며 손으로는 향기의 가슴을 만지는 칼리드는 지금 아주 급한 것 같았다. 오랜만에 느끼는 그의 손길 때문에 온몸의 세포가 다 깨어나는 것처럼 예민해졌다.

"아훗!"

그가 그녀의 유두를 물자 향기는 저도 모르게 몸을 활처럼 휘었다. 그의 입술의 느낌이 이렇게 황홀했는지 기억조차 나지 않았다. 그도 급한 듯 힘 조절을 하지 못하고 있었다. 그의 입술이 스치는 곳마다 붉은 키스 마크들이 생겨 났다.

「칼리드, 만져 줘요.」

그녀가 그의 손을 끌어다 자신의 여성 위에 놓았다.

「흡!」

놀란 칼리드가 숨을 깊이 들이켰다. 하지만 그는 그녀의 바람대로 여성을 뜨겁게 만져 주었다. 그의 손가락이 촉촉하게 젖은 향기의 여성을 자극하며 그녀의 질 안으로 들어갔다.

"아아악!"

너무 오랜만에 하는 섹스라서 그의 손가락만으로도 아팠다.

"아흐……."

하지만 그가 멈추는 건 더 바라지 않았다. 그가 손가락을 움직이자 향기는 저도 모르게 그의 목에 팔을 두르고 매달리기 시작했다.

「칼리드…… 넣어 줘요.」

그녀의 말에 칼리드는 향기의 다리를 벌리고 섰다. 그리고는 자신의 페니스를 그녀 안에 넣었다.

"아악!"

몸이 둘로 갈라지는 느낌이었다. 너무 오랜만의 섹스였다. 향기는 그의 움직임에 따라 허리를 움직이며 리듬을 맞췄다.

「향기⋯⋯. 으윽!」

그의 입에서 그녀의 이름이 흘러나왔다. 너무 듣고 싶었던 말인데 이렇게 들으니 꿈을 꾸는 것 같았다.

"꿈은 아니겠지?"

그의 움직임이 그대로 느껴지고 있었다.

"이렇게 좋은데 아니라면 이건 신도 양심이 없는 거야."

"쿡!"

칼리드가 마치 알아듣기라도 하는 것처럼 웃었다. 우연의 일치겠지만 만약 그가 한국말을 할 줄 안다면 조금 전의 그녀의 말을 다 알아들었을 것이고, 그건 생각만 해도 끔찍했다.

퍽퍽퍽!

"아아앙! 칼리드 사랑해요!"

그녀는 저도 모르게 그에게 사랑을 고백했다. 그리고 그의 목에 매달려 그와 함께 절정에 다다랐다.

"헉헉헉⋯⋯."

거친 숨을 몰아쉰 그녀를 칼리드가 꼭 안아 주었다. 방 안에는 그들의 숨소리만이 가득했다.

「어떻게 온 거예요?」

호흡이 진정이 되자 그녀가 물었다.

「몇몇 건설사들을 만나기로 했거든.」

칼리드는 여전히 그녀의 가슴을 주물거리며 말했다.

「난 칼리드가 이렇게 올 줄은 상상조차 하지 못했어요.」

「나도 이렇게 갑자기 만날 거란 생각은 못했어.」

칼리드는 향기를 만나러 온 것이 아니었다. 잠깐이나마 기대를 했는데 현실은 냉정한 것이었다.

「저도 좀 놀랐어요.」

그가 이번엔 그녀의 유두를 살짝 비틀었다.

「아흐…….」

「나한테 궁금한 것이 있을 것 같은데?」

「결혼은 한 건가요?」

「어떨 것 같아?」

「했겠죠…….」

향기가 이렇게 말하며 고개를 떨구었다.

「틀렸어.」

「그럼 이른 시일 내에 하겠죠.」

「그렇게 하려고 노력 중이야.」

노력하는 것 같지는 않았다. 이러고 그녀와 있으니 말이다.

「이만 일어나야 할 것 같아요. 여긴 어머니도 있고, 동생도 있어서 외박은 안 되거든요.」

그녀가 일어나려고 하자 칼리드가 그녀를 잡았다.

「가지 마.」

「안 돼요.」

하지만 칼리드는 그녀를 놓아주지 않았다.

「보고 싶었어…….」

칼리드의 그 한마디에 향기는 가슴이 무너져 내리는 것 같았다.

「이렇게 보게 될 거라고는 상상도 못했어. 운이 좋다면 멀리서 보겠지, 라는 생각은 했지만 말이야.」

「칼리드…….」

「나와 함께 있어 줘.」

칼리드의 부탁에 향기는 그의 곁에 있기로 했다. 걱정하실 어머니에게 전화하려고 핸드폰을 꺼냈는데 유진이 벌써 전화했으니까 전화하지 말라는 문자까지 와 있었다.

「왜?」

「유진이가 먼저 전화했다고 하지 말래요. 그건 그렇고, 내일 무슨 옷을 입고 출근을 해야 할까요?」

「내일은 쉬어.」

「칼리드 안 되는 거 알잖아요.」

그가 갑자기 어딘가로 전화를 걸었다. 그리고 그녀의 사이즈를 말한 후에 오전까지 옷을 가져다주라고 말했다.

「누구한테 전화한 거예요?」

「호텔 매니저.」

「된다고 해요?」

「응.」

「다행이다. 장관한테 찍혀서 조금 골치 아프거든요.」

칼리드의 얼굴 표정이 굳어졌다. 그는 화가 난 것 같았다.

「괜찮아요. 그만둘 때는 꼭 복수하고 나올 테니까.」

「그만둬, 복수는 내가 해 줄 테니까.」

말이라도 위로가 되었다. 향기는 그와 마주 보고 누워 그의 얼굴을 쓰다듬었다. 얼마나 이렇게 하고 싶었는지 모른다. 향기는 슬픈 눈으로 그를 바라보았다.

"또 헤어지면 어떻게 감당하지?"

"……"

"다시 못 볼 것 같아서 불안해."

"불안해하지 마."

"……!"

향기의 두 눈이 커다랗게 변했다.

"불안해하지 마. 내가 있으니까."

"언제부터…… 알아들은 거예요?"

"처음부터."

"언제 공부한 거예요?"

"우리가 헤어지고 나서."

향기는 순간 약이 올랐다. 이건 엄연한 반칙이었다.

"날 비웃은 거예요?"

"아니."

"그럼 이게 뭐예요?"

향기는 화가 났다. 그가 어떻게 그녀에게 이럴 수 있나 하는 생각이 들었다. 그리고 그는 몇 개월 안 배운 사람치고 아주 잘했다.

"너무하네요."

"미안해. 끼어들 틈이 없었어."

"우와……."

그녀가 다시 일어나려고 몸을 일으키자 그가 다시 그녀를 눕혔다.

"뭐 하는 거예요?"

"화 풀어."

그는 너무나 말을 잘했다.

"몇 개 국어나 하죠?"

"5개 국어."

"그러니 말을 이렇게 빨리 배우지. 이거 안 놔요? 읍!"

그가 또다시 입으로 그녀의 입술을 삼켜 더는 말하지 못하게 만들었다. 그의 혀가 들어오고 입안을 헤집고 돌아다니자 향기는 더는 생각을 할 수가 없었다. 이번엔 향기가 그의 위에 올라탔다.

"날 속인 벌이에요."

향기는 그의 손을 침대 기둥에 묶었다.

"오늘은 내가 하는 대로 있어요."

"……."

그의 입술에 입을 맞춘 후에 향기의 입술이 점점 더 아래로 향하고 있었다. 칼리드는 으르렁거리며 그녀의 입술을 반겼다. 그녀의 입술이 그의 배꼽을 지나자 그는 손을 풀어 달라고 애원했다.

하지만 향기는 그의 손을 풀어 주지 않았다. 향기는 그 대신에 그의 페니스 쪽으로 점점 더 입술을 내리고 있었다. 너무 오랜 기다림이 향기를 솔직하게 만들고 있었다. 칼리드는 아직 결혼하지 않았다.

그러니 이번이 그와의 마지막 만남일 것 같았다. 향기는 그를 기억하고 싶었다. 그의 구석구석, 하나하나까지 다 기억하고 싶은 향기는 오늘 대범해지기로 마음먹었다.

"으윽!"

향기는 그의 페니스를 입안 가득 담았다. 그리고 빈틈없이 물고는 아래위로 움직이기 시작했다.

"으으윽!"

칼리드가 허리를 휘었다. 그의 반응에 용기를 얻은 향기는 이번엔 혀로 페니스의 끝을 쓸었다. 그의 커진 페니스에 힘줄까지 튀어나왔고 그가 얼마나 흥분했는지를 말해 주었다. 향기는 다시 그의 페니스를 뿌리째 삼킬 듯이 입안에 넣었다.

그리고 소리 나게 빨았다. 칼리드는 이미 흥분으로 거친 숨을 내쉬고 있었다. 그의 야릇한 신음 소리는 그녀를 더욱더 흥분하게 만들었다.

"향기……. 으윽!"

향기는 그의 고환을 손으로 애무하며 페니스를 열심히 빨았다.

"안 돼!"

칼리드가 갑자기 그녀를 침대 위로 눕혔다.

"헉헉, 실수할 뻔했어."

그는 이렇게 말하더니 그녀의 다리를 벌렸다. 칼리드는 다급하게 움직였고 그런 칼리드의 움직임이 향기는 마음에 들었다.

"으윽!"

"악!"

칼리드가 그녀를 정신없이 먹어 치우고 있었다. 향기는 그의 그칠 줄 모르는 체력에 상대가 되지 못했다.

"하아, 하아."

뜨거운 숨소리가 입술 사이로 흘러나왔다. 온몸이 녹아내리는 것 같았다.

8. 술탄의 힘

쿵. 쿵. 쿵.

밤새 그의 넓은 가슴에서 나는 심장 소리를 들었다. 그동안 밀린 섹스를 하느라 거의 밤을 새운 탓인지 칼리드는 깊은 잠에 빠져들어 있었다. 햇빛 때문에 그가 인상을 찡그리자 향기가 손바닥으로 칼리드의 얼굴에 비치는 빛을 가려 주었다.

향기는 눈을 들어 칼리드의 자는 모습을 보았다.

그의 품에 안길 때의 쾌감이 다시 떠오르자 몸이 절로 부르르 떨렸다. 그가 이마를 움찔거렸다. 머리카락 한 올이 흘러내려 간지럽히는 것 같았다. 찡그리는 그의 콧날 위에 머리카락을 살며시 넘겨 준 향기는 그의 잘생긴 얼굴을 말없이 보았다.

그가 눈을 감고 있어서 가장 아쉬운 점은 매혹적인 푸른 눈동자를 못 본다는 것이었다.

"언제까지 볼 거야?"

섹시하게 잠긴 목소리가 그녀의 심장을 뜨겁게 만들었다.

"언제 일어났어요?"

향기는 여전히 한 손으로 그의 얼굴에 비치는 빛을 가려 주며 물었다.

"조금 전에."

"보고 있다는 건 어떻게 알았어요?"

"그냥 알아."

칼리드가 눈을 뜨며 천천히 푸른 바다보다 더 아름다운 눈동자를 보여 주었다. 그의 푸른 눈동자 안에 그녀가 가득했다.

"예쁘네요."

향기는 칼리드의 눈동자가 마음에 들었다.

"내 눈동자를 보고 예쁘다는 사람은 향기가 처음이야."

"아뇨, 그 눈동자 안에 저요."

"그 말도 맞아."

"그렇게 말하면 내가 할 말이 없는데?"

그가 하얀 치아를 드러내며 웃었다. 심장이 또다시 주책없이 빠르게 뛰고 있었다.

"내일 가나요?"

"아마도."

"오늘은 일정이 어떻게 되는데요?"

"저녁에 데리러 갈게."

"좋아요. 전 지금부터 출근 준비를 해야 할 것 같아요."

그녀가 일어나려고 하자 그가 다시 품에 향기를 안았다. 그의 품 안에 쏙 안기는 향기였다. 그녀는 제법 큰 키에 운동으로 다져진 몸이라서 탄탄하지만 연약해 보이지는 않는데, 칼리드 옆에 서면 향기는 너무나 연약한 여인이었다.

칼리드가 그녀의 작은 얼굴을 손으로 감쌌다. 세상에 이보다 소중한 건 없다는 표정이었다. 이러니 여자들이 줄을 서는 게 아닌가 라는 생각이 들었다.

"출근해야 합니다."

향기가 그의 가슴을 억지로 밀었다.

"아니, 조금 더."

그가 그녀의 입술을 부드럽게 삼켰다. 언제나 급하게 하는 키스였고 잡아먹듯이 하는 키스였는데 오늘은 너무나 스윗한 키스를 그녀에게 하고 있었다. 심장이 간질거렸다. 그의 입술이 살며시 향기의 입술에 닿아 있었다.

감질나는 맛이긴 했지만 색다른 느낌의 키스였다. 그의 혀가 그녀의 입술 선을 따라 움직이자 그녀의 여성이 젖어 들었다.

"이상해요."

"뭐가?"

"이렇게 입술을 마주하고 있으니까요. 심장이 따끔거려요."

향기가 그의 심장에 손을 내려놓았다.

"이 느낌이 너무 그리웠나 봐요. 이제 더 그리워지겠죠? 당신의 맛을 알아 버린 걸 날마다 후회하겠지만 멍하게 있는 날엔 살며시 웃을 것 같아요. 그전에는 울었는데, 이제는 웃을 수 있을 것 같아요."

"……"

"내 바보 같은 사람이 이제는 슬프지 않고 귀엽고 섹시하게 기억될 것 같으니까요."

"왜 부정적으로 말하지?"

그는 둘의 차이를 이해하지 못하는 것 같았다.

"칼리드 빈 나예프 알사우드 씨, 난 누구의 2번째 부인이나 세 번째 부인은 사양이에요. 거기다가 다른 부인들을 맞이할 자신도 없어요. 난 질투의 화신이거든요."

그가 고개를 끄덕였다.

"아니 이 부분에서 동의하면 내가 뭐가 돼요?"

"질투의 화신."

"칼리드!"

향기가 칼리드를 살짝 째려보았다.

"그러니까 우리 이렇게 헤어지는 게 맞아요."

"다른 남자와 결혼할 수 있어?"

"다른 여자와 결혼할 사람이 그런 거 물어보면 안 되는 거 아닌가?"

똑똑똑!

"옷 왔나 봐요."

그녀가 일어나 가운을 입을 때까지 칼리드는 복잡한 표정을 지으며 향기를 바라보았다. 이렇게 아름답게 정리하는 게 맞았다.

"칼리드! 이건 너무 비싼 옷이에요."

"괜찮아. 오늘 밤에 또 찢어질 운명이니까."

"후……."

향기는 한숨이 절로 나왔다.

"끝나고 전화해요. 저도 빨리 가 봐야 해요. 여기 장관은 날 너무 싫어해서요."

"……."

그녀가 욕실로 향하며 투덜거렸다.

"아니 잘못은 장관이 했는데, 화살은 왜 나한테 향하는지 모르겠어요."

정말 신경질이 나는 일이 아닐 수 없었다. 그녀가 샤워를 마치고 나오자 그가 샤워를 하러 들어갔다. 이상하게 출근 준비를 같이하니까 꼭 신혼부부 같은 느낌이 들었다.

향기는 그 누구보다 특별한 사람인 술탄을 그저 남자로만 느끼는 자신이 조금 신기했다. 그 누구보다 평범한 자신이 술탄을 상대로 말이다. 그가 부자라는 것과 술탄이라는 건 불편하게 느껴지지 않았다.

아침에 배달이 된 옷은 크리스천디올의 SF신상이었다. 상자 속의 계산서를 보고 향기는 놀라긴 했지만, 그의 기준에선 비싼 게 아닐 테니 마음 편하게 받기로 했다.

디올의 로고로 된 검은색 치마 정장에 흰색 블라우스 세트였다. 거기에 가방까지 너무나 완벽했다. 향기는 조금 긴 머리를 그녀의 등록상표인 프렌치 트위스트로 틀어 올리려고 했다.

"그냥 푸는 게 더 예쁠 것 같아."

"안 돼요. 단정하게 가야 하거든요."

"어차피 그만둘 건데 그렇게까지 단정할 필요는 없잖아."

"칼리드."

그가 향기에게 다가와 머리를 길게 늘어트렸다. 그리고 그녀의 머리를 빗으로 빗겨 주었다.

"이렇게 풀고 있으면 섹스할 때가 생각이 나. 길게 머리를 늘어

뜨리고 나의 아래에서 욕망에 몸부림치는 향기가 떠오르니까."

"다른 사람도 그렇게 느끼면 어쩌려고요."

향기가 장난을 쳤다.

"다른 사람은 욕망에 신음하는 향기의 모습을 모르잖아."

"그래도……."

"예뻐. 향기의 이런 모습을 기억하고 싶어."

"……."

거울에 비친 그의 모습이 그 어느 때보다도 섹시하게 느껴졌다. 그래서 향기는 저도 모르게 그의 목에 팔을 돌리고 키스했다. 그의 손이 향기의 가는 허리를 감싸고 그의 입술이 향기의 입술을 강하게 빨아 들었다.

이대로 영원히 있고 싶었다.

칼리드의 오전 일정은 한국의 대형 건설사 방문이었다. 라스 알카이마는 아부다비와 두바이보다 작은 토후국으로 자원은 풍부했지만, 개발이 많이 된 지역은 아니었다.

그는 두바이처럼 라스 알카이마를 특색이 있는 곳으로 알리고 싶었고, 언제까지나 원유에만 연연하고 싶지 않았다. 그래서 한국의 대형 건설사들이 기술을 양도하는 조건으로 라스 알카이마에 대형 건설 사업에 참여하게 할 생각이었다.

사우디의 원전 문제도 있었지만, 두바이의 건물 중에 상징적인 것들은 오늘 오전에 만나는 건설사가 만들었다

「술탄.」

「왜?」

「향기 님이 술탄께서 한국어를 하시는 거에 놀라시지 않으셨습니까?」

「놀라더라고.」

그는 향기의 놀란 표정이 떠오르자 절로 미소가 지어졌다. 아주 귀여운 여자였다. 그는 향기의 모든 것에 반응했다.

「그런데 어제 유진에게 들은 말이 있습니다.」

「뭔데?」

「외교부 장관이 아직도 향기 님을 괴롭히는 모양입니다. 외교부에 아는 지인들도 향기 님에 대한 소문이 좋지 않다고 합니다. 그건 다 외교부 장관의 짓입니다. 그리고 이거…….」

칼리드는 아주 기가 막힌다는 표정으로 카짐이 넘겨준 사진을 보았다.

한국의 건설사는 칼리드의 마음을 사로잡을 만한 기술력을 가지고 있었다. 다른 건설사들도 나름의 매력을 갖추고 있었지만, 우민건설은 대한민국 1등 건설사다웠다. 만족감을 겉으로 드러내지는 않았지만, 그들도 칼리드가 마음에 들어야 한다는 사실을 알

고 있었다.

「외교부로 가지.」

그동안 고통받았을 향기를 생각하자 속에서 천불이 났다.

「정말 가실 겁니까?」

그의 마음을 누구보다 잘 아는 카짐은 그가 혹시 문제를 일으키지나 않을지 걱정하는 것 같았다.

「향기를 그런 놈들에게 맡길 수 없어.」

「하지만…….」

「내가 알아서 할 테니 걱정하지 마.」

「잘못하면 외교적인 문제까지 벌어질 수 있습니다.」

「이런 놈이 장관이라는 게 한국에 더 문제가 되지 않을까?」

그의 말에 카짐은 더는 말을 하지 않았다. 그들이 도착한 곳은 한국의 외교부였다. 그가 도착했다는 말을 듣고는 외교부 장관이 한걸음에 달려 나왔다. 아랍에미리트 대통령 순방에서 라스 알카이마가 얼마나 많은 투자를 할지 알고 있기 때문이었다.

그의 재산만 하더라도 사우디 왕족의 재산에 못지않으므로 장관은 그를 무시할 수 있는 상태가 아니었다.

「술탄, 환영합니다.」

어쭙잖은 아랍의 인사말을 건네며 그가 통역과 함께 다가왔다.

「안녕하십니까? 제가 갑자기 뵙자고 해서 놀라신 건 아닌지 모르겠습니다.」

"아닙니다. 어서 올라가시지요."

장관실로 가는 동안에도 장관은 어쩔 줄을 모르고 있었다. 향기에게 장관이 한 일을 생각하면 화가 나서 참을 수가 없었다.

"앉으십시오."

그가 앉자 통역관과 의전장, 그리고 차관까지 들어와 앉았다.

"어떻게 이렇게 갑작스럽게 방문을 하신 건지 여쭈어봐도 되겠습니까?"

「지난번 대통령 방문 때 이야기했다시피 우리 라스 알카이마의 건설에 한국 기업이 참여해 주었으면 해서 왔습니다. 한국의 건축 기술이 워낙 뛰어나기 때문에 저희가 기술 이전까지 받는다면 좋을 것 같아서요.」

"맞습니다. 우리나라의 기술이 워낙 뛰어나니까요."

"우리가 기술까지 이전하는 일까지 해야 하는 걸까요?"

"대충해 주면 되는 거 아니겠어."

차관과 장관의 대화치고는 아주 충격적이었다. 그가 한국말을 모른다고 마구 지껄이고 있었다. 카짐의 표정이 좋지 않았다. 그는 통역을 대동하지 않았기 때문에 아랍어 통역은 한국 측 한 명뿐이었다.

그녀의 실력은 뛰어났지만 자신의 장관의 말은 전하지 않았다.

「한국의 기업들도 긍정적인 반응을 보이고 있습니다. 특히 우민그룹이 아주 마음에 듭니다.」

"우민이 기술 이전까지 해 준다고 합니까?"

「네.」

그들은 놀란 눈치였다.

"우민에게 말해야 하는 거 아닙니까? 요즘 세상에 기술 이전이라니……."

관료들은 실무에 관해 모른다지만 한국의 차관은 앞뒤가 꽉 막힌 사람이었다. 이래서야 어떻게 소통이 최우선인 외교를 한다는 건지 칼리드는 이해가 가지 않았다.

칼리드가 저도 모르게 차관을 쳐다보자 차관이 얼른 시선을 돌렸다. 아주 마음에 들지 않는 인간이었다.

"저희야 제발 잘 되기를 바라는 바지요."

「일본에서도 관심을 보입니다. 사실, 이런 말씀드리기 뭐 하지만 조건은 한국보다 좋습니다. 그래서 저희도 망설이고 있습니다.」

"장관님 이거 우리 간 보는 거 아닙니까?"

"그런 건 아닌 것 같아. 우리 쪽에 분명히 관심을 보였어."

"이러다가 놓치기라도 하면 대통령님의 실망이 이만저만이 아닐 텐데……."

"어쨌든 우리야……."

"맞다. 의전장이 가서 송 서기관 데려와."

"네?"

장관이 의전장을 가까이 불러 뭐라고 속삭였다. 하지만 칼리드는 듣고 말았다.

"그 걸레 같은 년하고 한번 붙어먹게 해."

"장관님, 그건……."

"뭐 어때, 나라를 위한 거라고 해. 그리고 난 그 미친년이 싫어."

"네."

의전장이 비서를 불러 향기를 데려오게 하려는 모양이었다.

"술탄께서 불편하실 테니까. 우리 쪽에서 통역을 한 명 더 붙이겠습니다."

"괜찮을까요?"

"뭐가?"

"송향기 씨에 대한 소문이 너무 안 좋은데……."

"소문은 그년이 안 좋지 우리가 안 좋은 게 아니잖아."

"왜 그렇게 싫어하십니까?"

"한 번 달라고 했는데 미친년이 거절하는 거야. 그리고 날 때리기까지 했다니까."

자기들끼리 아주 난리가 났다. 칼리드는 장관의 목을 조르지 않으려고 애를 쓰고 있었다.

「칼리드, 죽여 버릴까요?」

카짐이 너무 화가 났는지 그에게 조용히 다가와서 한마디 했다. 다행히 그들은 알아듣지 못하고 있었다.

「죽여도 내가 죽여.」

죽어도 그의 손에 의해 죽을 것이다.

"부르셨습니까?"

향기가 들어왔다. 그가 사 준 크티스천디올 정장에 그의 말대로 머리를 풀고 있었다. 너무 섹시한 나머지 당장에 달려가서 끌어안고 싶은 마음뿐이었다.

"어?"

그를 본 향기가 놀란 눈으로 그를 보았다. 그가 눈을 깜박이며 모른 척하라고 했다.

"어떤 일로 저를 찾으셨습니까?"

"저기 술탄하고 안면 있지?"

"네."

"통역해."

향기가 그의 뒤에 앉았다. 그리고 그의 뒤에 속삭였다.

「어떻게 된 일이에요?」

「난 내 여자를 건드리는 놈을 용서하지 않을 거야.」

「칼리드…….」

순간 아랍 통역관과 눈이 마주친 향기는 아랍 통역관을 보며 멋쩍은 눈인사를 했다. 그는 아랍 통역관을 보며 모른 척하라고 고개를 흔들었다.

「저랑 친한 친구예요. 윤 통역관님은 저희와 아는 사이고, 사실 칼리드는 한국말 잘해요. 그러니까 쓸데없이 쓰레기 같은 장관 편들지 말아요.」

「조만간에 잘릴 겁니다.」

칼리드가 통역을 보고 웃었다. 사무관은 얼굴이 굳었지만 그들의 말을 알아들었는지 아무런 말을 하지 않았다.

"뭐래?"

"오랜만에 송 서기관님을 만나서 반갑다고…….."

"반갑긴 개뿔? 아랍놈을 좋아하는 거야?"

"말씀 삼가십시오."

향기가 굳은 얼굴로 말했다.

「무슨 소립니까?」

"아닙니다."

"아니긴 뭐가 아니란 거야?"

그가 한국말을 하자 장관은 거의 턱이 빠질 지경이었고 박 차관과 의전장은 사색이 되어 있었다. 그때 카짐이 녹음기를 그의 앞에 내놓았다. 그리고 그들이 한 말을 그대로 들려주었다.

"이거 왜, 왜 이러십니까?"

"대통령님께 전화해."

"……."

카짐이 스피커폰으로 대통령에게 전화를 걸었다.

"안녕하십니까?"

[한국말이 많이 느셨습니다.]

"덕분입니다. 최 교수님이 너무 잘 가르쳐 주셨습니다."

그가 통화하는 내내 장관의 얼굴색은 점점 더 하얗게 변하고 있었다.

"또 전화 드리겠습니다."

"……."

분위기가 얼음처럼 차가웠다.

"여기는 뭔가 배울 게 있는 줄 알았는데 ,아주 썩었군."

"술탄, 죄송합니다."

"죄송이라……."

장관이 무릎을 꿇었다. 그가 내뱉은 말을 그가 언론에 흘린다면 그의 모든 인생은 끝이었다. 차라리 죽는 게 더 나았다. 그렇지 않고서는 견딜 수 없을 것이다.

"용서는 내가 아닌 향기에게 빌어야지."

"술탄 님, 그건 외교부의 문젭니다."

"아니, 내 피앙세를 모독했으니 나에 대한 모독이지."

"……."

장관이 향기를 턱이 빠질 듯이 바라보고 있었다.

"당신들의 감정에 따라 아무런 죄도 없는 향기가 느꼈을 모욕감을, 나 또한 조금 전에 느꼈으니까. 카짐."

카짐이 날카로운 칸자르를 테이블 위에 올려놓자 칼리드가 칸자르를 들었다. 놀란 김 장관은 무릎을 꿇었다.

"나 칼리드 빈 나예프 알사우드는 이 시간 이후로 송향기의 억울함을 풀어 주지 않으면……."

"잘못했습니다."

장관이 무릎을 꿇고 빌었다.

"오늘을 무사히 넘긴다 해도 방심하지 마. 내가 당신에게 사람을 붙여 놓을 생각이거든."

칼리드의 말에 장관은 사색이 되었다.

"그리고 당신들도 책임에서 벗어날 수는 없을 거야. 공무원이기 이전에 사람이 먼저 되어야 하지 않을까?"

칼리드는 장관을 계속해서 노려보았고 장관의 시선은 칼리드의 손에 들린 칸자르에 고정이 되어 있었다.

"송향기 서기관은 그만둘 테지만……."

"칼리드!"

그녀가 그의 이름을 불렀다.

"그만두고 싶다고 하지 않았어?"

"맞아요. 하지만 이 내용은 언론에 공개해 주세요. 난 괜찮아요."

"송 서기관 내가 이렇게 빌게, 제발……."

장관이란 사람이 자존심도 없이 향기의 발 앞에 무릎을 꿇었다. 그는 향기의 손을 잡고 장관실에서 나왔다.

"고마웠어요. 완전 속이 다 시원해요."

"기분이 좋아졌다니 다행이야. 그리고 저런 쓰레기 같은 인간은 한국으로서도 좋지 않기 때문에 내가 따로 파일을 대통령께 보낼 거야."

"그렇게 해요."

"퇴근할까?"

"그럴까요."

향기는 기분이 좋았는지 그의 말을 들어 주었다. 사직서 한 통을 책상 위에 던져 놓고 향기는 칼리드의 손을 잡고 외교통상부를 나왔다.

"내일 일은 내일 걱정할래요."

향기는 그의 팔에 팔짱을 꼈다. 다른 사람들의 시선 따위는 신경 쓰지 않는 것 같았다. 칼리드는 사랑스러운 향기를 보며 미소 지었다.

9. 불꽃 속으로

서울에서의 마지막 밤은 카짐과 유진이 함께했다. 향기는 입을
다물지 못하고 유진의 가증스러운 애교를 보고 있었다.

"자기, 이거 먹어 봐요. 맛있어요."

스테이크를 썰어서 주자 그걸 카짐이 받아먹고 있었다.

"김유진."

"왜?"

"뭐 하냐?"

어이가 없어 하는 향기에게 유진이 강펀치를 날렸다.

"부러우면 너도 해."

"뭐?"

"자기야……."

정말 간드러진 목소리였다. 칼리드만 아니면 뒤통수를 한 대 치고 싶은 상황이었다.

"이건 좀 아니지 않아?"

유진이 혀를 내밀며 그녀를 약 올렸다.

"뭘 잘못 먹은 게 맞아."

향기가 투덜거렸다.

"아닙니다. 유진이 애교가 많은 거죠."

팔은 안으로 굽는 법이었다.

"카짐 괜찮아요?"

"전 아주 좋습니다. 술탄께서 부러워하시는 것 같은데……."

"설마요."

"……."

칼리드는 아무런 말도 하지 않았다.

"정말 그만둔 거야?"

"응, 오늘 술탄께서 김종환을 벌하셨지."

"김 장관은 그렇게 호락호락하지 않을 텐데?"

"우리 술탄께서 막강한 힘을 가지신 거지."

"부럽다. 남자친구가 해결도 해 주고."

이번엔 유진이 그녀를 부러워했다. 자동적으로 어깨에 힘이 들어간 향기였다.

"나도 우리 유진이는 지킬 수 있어."

"역시 자기가 최고."

유진의 애교에 두 손 두 발 다 든 향기는 식사하는 동안 괜히 칼
리드의 눈치를 살폈다. 식사 시간 내내 유진은 카짐에게 붙어 있
었고 향기는 그저 그들을 신기하게 바라볼 뿐이었다. 호텔 레스토
랑을 나오면서 향기가 칼리드의 옆에 서서 그의 손을 잡았다.

"칼리드, 화났어요?"

"……."

그는 화가 난 것 같았다. 그녀의 손을 잡고 있기는 했지만 카짐
의 허리를 끌어안고 있는 유진을 자꾸만 힐끔거리며 보고 있었다.
향기는 웃음이 나왔지만 참고 있었다.

"왜 그러는 건데요?"

"뭐가?"

"아님 말고요."

유진은 카짐과 따로 가고 향기와 칼리드는 스위트룸으로 향했
다. 다른 때 같으면 문이 열리자마자 달려들었을 칼리드가 오늘은
그냥 침실로 향했다. 화가 난 게 분명했다.

"여자가 애교 부리는 거 좋아하는 줄 몰랐어요."

"아니 싫어."

"그래요? 안 그런 것 같은데?"

"그게 향기라서 괜찮은 거지. 다른 여자들이 그러는 건 질색이야."

"내가 그렇게 해 주길 바라요?"

"……"

향기는 웃음이 났다. 오늘 그가 해 준 일이 고맙고 내일이면 영영 이별을 고하게 될지도 모르는 사람이었다. 그가 바라는 대로 해 주고 싶었다.

"먼저 씻을게."

그가 투덜거리며 욕실로 들어갔다.

"귀여워."

향기는 씨익 미소를 짓고는 드레스 룸으로 향했다.

"오늘 찢으면 정말 화낼 것 같으니까."

그녀는 옷을 벗고 가운을 걸친 채로 욕실로 행했다. 그리고 샤워기의 물이 떨어지는 소리를 듣고는 욕실 안으로 들어갔다. 샤워 부스는 수증기로 가득 차 있어서 그 안이 보이지 않았다

쏴아!

샤워기 물이 떨어지는 그 사이로 들어간 향기는 칼리드의 등 뒤에서 그를 끌어안았다. 그녀가 뒤에서 안자 칼리드는 순간 모든 동작을 멈추었다.

"화났어요?"

"……."

"난 애교 같은 거 몰라요."

"……."

"하지만 노력해 볼게요. 나만의 방식으로 말이죠."

그가 얼굴의 물기를 쓸어 올리며 그녀를 내려다보았다. 샤워기의 물을 맞으며 향기가 그의 앞에 무릎을 꿇었다. 그리고는 그의 페니스를 입안에 넣었다.

"으윽!"

그가 신음을 내며 그녀의 머리를 잡았다. 물과 함께 그의 페니스가 그녀의 입안 가득 차지했다. 처음엔 그저 그를 기쁘게 해 주고 싶은 마음에서 시작된 일인데 이제는 그녀가 더 흥분하고 있었다.

"향기……."

츄읍츄읍―

색스러운 소리까지 내 가며 향기는 그의 페니스를 게걸스럽게 빨아들이고 있었다.

"으으윽!"

그녀의 목구멍까지 닿는 그의 페니스 때문에 향기는 숨을 제대로 쉴 수조차 없었다. 칼리드가 자극받길 원했다. 다른 그 누구도 그녀보다 칼리드를 기쁘게 할 사람이 없기를 바랐다. 칼리드가 갑자기 향기를 일으켜 세웠다.

"더는 힘들어."

그는 이렇게 말하며 향기를 돌려세웠다. 그리고 향기의 손을 샤워부스의 유리에 올려놓게 하고는 뒤에서 향기를 탐하기 시작했다. 그녀의 등에 그의 입술이 닿자 온몸에 닭살이 돋기 시작했다.

"아아흐……."

욕실 안에 향기의 신음이 울려 퍼지기 시작했다.

퍽퍽퍽!

향기의 몸이 점차 유리에 맞닿아 가슴이 눌리고 있었다. 그는 다시 향기의 허리를 잡고는 강하게 밀어붙이기 시작했다. 향기는 그가 주는 미칠 것 같은 쾌감에 몸을 부르르 떨었다. 향기가 몸을 돌렸다. 그리고 그의 목에 팔을 감고 그의 허리에 다리를 감았다.

그러자 그가 향기의 질에 자신의 페니스를 넣었다.

"아악!"

목에 매달려 있으니 더 깊이 그의 페니스가 들어왔다.

"으윽! 향기야."

그가 허리를 한참 동안 움직였다. 향기는 필사적으로 그의 목에 매달렸다. 그리고 말했다.

"가지 말아요……."

"……."

"날 두고 가지 마요."

"향기야……."

"당신이 없으면 죽을 것 같아."

그리고 그의 입술을 삼켜 버렸다. 처음이었다. 이렇게 자신의
마음을 적극적으로 표한 것은…….

"이번에도 기다리라고 하면 가만 안 둘 거야."

"아니, 기다리라고 말하지 않을 거야."

그는 향기의 입술을 거칠게 물었다.

"사랑해요."

"향기야……."

"당신은 날 사랑하지 않아도 돼요. 부담 갖지 말아요."

"왜 그렇게 생각하지?"

"우린…… 다르니까."

그는 대답 대신에 그녀의 입술을 아프게 물었다. 그리고 선 자
세로 향기를 가졌다. 서로를 가지고 또 가져도 부족했다.

"아아앙……."

샤워부스에 자꾸만 그녀의 등이 부딪쳤지만 상관하지 않았다.
지금은 그저 그를 갖는 게 전부였다. 향기의 여성은 그의 페니스
를 품고 놓지 않았다. 오늘이 가면 또 언제 볼까? 그를 언제 또 그

녀 안에 품을 수 있을까?

샤워기의 물과 함께 향기의 눈에서도 눈물이 흘렀다. 하지만 그녀의 몸을 탐하느라 바쁜 칼리드는 향기가 우는 걸 알지 못했다.

"으으윽!"

그의 분신들이 그녀 안에 쏟아져 내렸다. 샤워를 마친 그들은 침실로 와서 서로를 끌어안고 있었다. 한 치의 오차도 없이 붙어 있는 그들이 몸은 한 몸 같았다.

"일찍 출발하죠?"

"응."

"……공항엔 안 나갈 거예요."

"……."

향기가 그의 품 속으로 파고들었다.

"언제 볼 수 있죠?"

"곧."

"무서워요."

"뭐가?"

"당신이 사라질까 봐."

그가 향기의 정수리에 입을 맞추었다.

"걱정하지 마. 반드시 올 거니까."

"유진이 두바이에서 커피숍을 하자고 했어요."

"하하하, 커피숍?"

"혹시 당신이 날 찾을 때 한국에 없으면 두바이 어딘가에서 커피숍을 하고 있을 거니까 찾아와요."

"그래."

"농담인 거 알죠?"

"어디든지 찾아갈 테니까 기다려."

그의 품은 따뜻했고 그녀는 그가 떠나는 게 차가운 얼음 바닥에 옷이 벗겨진 채로 버려진 느낌이었다.

그는 같이 가자는 말을 하지 않았다. 기다리라고 했다. 그러면 데리러 온다는 약속을 했다. 하지만 향기는 그를 기다리다가 지칠 것만 같았다. 왜 이런 생각이 드는 건지 알 수 없었다. 하지만 지금 그는 그녀를 안고 있었고 향기는 떨어지지 않을 것처럼 꼭 끌어안았다.

"사랑해요."

"……."

그녀의 머리를 쓰다듬은 칼리드의 손은 따뜻했지만 사랑한다는 말은 하지 않았다.

칼리드는 자신의 전용 비행기에 몸을 실었다. 한국의 상공은 향기의 얼굴처럼 아름다웠다. 사막과 바다가 있는 그의 아름다운 라스 알카이마와는 또 다른 느낌이었다. 칼리드는 뭔가를 두고 온 것 같았다.

「유진이 두바이로 온다고?」

칼리드는 창밖을 보며 카짐에게 물었다.

「네.」

「이쪽으로 발령이 난 거야?」

유진이 온다니 향기도 같이 왔으면 하는 바람이었다.

「아닙니다. 결혼식을 올리고 일을 그만둘 겁니다.」

「축하해.」

유진과 카짐은 결혼을 하기로 약속을 했다. 하지만 칼리드는 해결해야 할 일들이 많았다. 셀림의 문제도 있고 무엇보다 라쉬드의 마지막 몸부림이 곧 시작될 것 같았다. 압바스의 아버지가 반역자였단 사실을 알아내고 자이납의 문제까지 처리하느라 그는 3개월 동안 꼼짝 없이 일에 매달렸었다.

그 3개월은 칼리드에게는 너무나 괴로운 시기였다. 향기가 그에게 미치는 영향은 너무나 컸다. 그래서 그녀가 보고 싶었고 그는 자동차에 주유를 받듯이 향기를 만나고 나자 기운이 솟는 느낌이었다.

「셀림은?」

「두바이로 몰래 들어온 것 같습니다.」

「어디 있는지 찾아내.」

「알겠습니다. 하지만 약물에 너무 심각하게 중독이 된 상황이라 치료가 필요합니다.」

셀림은 미국에서 가지고 간 돈이 바닥이 날 정도로 약을 구입해서 매일매일을 약으로 보냈다. 사람을 보내고 설득도 하고 치료도 해 보았지만, 소용이 없었다.

칼리드는 눈을 감았다. 이번에 라쉬드와 셀림을 처리하고 향기를 데리러 갈 생각이었다. 이번엔 빠르게 처리해서 향기를 매일 밤 품에 안고 싶었다.

하지만 그가 공항에 도착하는 순간 어려워졌다는 걸 알게 되었다. 그의 궁전이 폭탄 테러를 당했다는 내용이 들렸다. 그가 며칠간 한국에 다녀오는 건 철저하게 비밀이었다. 그가 탄 비행기는 그의 비행기가 아닌 전세기였다.

뭔가 불안하다 싶더니 일이 터지고 만 것이다.

「피해는?」

이럴 때일수록 신속하게 처리하는 게 나았다.

「세 명이 죽었고, 열 명 정도가 다친 것 같습니다.」

지금까지가 그렇다는 것이지 피해가 얼마나 될지는 시간이 지나 봐야 아는 것이었다.

「배후는?」

「나타나지 않고 있으면 뻔한 것 아닙니까? 술탄의 침실로 잠입한 자살 폭탄 테러였습니다.」

어이가 없었다.

「이제는 잠도 제대로 못 자겠군.」

「바로 궁전으로 향한다.」

「다른 곳에 머무시는 것이 어떨까 합니다.」

그는 일단 궁전이 아닌 그의 별궁으로 향했다. 오늘은 아주 힘이 든 날 같았다. 라쉬드를 어떻게 처리할지가 오늘의 숙제였다.

별장에 그의 차가 들어서는 순간 갑자기 차량 한 대가 그의 차를 뒤에서 들이받았다. 칼리드는 그대로 좌석에 머리를 박았고 그건 카짐도 마찬가지였다. 머리가 울리는 느낌이었다. 차량은 방탄이기 때문에 안전했지만, 상대가 어떤 무기를 쓰느냐에 따라 달라서, 일단은 쉽게 결정하지 못하고 있었다.

타다다다―!

기관총이었다.

「칼리드!」

카짐이 그의 몸을 몸으로 감쌌다. 처음 겪는 격한 환영에 칼리드는 화가 머리끝까지 솟구쳤다.

「내리십시오.」

카짐의 말에 따라 그는 카짐과 함께 차에서 내렸다. 카짐은 총을 쏘며 엄호했고 칼리드도 차 안에 준비된 자신의 총으로 그들을 공격하는 일당들에 맞섰다. 칼리드는 이런 공격은 처음 받아서 당황스러웠다.

총알이 머리 위로 빗발치고 있으니 이건 완전 전쟁터 같았다.

「칼리드!」

카짐은 급하면 그를 칼리드라 불렀다. 그의 친구이자 충신으로서 자신의 목숨을 걸고 칼리드를 지키는 카짐이었다.

「이쪽으로.」

그의 뒤를 따라 범인들이 없는 쪽으로 이동하고 있었다. 한동안 교전이 계속되었고 다수의 사람들이 죽어 나갔다. 어두운 저녁이라 이게 적군인지 아군인지 구별하기가 힘이 들었다. 하지만 별장엔 군대가 없었고 총을 든 사람들은 다 적군으로 간주해야 했다.

탕! 탕! 탕!

타다다다다—

그들의 무기는 비교도 되지 않았다. 기관총을 가진 놈부터 죽여야 했다.

「카짐, 저놈부터 죽여라.」

카짐은 무예실력도 뛰어났지만, 세계 최강의 스나이퍼였다.

「여기 계십시오. 비상벨을 울렸으니 분명히 지원군이 올 겁니다.」

「알았어.」

총탄소리에 서로의 말이 잘 들리지 않았다.

「카짐 조심해라.」

「네.」

카짐을 엄호하며 그는 건물 뒤에 몸을 숨겼다. 저 멀리 그의 군대가 오는 게 보였다. 별장의 하인이 호출한 것이었다. 1급 비상벨이 울려서 군대가 뜬 것이었다.

탕!

카짐이 기관총을 든 테러범을 쏘아 단숨에 쓰러트렸다. 역시 카짐이었다.

탕!

하지만 그때 또 한 발의 총성이 울리며 그에게로 돌아오던 카짐을 맞췄다.

「윽!」

카짐이 총에 맞았다. 칼리드의 눈이 뒤집혔다. 그의 친구 카짐이 쓰러졌다.

「카짐!」

그의 군대가 테러범들을 일망타진하는 동안 칼리드는 라스 알카이마 병원으로 카짐을 후송했다.

「카짐, 제발…….」

병원에 도착하자마자 카짐은 수술에 들어갔고 칼리드는 이를 갈았다. 라쉬드가 뒤통수를 쳤으니 이제 그가 칠 차례였다. 복수는 바로 하는 것이다. 그는 탱크까지 준비했다.

그의 차에 실린 총을 소지한 그는 군복으로 갈아입고는 군용 차량에 올랐다. 올 것이 온 것이었다. 그가 탱크를 끌고 간 곳은 라쉬드가 지금 있다는 별장이었다. 집에 있으면 화를 당할까 싶어서 별장으로 옮긴 것 같았다.

쾅!

섬광과 함께 라쉬드의 별장 정문이 날아가 버렸다. 그의 탱크가 라쉬드의 별장 앞으로 들어갔다. 정신없이 교전이 벌어졌지만 라쉬드의 사병은 그의 군대를 이길 수 없었다. 나예프의 잔인한 피가 칼리드의 몸에서도 흐르고 있었다.

그의 궁전과 별장을 공격하다니 용서할 수가 없었다.

「숨어 있던 라쉬드를 잡았습니다.」

라쉬드가 끌려 나오고 있었다. 그리고 집 안에는 자이납이 라쉬드와 함께 잡혀 나왔다.

「가장 재미있는 조합이군.」

칼리드는 그들을 비꼬았다.

「술탄, 난 아무 짓도 하지 않았습니다.」

라쉬드는 생각보다 비굴하게 나왔다.

「차라리 나를 욕하며 달려드는 게 숙부와 맞습니다.」

「칼리드.」

눈에는 눈, 이에는 이였다.

「숙부님 가진 것에 만족하셔야 했습니다. 이보다 더 많은 것을 바란다는 건 욕심입니다. 그리고 자이납과 내연 관계이시면서, 저에게 자이납을 보내신 겁니까?」

「욕심?」

「그 욕심의 결과가 어떤 것인지 미리 말하지 않았습니까?」

「그렇다면 나만 죽이세요. 우리 가족들은 살려 주시고.」

「아뇨, 복수의 씨앗은 남기지 않을 겁니다.」

그리고 칼리드는 라쉬드 옆에 있는 나체에 가까운 자이납을 보았다.

「얼마나 더 남자들을 유혹해야 성이 풀릴까?」

「할아버지를 죽인 원수!」

「자이납, 복수를 꿈꾸었다면 조금은 더 노력해야 했다. 네 아비와 너의 미모로는 나에게 복수할 수가 없다. 너에게서 복수의 굴레를 끊어 주겠다. 그게 알라의 자비다.」

그 집에서 살아 숨 쉬는 모든 것을 죽여 버린 칼리드였다. 그에겐 자비란 없었다.

그 밤, 사막은 불꽃으로 물들었고 모래는 핏빛으로 빛이 났다.

칼리드는 끝까지 참으려고 했지만, 그의 목숨은 하나였다. 그리고 향기를 데려온다면 향기의 목숨도 위험했다. 모든 걸 깨끗하게 정리한 후에 그는 향기를 맞이할 것이다.

「카짐은?」

「수술은 끝나고 회복 중인데…….」

하지만 상황이 좋지 않았다. 그의 카짐이 지금 사경을 헤매고 있었다.

10. 아랍의 향기

카짐과 칼리드가 떠난 지 일주일이 되었는데 연락이 없었다. 원래 칼리드는 연락을 하는 사람이 아니니 그러려니 했지만 카짐의 경우는 달랐다. 카짐과 통화가 되지 않으니 유진은 지금 제정신이 아니었다.

"나 차인 거지?"

"유진아."

"냉정하게 말해 줘."

"카짐은 이렇게 무책임한 사람이 아니야."

유진이 그녀에게 매달려 울었다.

"칼리드에게 연락해 주면 안 될까?"

"안 그래도 해 봤는데, 핸드폰이 아예 사용이 안 돼. 궁전에도 연락했는데 연락해 줄 수 없다는 통보만 받았어."

사실이었다.

"이럴 땐 평소에 연락을 안 하던 게 오히려 낫네."

"카짐은 한국 시각에 맞춰서 모닝콜을 해 주고 저녁엔 '잘자.'라고 통화했는데……."

"뭔가 급한 일이 있어서 연락되지 않고 있을 거야. 성은이한테 연락해 볼까?"

"어, 그래."

향기는 성은에게 전화를 걸었다.

"여보세요?"

[서기관님, 잘 도착하셨어요?]

"네, 그런데 무슨 일 있어요? 라스 알카이마예요."

[모르셨어요? 아주 난리도 그런 난리가 없어요. 술탄 칼리드를 제거하려고 그의 숙부가 쿠데타 비슷하게 했다가 실패해서 라스 알카이마가 완전 불바다였어요.]

"혹시……."

다음 말을 묻는 게 이토록 두려운 적은 없었다.

"혹시, 술탄 칼리드는……."

[술탄은 무사하신데 다친 사람이 많아요. 완전 전쟁이었거든요.

난 술탄이 그렇게 무서운 사람인 줄 몰랐어요. 피의 숙청인 거죠.]

성은은 남의 얘기하듯이 했지만, 향기는 그렇지 못했다.

"혹시 경호대장인 카짐은 어떻게 됐나요? 괜찮죠?"

그녀의 물음에 유진이 곁에 바짝 붙어 핸드폰에 귀를 가져다 댔다.

[경호대장은 칼리드를 지키다가 교전에서 총에 맞아 지금 병원에 입원 중이라던데요?]

"네?"

유진이 그 자리에서 쓰러졌다.

"성은 씨, 그래서요?"

[자세한 내용은 저도 잘 몰라요.]

"혹시 알아볼 수 있어요?"

[내일 알아볼게요.]

"고마워요."

핸드폰을 끊은 향기는 주저앉은 유진을 안았다.

"괜찮을 거야. 그리고 소문이잖아."

"전화도 안 받아. 아무래도 가 봐야 할 것 같아."

"같이 가."

이렇게 유진 혼자 보낼 수는 없었다.

"고마워. 너뿐이다."

유진은 한동안 눈물을 그치지 못하고 있었다.

다음날 가장 빠른 두바이행 비행기에 오른 유진과 향기는 비행 내내 한마디도 하지 않았다. 서로의 남자친구 걱정 때문에 아무런 말도 하지 않았다. 여행 가방 없이 맨몸이나 다름없는 상태로 온 건 처음이었다.

배낭에 속옷과 티셔츠를 챙겨 온 게 다였다. 향기는 가는 내내 카짐이 괜찮기를 기도했다.

'알라신이 있다면 카짐을 살려 주세요.'

유진은 말없이 눈물만 흘리고 있었다. 더는 그냥 둬선 안 될 것 같았다.

"카짐 괜찮을 거야."

"알아."

"그런데 왜 그러는 건데?"

"불안해서 미치겠어. 얼굴 보고 나면 나아질 것 같아."

유진은 이렇게 말하고는 또다시 울었다.

"유진아."

하루 사이에 유진의 얼굴이 말이 아니었다. 그들은 공항에 도착하자마자 총영사관으로 향했다. 아직 라스 알카이마가 위험지역에서 풀리지 않았기 때문이었다.

"아니 이게 무슨 일이예요?"

성은은 유진의 모습을 보고 깜짝 놀라 물었다.

"약간 탈수 증상을 보여요."

"여기 의사 선생님께 가 봐야 할 것 같아요."

성은의 도움으로 그들은 근처의 작은 병원으로 향했다.

"난 괜찮아. 카짐이 있는 병원에 갈 거야."

"라스 알카이마는 위험지역이라서 지금 가실 수 없어요."

유진은 링거를 맞고 성은과 향기는 밖으로 나왔다.

"송 서기관님도 안색이 안 좋아요."

"난 됐어요. 어떻게 라스 알카이마로 들어갈 방법은 없어요?"

"네, 지금은 좀 위험해요."

향기는 답답한 마음이었다.

"점령군이 점령한 상태는 아니지만, 지금은 술탄의 군대가 반란 세력을 진압하는 과정이거든요. 위험합니다."

칼리드가 위험한 상황은 아닌 것 같아 다행이었지만 카짐이 걱정이 되었다. 아니 지금은 유진이 더 걱정되었다.

"숙소는 잡으셨어요?"

"아직이요."

"그러면 저희 집에서 지내세요. 호텔보다 나을 거예요."

"고마워요."

"그런데 김 장관을 날려 버렸다는 소문이 있던데, 맞아요?"

소문이 여기까지 흘러온 모양이었다.

"죗값을 받은 거죠."

장관은 자진 사퇴를 했다. 모르긴 해도 외교부 내에 소문이 퍼지면서 견디지 못한 것 같았다. 대통령도 장관의 사표를 바로 수리했다고 했다.

향기는 지금 장관은 신경도 쓰이지 않았다.

폭탄이 투하가 된 궁전에 칼리드가 심각한 표정으로 앉아 있었다. 이번 기회에 라쉬드의 그림자를 완전히 지워 버릴 생각인 칼리드였다. 그에게 회유가 된 자들이 꽤 있어서 라쉬드의 죽음으로 이 일은 거의 일단락이 되어 갔다.

생각보다 라쉬드의 세력들이 많았지만 라쉬드를 처단한 지금 그들은 갈 곳을 잃고 스스로 붕괴가 되어 버린 상황이었다.

아버지 나예프의 폭정이 남긴 결과물이었다. 하지만 칼리드는 지금 속으로 맹세했다. 더 이상의 피는 보지 않을 상황이었다.

「카짐은?」

「생각보다 빨리 회복 중이라고 의사들이 말했습니다.」

「다행이군. 가 볼 테니 준비해.」

「네.」

「이제 슬슬 계엄령을 철회하고 복구 작업에 힘 써. 해제는 내일 아침이니까 오늘까지는 철저하게 감시하고.」

그가 계엄령을 내린 이후는 진압이 비교적 잘 되었지만, 이번 기회에 뿌리를 뽑기 위해서였다. 계획대로 일은 잘 진행이 되었다. 그는 자리에서 궁전을 나와 근처에 있는 라스 알카이마 병원에 들렀다. 그의 등장에 사람들은 떨고 있었다.

카짐의 병실까지 오는 동안 그 누구도 그의 눈과 마주치는 사람이 없었다. 카짐의 병실에 들어서자마자 칼리드가 혼잣말을 했다.

「날 폭군으로 생각하는 것 같아.」

「필요에 따라서는 그렇게 보일 필요도 있습니다.」

카짐은 어깨에 총상을 입은 상황이었다.

「언제쯤 낫는 거야?」

「그건 제가 제일 궁금합니다.」

그의 말이 맞았다.

「유진이 걱정하지 않겠어?」

「이 상황을 알게 된다면 더 걱정할 겁니다. 때로는 모르는 게 약일 수도 있습니다.」

카짐의 말이 맞았다. 때로는 그럴 때가 필요했다.

「전화라도 해 줘.」

「휴대폰도 총상입니다.」

「저런, 사망했군.」

「전화를 해야 하긴 하는데, 보고 싶을 것 같아서 싫습니다.」

카짐은 유진을 사랑했다.

「사랑을 믿나?」

카짐이 피식 웃었다.

「이미 하고 계시지 않습니까? 두 분, 너무 잘 어울리십니다.」

이번엔 칼리드가 웃었다. 향기를 생각하면 웃음이 났다.

「오래전 두 분이 처음 만나신 자리에서 느꼈습니다. 두 분이 사랑에 빠질 것 같다는 생각이 들었었죠. 저처럼 둔한 사람도 알 정도로 두 분에겐 뭔가 연결 고리가 보였습니다.」

「우리의 연결 고리가 있긴 하지.」

「셀림.」

「병원에 입원시켜야 하는데 걱정입니다.」

「입원시켰어. 당분간은 마약에서 손을 뗄 거야. 마약이란 거 한 번 빠지게 되면 그만두기가 쉽지 않지.」

모든 게 하나씩 정리되어 가는 중이었다. 향기에게 가는 길이 가까워지고 있었다. 이번엔 그가 먼저 가고 싶었다.

향기와 유진은 위험하다고 경고가 내려진 라스 알카이마까지 왔다. 유진이 너무나 안타까워 카짐이 입원해 있는 병원에 가기 위해 차를 렌트해서 가는 중이었다. 향기가 그래도 몇 번 와 봐서 그런지 가는 지리는 잘 알았다.

"여기서 몇 달 살았다고 원주민같이 운전하네."

"고맙다."

"그런데 나 토할 것 같아."

"그래?"

라스 알카이마의 경계에 와 있는 그들은 잠시 쉬었다가 가기로 했다.

"몸이 안 좋기는 한 것 같아. 자꾸 속이 미식거려."

"토해."

유진이 토하러 간 사이에 향기는 지도를 보며 위치를 확인했다. 혹시나 해서였다.

"향기야!"

"속은 좀 괜찮아?"

향기는 뒤를 돌아보는 순간 그대로 얼어붙었다. 영화에서 보던 총을 든 남자들이 그녀들을 향해 총을 겨누고 있었다.

「어디서 왔지? 관광객인가?」

다행히 도둑은 아닌 것 같았다. 반란군도 아니었다.

「우리는 술탄의 경호대장 카짐을 만나러 왔어요.」

지금 술탄을 찾는다면 왠지 더 위험한 상황에 놓일 것 같았다.

「우리는 코리아에서 왔어요. 그냥 카짐이 있는 병원에 가고 싶어요.」

그들은 서로 무슨 말을 하더니 그녀들을 자신들의 차에 태웠다. 유진이 두려움에 몸을 떨었다.

"괜찮아?"

"아니 토할 것 같아."

"조금만 참아. 병원까지 얼마 남지 않았어. 데려다준다면 말이야."

"우리가 잘못한 걸까?"

"아니야, 카짐도 널 보고 싶어 할 거야."

향기가 유진을 안아 주었다. 유진은 며칠 사이에 살이 많이 빠졌다. 유진이 카짐을 이렇게 사랑하는지 몰랐었다. 카짐이 다쳤기 때문에 그녀는 아무런 말도 못하고 있었다. 그것도 칼리드를 보호하기 위해서 다친 것이기 때문이었다.

그녀의 눈에 병원이 보이기 시작했다.

"유진아, 이 사람들이 우리를 병원에 데려다주었어."

"다행이다."

유진은 이제 얼굴이 하얗게 질린 상황이었다. 지금 카짐이 문제가 아니라 유진이 더 문제였다.

「친구가 안 좋아요. 의사에게 보여야 할 것 같아요.」

「안 돼! 신분을 확인하는 게 우선이야.」

「우리 신분을 확인해 줄 사람을 알아요. 그러니 환자부터, 그리고 인질은 저만 잡아도 되잖아요.」

향기가 앙칼지게 나오자 남자가 유진을 의사에게 먼저 보이기로 했다.

「저와 카짐을 만나요.」

그녀는 병원에 도착하자마자 유진을 의사에게 맡기고는 카짐이 있는 병실로 향했다.

"향기 님…….."

"괜찮은 거예요?"

향기가 붕대로 어깨를 감고 있는 카짐을 보며 물었다.

"여기는 어떻게……. 설마……."

"지금 유진이 여기 있는데 몸이 좀 안 좋아서 1층에서 진료받고 있어요."

"유진이…… 왜?"

"다쳤다는 소리를 듣고……."

그가 침대에서 일어나더니 링거의 바늘을 뽑아 버리고 1층으로 내려갔다.

"카짐!"

카짐을 불러 보았지만, 시야에서 사라지고 난 후였다.

「우린 아는 사이니까 이제 돌아가세요.」

향기가 군인에게 말하고 카짐을 쫓아갔다. 카짐은 더는 아픈 사람이 아닌 것 같았다.

"유진!"

유진은 진료를 받기 위해 침대에 누워 있다가 자리에서 일어났다.

「많이 안 좋은 겁니까?」

올 때와는 다르게 걱정의 대상이 바뀐 분위기였다.

「어떤 관계시죠?」

「남편이 될 겁니다.」

「임신인 것 같은데 검사를 더 해서 확인해 봐야 할 것 같습니다.」

"……"

유진도 향기도 카짐도 모두가 말이 없었다. 핵폭탄이 그들 가운데 투하된 것 같았다. 잠시 후에 그들은 유진의 뱃속에 자리 잡은 아기의 초음파를 보며 화면으로 인사했다. 모두가 말은 없었지만 모니터의 검은 주머니 안의 아기에게 매료되어 있었다.

「심장소리 들어 보시겠습니까?」

쿵. 쿵. 쿵.

소리가 너무 우렁차서 어른들을 황홀하게 만들었다.

「얼마나 된 거죠?」

「8주 차 되셨습니다. 이 정도면 엄마가 알 만했을 텐데…….」

의사가 혀를 찼다. 나중에 유진이 말해 주었지만, 생리를 한 달 건너뛰어 그러려니 했다는 것이었다. 원래 불규칙해서 신경을 안 쓴 것 같았다.

"……."

유진이 진찰을 받고 나올 때까지 그들은 별말이 없었다. 너무 충격을 받은 것이었다.

"유진아 축하해. 카짐도 축하해요."

"……."

완전 멍한 상황이었다. 그런데 이쯤에서 좋아해야 하는 거 아닌가라는 생각이 들었다.

"안 좋아요?"

답답한 마음에 향기가 카짐에게 물었다.

"좋아서 미칠 것 같습니다."

"그런데 왜 표정이 그래요?"

"전 유진이 건강이 중요합니다. 이곳에 온 게 마음에 들지 않아요."

카짐과 유진이 싸울 것 같아서 향기는 얼른 자리를 피했다. 확실히 좀 충격적이었다. 유진이 임신을 하다니……. 솔직히 조금

부럽기도 했다.

칼리드의 아이를 낳는다면 얼마나 좋을까, 라는 생각이 들었다. 칼리드를 닮은 애들은 얼마나 예쁠까? 그런 생각을 하며 향기는 병원 로비에 그렇게 한참을 앉아 있었다.

석양이 물들었다. 너무 정신이 없어서 오늘은 카짐의 병원에 가지 못했다. 그는 손에 핸드폰을 만지작거리고 있었다. 그날 핸드폰이 망가진 건 카짐만이 아니었다. 그 또한 바닥에 떨어져 핸드폰이 완전히 먹통이 되었다가 오늘 새로운 핸드폰을 만들었다.

향기에게 전화를 할까 계속해서 망설였다. 전화를 하면 한국으로 바로 날아갈 것 같았기 때문이었다.

"향기야……."

그는 이렇게 말을 하며 소파에 앉아서 눈을 감았다.

「술탄, 첩자가 들어왔습니다.」

「첩자?」

「네, 집 안에 몰래 숨어들어서 술탄께서 직접 심문을 하셔야 할 것 같아서 끌고 왔습니다.」

「들이라.」

한바탕 난리를 치른 일주일이었다. 오늘 밤이면 계엄령도 끝이 나고 조금은 조용해질까 생각했는데 아닌 모양이었다. 라쉬드의 잔당이 아직도 있었다.

화려한 색 융단이 돌돌 말려 그의 앞에 놓였다. 융단이 말린 걸로 봐서는 덩치가 큰 녀석은 아니었다.

「뭐라고 말을 하더냐?」

「말을 못하는지 입을 열지 않고 있습니다.」

「말을 못한다라…….」

피곤한 칼리드는 눈살을 찌푸렸다.

「죽여라.」

그의 말에 신하가 당황한 얼굴을 하고 있었다.

「피곤하다.」

「그럴 순 없습니다. 아무리 첩자라도 이유는 물어야 하지 않겠습니까?」

하인이 당황하는 게 우스워 칼리드는 긴 장검을 뽑아 들었다.

「술탄.」

「첩자이니 죽여도 무방하다.」

그가 칼을 들고 융단을 베려고 하자 신하가 그의 앞을 막았다.

「뭐 하는 짓이냐? 첩자는 이 안에 있는 자가 아니라 네가 아니냐?」

「카짐 님께서 이렇게 해야 한다고…….」

카짐이라는 말에 칼리드의 표정이 흔들렸다. 그에게 장난을 칠 수 있는 사람은 카짐뿐이었다. 그의 장난이라고 해 봐야 향기를 그에게 보내는 게 전부였지만 말이다. 설마……

그가 하인에게 조용히 하고 나가라는 손짓을 했다. 그의 말뜻을 알아들은 하인이 조용히 물러났다. 그가 칼끝으로 융단을 살며시 눌렀다.

「첩자는 죽어야 한다. 에잇!」

"칼리드!"

"……"

그리운 향기의 목소리였다.

"첩자 주제에 내 이름을 함부로 부르다니 죽어야겠구나."

"칼리드, 제발……"

"계속해서 나의 이름을 함부로 부르다니 첩자가 확실하다."

"아니에요!"

"그렇다면 여긴 왜 왔지?"

"사랑하는 남자를 만나려고요."

그녀가 그를 사랑한다고 하고 있었다. 그것도 절박하게 말이다.

"사랑하는 사람이라……"

"제발 이 융단 좀 풀어 줘요."

사랑하는 향기가 그의 앞에 있었다. 그는 융단을 들어 어깨에 멨다.

"아악! 난 송향기라고요. 칼리드 제발 내려놔요."

"네가 향기일 리가 없다."

"풀어 보면 알 거 아니에요."

그녀가 발버둥을 쳤다.

"나의 향기는 이런 목소리가 아니다. 네가 향기라는 걸 증명해라."

"왼쪽 가슴 아래에 검은 점이 있어요."

그는 향기와 섹스할 때 점까지 확인해 보진 않았다. 하지만 향기가 그렇게 말하니 꼭 확인하고 싶었다.

"칼리드, 빨리 풀어 줘요. 답답하다고요."

"안 돼."

그는 침실로 융단을 어깨에 걸친 채로 가고 있었다.

"그동안 내 목소리 잊었어요? 왜 이러는 거예요. 무섭다고요."

향기가 융단에서 귀엽게 발버둥을 치고 있었다. 침실로 온 그는 융단을 바닥에 굴렸다. 그러자 그 안에서 향기가 굴러 나왔다. 그가 바라는 대로 나체는 아니었지만, 향기 자체가 섹시하기 때문에 괜찮았다.

청바지에 흰 티셔츠 차림의 여자가 이렇게 섹시하게 보이다니 놀라웠다.

"왜 그러는 거예요? 내가 당신 때문에 얼마나 걱정했는지 알아요? 안 그랬으면 이 꼴로 여기까지 왔겠냐고요. 갑자기 연락도 안되고 여기 와 보니 위험지역이 선포되어 있고 너무 놀라서…….

읍!"

더는 참을 수가 없었다. 그녀의 입술을 맛보지 않으면 죽을 것 같았다. 칼리드는 향기의 가는 허리를 강하게 잡고는 키스하기 시작했다.

"으으읍!"

그의 혀가 뜨겁게 그녀의 입안을 훑고 지나갔다. 그의 몸이 타들어 가는 것 같았다. 향기의 부드러운 몸이 그에게 감겨들었다.

"하아……."

그의 입술이 아직 그녀의 입술 위에 있었다.

"하아, 기다리라고 했을 텐데?"

"걱정이 돼서 그냥 제가 와 버렸어요."

오늘 향기는 굉장히 솔직했다. 칼리드는 어떤 모습의 향기든 그의 마음을 빼앗는 건 똑같다는 생각이 들었다. 그의 심장 건강에 굉장히 좋지 않은 영향을 주는 여자였다.

"말을 안 들었으니 벌을 받아야겠어."

"칼리드."

향기가 욕망에 젖어 두 눈의 초점이 흐려지고 있었다.

"벗어."

그가 향기를 앞에 세워 두고는 침대에 앉았다. 향기는 조금 망설이는가 싶더니 욕망에 들뜬 표정으로 그를 보았다. 그리고는 셔츠를 머리 위로 벗어 던졌다. 그녀의 흰색 브래지어가 그의 시선을 사로잡았다.

"참을 자신 있어요?"

향기가 청바지 버클로 손을 옮겼다.

"……"

그의 호흡이 빨라지고 있었다.

"힘들지 않을까요?"

그녀가 청바지를 아래로 내렸다. 향기는 지금 흰색 비키니를 입은 것처럼 브래지어와 팬티를 입고 있었다. 브래지어는 그녀의 가슴을 다 담지 못했다. 그녀의 풍만한 모습을 보자 그는 폭발하기일보 직전이 되었다.

그녀의 말이 옳았다. 그는 참지 못할 것 같았다.

"향기야……"

"호호호……. 이제는 더 힘들 거예요."

향기가 브래지어를 벗고 손으로 가슴을 가렸다. 아니 가슴을 치켜 올렸다.

"흡!"

"만지고 싶지 않나요?"

그녀가 자신의 가슴을 천천히 만지기 시작했다. 그리고 한 손을 내려 자신의 팬티 안으로 천천히, 아주 천천히 집어넣었다. 그리고 한 손으로는 가슴을 다른 한 손으로는 자신의 여성을 만지고 있었다.

"으윽, 젖었어요."

"향기!"

"왜요? 만지고 싶지 않아요?"

더는 참지 못한 그가 일어났다.

"요물!"

그의 목소리가 위험스럽게 잠겨 들었다. 그는 도망가려는 향기를 빠르게 잡아 침대로 끌고 가 눕혔다. 그와 한 치의 오차도 없이 겹쳐진 향기는 그를 보며 못된 마녀의 미소를 지었다.

"먹어 치울 거야."

"바라는 바예요."

그가 향기의 목을 한 손으로 끌어당기고는 입술을 삼켰다. 그들의 입은 딱 맞물려 공기조차 들어가기 힘이 들었다. 그의 혀가 입 안에서 그의 혀를 말아 올렸다.

츄읍츄읍─

그들의 혀가 얽혀들었다. 그의 혀가 무섭게 그녀의 혀를 빨아들였다. 마치 혀를 뿌리째 뽑아 올릴 것 같았다. 그는 입술로 맥박이

앙증맞게 뛰는 향기의 목덜미를 강하게 빨아들였다.

털이 무성한 그의 피부와는 다르게 향기의 피부는 유리와 같았다. 그는 그 유리 같은 피부에 자신의 자국을 남기는 게 좋았다. 다른 놈들에게 자랑스럽게 그녀가 그의 것이란 표시를 보게 하고 싶었다.

"아아앙!"

그녀의 목에 선명하게 그의 자국이 남았다.

"예뻐."

향기는 그의 마음을 사로잡은 유일한 여자이자 앞으로도 그의 마음을 가질 유일한 여자였다.

"하응……."

"얼마나 젖었는지 확인해 볼까?"

"헉!"

칼리드는 향기의 마지막 남은 팬티를 벗겨 버렸다. 그리고 다리를 벌리고 촉촉하게 젖은 그녀의 여성을 입안에 담았다.

"아앗!"

그가 양손으로 향기의 엉덩이를 받치며 그녀의 여성을 입안 가득 담았다.

"아아아! 칼리드……."

그의 혀가 그녀의 클리토리스를 핥았다. 혀끝에 그녀의 맛이 그대로 느껴졌다. 달콤한 천상의 맛이었다. 그는 자신의 머리를 더 깊숙이 집어넣어 짐승처럼 그녀의 여성을 빨아대고 있었다.

츄읍츄읍─

그가 그녀의 여성을 빨아들이는 소리가 침실을 울렸다. 그의 혀가 움직일 때마다 그녀의 클리토리스가 움찔거리며 그를 자극했다. 칼리드는 정신을 차릴 수가 없었다. 그의 페니스에 피가 몰려 이제는 고통스러웠다.

향기 안에 들어가지 못하면 터져 버릴 것 같았다. 그는 향기의 다리를 벌리고 그를 기다리고 있는 움찔거리는 질에 자신의 페니스를 문질렀다.

"아아앙……."

"널 너무 원해."

그는 이렇게 말하며 그녀의 질에 자신의 페니스를 밀어 넣었다.

"악!"

"으윽!"

그녀의 질이 너무나 조여 왔다. 그의 페니스를 끊어 놓을 것 같았다. 향기의 질은 정말 최고였다. 그가 빠르게 몸을 움직이기 시작했다. 안 그러면 그가 정신을 잃을 것 같았다.

"하아하아……."

뜨거운 숨이 침실에 퍼졌다. 그녀를 놓아줄 수가 없었다.

"칼리드 더⋯⋯."

향기가 그를 더 원했다. 그녀의 질이 움찔거리며 그의 페니스를 다시 한 번 자극하고 있었다. 그녀가 더한 것을 원하자 그는 자신의 페니스의 뿌리 끝까지 그녀 안에 밀어 넣었다.

"아아앙⋯⋯. 아앗!"

"소리를 더 내 봐. 다른 사람들이 듣게⋯⋯."

"아앗!"

"하아 하아⋯⋯. 네가 내 여자란 걸 알게⋯⋯."

칼리드는 거칠게 움직였다. 그녀의 모든 게 그의 것이었다. 그동안 기다린 만큼 향기를 탐할 것이다. 이 밤이 새도록 그녀는 그의 것이 될 것이다.

그는 자신의 페니스를 조이고 있는 그녀의 질을 보았다. 작은 것이 그의 거대한 대물을 물고 있는 게 신기하기만 했다.

"넌 나를 위해 태어났어. 알아?"

"웃⋯⋯."

"하아 하아, 그렇다고 대답해."

"아흐, 맞아요."

그는 향기의 입술을 혀로 핥았다. 그의 타액이 그녀의 입술을 빛나게 만들었다. 이렇게 언제까지나 연결되어 있고 싶었다. 이렇게 강하게 여자를 원한 적은 없었다.

"향기야, 단 한 번만 물을 거야. 잘 대답해."

"……."

"나의 유일한 부인이 되어 줘."

"……."

놀란 향기의 눈동자에 눈물이 맺혔다.

"나, 칼리드 빈 나예프 알사우드는 맹세한다. 나의 유일한 여인은 송향기 하나뿐이란 걸……. 읍!"

향기가 그의 목에 팔을 감고는 입을 맞추었다.

"예스, 나의 대답은 오직 하나. 예스예요."

향기가 행복한 표정을 지으며 그의 귀에 속삭였다.

"사랑해요. 그리고 영원히 당신의 유일한 여자가 될 거예요."

그녀가 그의 입술에 깊은 키스를 했다. 칼리드는 향기를 만나고 행복이란 어떤 것인지 알게 되었다.

너무 행복해서 두려울 정도였다. 하지만 그는 알았다. 그와 향기는 그 누구의 방해도 안 받고 행복하게 살 것이란 걸 말이다.

"동화책의 맨 끝은 다 똑같은 거 알아요?"

"뭔데?"

"왕자님과 공주님은 오랫동안 행복하게 살았습니다."

"그럼, 술탄과 향기는 오래오래 행복하게 잘 살았습니다."

향기가 그를 향해 미소를 지었다.

"행복할 준비가 됐어?"

"물론이죠."

향기가 미소 지으며 깊은 키스를 그에게 했다. 칼리드는 오늘 한숨도 못 자리란 걸 알고 행복한 한숨을 지었다.

에필로그

라스 알카이마의 궁전은 새로운 주인 덕분에 분위기가 많이 변했다. 모스크형식의 건물이지만 향기가 온 이후로 내부는 현대적인 디자인으로 많이 바뀌었다. 옛것은 그대로 두고 현대적인 부분을 절묘하게 가미해서인지 연방 평의회 의원들도 거부감을 느끼지 못하는 것 같았다.

결혼한 지 3개월이 흘렀다. 이제는 제법 궁중 생활이 몸에 익어 향기도 그리 큰 불편함은 느끼지 못하고 있었다.

"향기 님!"

"그 입 다물라."

유진이 만삭인 몸을 이끌고 오늘도 궁중을 찾았다. 이건 다 칼리드의 명령 때문이었다. 그녀가 혼자 심심할까 봐 매일 차를 보내 유진을 궁중에 오게 했다.

"안 와도 된다니까."

"술탄의 명령을 어떻게 어겨."

유진을 매일 보는 게 불편한 이유는 따로 있었다. 유진을 보면 너무 부럽기 때문이었다.

"후……."

"아직 소식 없어?"

"응."

그녀가 한숨짓는 이유를 누구보다 잘 아는 유진이라서 그녀가 이렇게 한숨지으면 괜히 유진이 미안해했다.

"나 때문에 스트레스 받아서 더 그러는 것 같다. 아직 결혼한 지 3개월밖에 안 됐잖아."

하지만 결혼 전에 몇 달을 칼리드와 매일같이 섹스를 했었다. 정말 눈만 마주치면 섹스를 했던 것 같았다.

그가 집무실에 있거나 시찰을 나가지 않는 이상 그는 항상 향기의 곁에 있었다.

"내가 생각할 때는 술탄이 널 너무 예뻐해서 그러는 것 같아."

"그러면 너는?"

"카짐이 날 예뻐라 하지."

향기는 요즘 아기가 생기지 않아서 스트레스를 많이 받고 있었다.

"내가 아주 좋은 거 가지고 왔는데……."

"어?"

"우리 집에 일을 하러 오는 아이샤가 있는데 그 언니가 하는 옷 가게에는 안 파는 게 없대. 그리고 이건 아무한테나 안 파는 아주 귀한 약이래."

"약?"

유진이 그녀의 귀에 대고 작게 속삭였다.

"완전 끝내주는 약이야 이 약을 먹으면 남자들이 완전 **빠진다**고 하더라고."

솔직하게 칼리드와의 관계는 더없이 좋았지만, 그 약이 뭔지 궁금한 향기였다.

"여기. 난 임신해서 먹으면 안 된다고 하더라고."

작은 호리병 하나를 그녀에게 주었다.

"잠자리 전에 먹으면 된데."

"나만?"

"이건 여자만 먹는 약이야. 혹시 알아? 칼리드가 너에게 더 **빠**질지."

사람의 욕심은 끝이 없었다. 향기는 그의 마음을 더 가지고 싶었다. 하지만 향기는 약을 받지 않았다. 아기가 생기게 되면 아기에게 조금이라도 해가 될까 봐 입에 대지 않을 생각이었다.

"알았다."

"이거 말고 아기 생기는, 뭐 그런 약 없을까? 엄마가 약을 보내줘서 먹고 있긴 한데……."

"조급해하지 마. 곧 생길 거야."

하지만 그게 마음같이 쉽지가 않았다.

"오늘 저녁에 칼리드랑 사구(沙丘)에 갈 건데, 같이 갈 거야?"

"아니, 난 이번엔 안 될 것 같아."

"알았어."

사막의 사구는 바람이 만든 아름다운 곳이었다. 텐트를 치고 음식과 술을 먹는 자리인데 오랜만에 칼리드와 오붓한 시간을 보낼 수 있을 것 같았다.

칼리드는 집무실에서 나와 카짐을 보내고 거실로 향했다. 저녁을 먹는 동안 향기가 그를 보는 눈빛이 다른 때와는 다르게 뜨거웠다. 그렇게 노골적으로 그를 보는 향기는 처음이라서 그는 저녁을 먹다 말고 향기를 가질 뻔했다.

그런데 저녁 식사 후에 갑자기 일이 생겨 다시 집무실에 돌아가 일을 본 그였다.

그가 오면 향기가 달려와서 그를 맞아 줄 거라 기대했는데 왜인지 향기가 보이지 않았다.

"뭐지?"

그는 향기를 눈으로 찾다가 침실로 향했다.

아무리 찾아도 향기는 보이지 않았다.

"어디 갔나?"

"사구에 가신다고……."

"알았다."

그는 미소를 지었다. 오랜만에 향기와 즐겁게 지낼 수 있을 것 같았다. 결혼하고 매일같이 섹스를 하는데도 이상하게 그는 향기에게 헤어 나오지 못하고 있었다. 사막의 텐트는 퇴폐미를 물씬 풍기는 게 사실이었다.

그는 텐트에 왔지만, 그 안에 향기가 없음을 알고 텐트 주변을 살피기 시작했다.

"마마께서는 샘에 계십니다."

이곳은 오아시스가 있는 곳이었다. 위험할 수도 있는데 향기는 이 샘을 굉장히 좋아했다. 사막의 밤은 덥지 않다. 오히려 추울 수 있었다. 하지만 오늘 밤은 후덥지근했다. 이런 날에는 수영하는 것도 좋을 것 같았다.

그가 도착하자 향기가 달을 보고 서 있었다. 팔을 활짝 폈다가 모으며 뭔가를 기도하는 것 같았다. 그는 옷을 벗고는 그대로 향기를 향해 걸어 들어갔다. 그녀는 뭔가에 집중하고 있었다.

"뭘 하는 거지?"

그가 향기의 뒤에 섰다. 향기는 아무것도 입고 있지 않았다.

"달의 기운을 마시고 있었어요."

"왜?"

"아기를 달라고요."

"난 아직 아기는 필요 없어. 난 향기만 있으면 돼."

향기는 요즘 과하게 아기에게 집착하고 있었다. 아마도 유진 때문인 것 같았다.

"조급해하지 마. 아기는 생길 때가 되면 주실 거야."

"그래도 난……."

"나한테 집중해 주면 안 될까?"

그가 향기를 뒤에서 안았다. 향기의 하얀 피부는 달빛을 받아 더욱 하얗게 빛나고 있었다. 그의 구릿빛 피부가 더 부각이 되었다.

"부드러워."

"아흐……."

그가 향기의 가슴을 움켜쥐었다.

"아기가 생기면 이렇게 하는 것도 당분간 못하게 되고, 그럼 난

스트레스를 받아서 죽어 버릴지도 몰라."

그의 말에 향기가 웃었다.

"난 향기를 안지 못하면 죽을 거야."

"안 죽어요. 그리고 난 당신을 닮은 아들을 낳고 싶어요."

"향기야······."

"오늘 밤 나에게 아기를 선물해 줘요."

그녀가 칼리드의 목에 매달려 키스했다.

"이렇게 하면 내가 참을 수가 없어."

"참지 말아요······."

그녀를 안은 그는 샘에서 나와 텐트로 향했다. 그들은 아무것도 걸치지 않았고 하인들은 등을 돌리고 서 있었다. 텐트에 들어서자 마자 그는 향기를 쿠션 위에 눕혔다.

"오늘 향기는 너무 숨 막히게 아름다워."

"당신은 늘 숨 막히게 멋져요."

그녀의 말이 끝이 나기가 무섭게 그가 향기를 덮쳤다. 아름다 운 사막 위에서 그들은 뜨거운 섹스를 했고 그날 밤 하늘은 그들 에겐 칼리드를 닮은 아기를 선물하셨다. 아직 그들은 모르지만 말이다.

사막의 모래 바람도 오늘은 칼리드와 향기를 위해 잠잠했다. 수 많은 사막의 별들이 그들 위에서 아름답게 빛나고 있었다.

몇 달 후.

방학을 맞아 라스 알카이마에서 휴가를 보내게 된 라엘은 한껏 기대에 부풀어 있었다. 어머니는 향기 언니가 만삭이어서 한 달 전에 라스 알카이마로 떠났다. 언니가 라스 알카이마의 왕비라니 아직도 믿기지 않는 이야기였다.

라엘은 지금 형부가 보내 준 전용 비행기로 라스 알카이마에 간다는 것조차 현실로 느껴지지 않았다.

"전용기라니……."

생각만 해도 너무 멋진 일이었다. 한 달간의 멋진 휴가를 보낼 생각을 하니 가슴이 두근거렸다. 라엘은 인천공항에 도착하자마자 언니에게 전화를 걸었다.

"언니!"

[한국에서 출발했어?]

"아니, 아직. 이제 비행기 타러 가."

[도착하면 전화해. 공항에서 기다리고 있을 테니까.]

"만삭의 몸으로 어딜 와. 내가 갈 테니까 그냥 있어. 지난번에 가 봐서 잘 알아."

언니의 결혼식에 잠깐 다녀온 적이 있어서 다시 찾아가는 데 그렇게 어렵지 않을 것 같았다.

"언니, 도착해서 전화할 테니까. 너무 걱정하지 말고."

[알았어. 보고 싶으니까 빨리 와.]

"응."

언니의 보고 싶다는 말에 울컥한 라엘이었다. 공항 직원의 안내를 받아 칼리드의 전용기를 본 라엘은 입이 딱 벌어졌다. 전용기라 막연히 작을 거라 생각했는데 비행기의 크기가 아주 컸다.

"에어버스 2002예요. '하늘을 나는 7성급 호텔'이라는 별명이 붙은 비행기죠."

"우와……."

"저도 저 안에 들어가 보는 게 소원이에요."

직원은 이렇게 말하고는 부러운 듯한 표정으로 라엘을 안내하고는 사라졌다. 비행기에 오른 라엘의 눈이 튀어나올 것만 같았다.

"사는 세계가 다른 사람이야."

「환영합니다.」

상당한 미모를 자랑하는 아랍 여성이 영어로 인사를 했다. 그리고 그녀를 금빛으로 빛나는 좌석에 앉게 했다.

"금?"

거의 대부분이 금색인 내부는 럭셔리의 극치를 보여 주고 있었다.

결혼식 때는 전용기를 보내 주지 못해서 미안하다고 했었다. 그때도 형부가 비즈니스석으로 그녀의 가족을 모셨지만, 지금은 조금 더 대우를 받는 기분이었다.

「조금만 기다려 주십시오. 아직 일행이 도착하지 않았습니다.」

「일행이요?」

「네.」

무슨 일인지 알 수 없었지만, 다른 사람들과 함께 간다니 형부에게 미안한 마음을 조금 덜 수 있었다. 하긴, 이 비행기를 그녀만을 위해 띄울 수는 없을 것이다. 아무리 기름이 남아돌아도 그건 좀 무리였다. 솔직히 전용기를 보내 준다고 했을 때 부담스럽기는 했었다.

그런데 생각보다 일행들이 늦어지고 있었다. 그동안 라엘은 그동안 반 아이들이 그녀에게 낸 숙제를 검토하기로 했다.

금세 검토를 끝낸 라엘은 귀에 이어폰을 꽂고 요즘 한창 연습 중인 아이돌 노래를 열심히 들었다. 개학 전에 그녀의 학교가 방송에 출연하게 되었다. 엄밀히 말하면 그녀의 반이 출연한다. 반 아이 중에 하나가 신청을 했는데 당첨이 된 것이었다.

그렇게 당첨이 되라고 노래를 부르던 로또는 안 되고 이런 쓸데없는 것에 운이 넘쳐 나는 그녀였다.

"사랑해. 사랑해. 사랑해……. 아……."

작은 소리로 부르긴 했지만 역시 고음이 너무 많았다.

"I love you……. 큭큭, 어린놈들이 선생에 대한 배려가 없어."

음치에 몸치인 그녀는 앉아 있는 관계로 손동작만 열심히 연습 중이었다.

"사아…… 랑……."

음 이탈이 났다. 그런데 느낌이 아주 좋지 않았다. 많은 사람이 그녀를 보고 있는 그런 느낌이었다. 설마, 전용 비행기에서 그녀를 볼 사람은 없었다. 그래도 불안한 마음에 라엘은 이어폰을 살짝 뺐다.

사방이 조용했다. 아무도 없다는 뜻이었다. 그렇게 옆을 보는 순간 라엘의 표정이 순식간에 굳어 버렸다.

칼리드만큼이나 잘생긴 남자가 그녀를 보고 있었다. 상황이 이렇지만 않으면 눈인사라도 하고 싶은 비주얼이었다. 라엘은 남자를 보고는 고개만 까딱이며 인사를 했다.

그리고는 고개를 돌리고 눈을 감아 버렸다.

"언젠가는 도착하겠지. 다시는 안 볼 사람이야……."

밤마다 이 생각을 하며 이불을 찰 것 같았다.

「술탄, 정신이 이상한 사람인 것 같습니다.」

그의 옆에 있던 사람이 그녀에 대한 이야기를 하는 것 같았다.

"맞아, 난 정신병자야."

라엘이 혼자서 중얼거렸다.

「비행기가 고장 나지만 않았어도 칼리드 님의 신세를 지지 않는 건데……」

「나는 괜찮다.」

남자의 목소리는 중저음으로 라엘이 딱 좋아하는 목소리였다.

"술탄이라는데 난 언니 같은 천운을 갖고 태어나지 못했나 봐……."

갑자기 서러운 생각이 들었다. 라엘은 눈을 꼭 감고 오지 않는 잠을 청했다.

누군가 그녀를 흔들고 있었다.

"아아암……."

벌써 도착한 모양이었다. 잠이 오지 않을 줄 알았는데 그녀는 개운할 정도로 숙면을 했다. 라엘은 기지개를 켜고는 자리에서 벌떡 일어났다. 문득 고개를 돌려 옆에 앉아 있던 남자의 모습이 보이지 않는 걸 확인하자 마음의 안정을 찾은 라엘이었다.

「갔어요?」

「네.」

안심을 하고 비행기에서 내린 라엘은 공항을 빠져나와 택시를 기다렸다.

"전화하기도 그렇고……."

그때였다. 으리으리한 검은색 리무진이 그녀 앞에 섰다.

"형부다!"

라엘은 너무 기분이 좋아 만면에 미소를 지으며 차 문이 열리는 걸 보고 있었다.

「형부! 오랜만이에요…….」

순간 차 안의 사람이 형부가 아니고 비행기에서 본 남자임을 알게 된 라엘은 그대로 굳어 버렸다. 오늘 정말 많은 실수를 하고 있었다.

「죄송합니다.」

「타지.」

「네?」

라엘은 그의 말을 잘못 이해한 줄 알았다. 너무 오랜만에 아랍어를 했더니 이해력이 완전 바닥에 가까운 것 같았다.

「칼리드에게 부탁받았어.」

「아……. 네…….」

그럼 그렇지. 이런 사람이 그녀를 왜 태우겠는가? 그녀는 차에 올라 그의 옆자리에 앉았다. 남자에게서는 보통 남자들과는 다른 짐승의 페로몬 향이 났다. 라엘의 평소 취향은 귀여운 남자였다. 이렇게 위험한 향을 풍기는 남자는 아니었다.

"진한 스타일은 싫은데……."

그녀는 창밖을 보며 남자를 의식하지 않기 위해 무던히도 애를 쓰고 있었다. 하지만 가는 거리가 거리인지라 말을 안 하기에는 침묵을 견디기 어려웠다.

「안녕하세요. 전 송라엘이고요. 정신병자는 아니고 학교 선생님이에요.」

「……」

남자는 라엘을 상대하기 싫은 눈치였다. 하긴 그의 비서가 그녀를 정신 나간 여자 아니냐고 했으니 그도 그렇게 생각할 것 같았다.

「사실, 한국으로 돌아가면 애들 때문에 방송에 출연하게 됐거든요. 음치에 박치에 아무것도 못하는데 이것들이 담임을 국가적으로 대망신을 주려고……」

「하하하.」

남자가 웃음을 터뜨렸다. 웃는 것도 매력적인 남자였다.

「웃으라고 한 말은 아닌데……」

「제자들이 선생님의 이런 모습을 봐야 하는데……」

「녀석들은 너무나 잘 알고 있어요. 그러니 더 얄미운 거죠.」

「나도 보고 싶군.」

「안 보시는 게 안구 건강에 도움이 되실 겁니다.」

생각보다 그와의 대화는 나쁘지 않았다. 라스 알카이마에 도착할 동안 그녀는 그가 아랍에미리트의 토후국인 아즈만의 술탄인 오르한이라는 걸 알게 되었다. 오르한은 대단한 미남이었고 라엘은 솔직하게 그와 이야기를 나눈 것만으로도 기분 전환이 되는 느낌이었다.

"남자 취향이 오늘로 바뀌었어. 아주 진하게 생긴 남자로……."

그녀는 짙은 눈썹에 또렷한 이목구비를 가진 오르한을 보며 말했다.

"누가 이런 사람과 결혼했을까? 얼마나 예뻐야 할 수 있지?"

라엘은 저도 모르게 오르한의 얼굴을 무례할 정도로 보고 있었다.

「라엘.」

「네?」

그가 이름을 불러 주니 기분이 이상했다.

「라엘, 다 왔어.」

「아! 감사해요.」

그도 그녀를 따라 차에서 내렸다. 라엘의 시선은 곧바로 배가 남산만큼이나 부풀어 오른 언니에게로 향했다.

"언니!"

"라엘아!"

이렇게 오랜만에 보니 눈물이 났다.

"어머니!"

라엘은 막내답게 어머니의 품에 쏙 하고 안겼다.

"누가 보면 10년쯤 헤어졌다가 상봉한 줄 알겠어."

감정 표현에 서투른 어머니였다.

"왜 그러세요. 한 달 만의 상봉인데."

"그런데 저 남자 알아?"

"누구요?"

라엘이 뒤를 돌아보았다.

"아즈만 술탄이요."

"너도 아랍 사람하고 결혼할 거야?"

"저 사람하고는 비행기만 같이 타고 온 거예요."

"그런데 널 왜 저렇게 그윽하게 봐."

"엄마, 전 언니가 아니에요. 아랍 사람의 마음을 빼앗을 인물이
아니라고요."

어느새 칼리드가 나와서 오르한과 인사를 나누고 있었다.

"언니, 저 두 사람 친한가 봐?"

"응, 오르한과 칼리드는 친구야. 칼리드가 먼저 술탄이 됐고 오
르한은 작년에 술탄이 됐데."

"그렇군, 아랍 남자들이 아주 잘생긴 것 같아."

"매력적이지."

향기는 칼리드와 아주 잘살고 있었고 유진도 카짐과 아주 꿀 같은 신혼을 즐기고 있었다.

"라엘아……."

아니나 다를까 그녀가 온다는 소식에 유진이 한걸음에 달려왔다.

"언니, 더 예뻐졌어요."

"그래 보이니? 사랑받고 살아서 그런가 봐."

"인정."

향기와 유진은 라엘이 아는 사람들을 통틀어 신랑에게 가장 사랑받는 인물들이었다. 한마디로 부러운 인간들이었다.

"오늘 저녁에 칼리드가 널 위해 저녁 만찬을 준비했어."

"고맙긴 한데 부담스러워."

"그냥 마음이니까 즐겨."

유진이 옆에서 거들었다.

"알았습니다."

"씻고 좀 쉬어. 짐은 올려다 놨어."

"네, 마마."

"까분다."

2층 방으로 안내를 받은 라엘은 샤워를 하기 위해 욕실 안으로 들어갔다. 그리고 욕실이라는 밀폐된 공간과 물소리의 힘을 빌려 노래를 연습하기 시작했다.

"아아, 사랑해, 사랑해, 아아악! 정말 짜증나!"

엄청나게 짜증을 내며 그녀는 시원하게 노래를 불러 보곤 샤워 부스 밖으로 나왔다. 그리고 라엘은 얼음처럼 굳어 버렸다.

"뭐, 뭐예요?"

오르한이 옷을 하나도 입지 않은 채로 그녀의 방에 들어와 있었다. 라엘의 눈이 스캐너보다 빠르게 그의 몸을 머릿속에 담았다. 170㎝가 넘은 라엘도 고개를 올려야 그의 얼굴이 보일 정도로 커다란 오르한은 몸매 또한 전사의 몸이었다.

탄탄한 근육은 몇 백 명의 전사가 나오는 영화 속의 주인공 같았다. 구릿빛 피부에 완벽한 몸매라…….

라엘의 시선은 거기서 멈추지 않았다. 그의 거대한 페니스가 위용을 드러내고 있었다. 그녀가 그에게서 느낌 짐승 같은 느낌이 그대로 났다.

"아악! 읍!"

정신을 차린 그녀가 소리를 지르자 그가 입술로 그녀의 입을 막았다. 너무 놀란 나머지 라엘은 그냥 그의 키스를 받아들이고 있었다. 그의 혀가 그녀의 입안으로 거침없이 들어왔다. 맞닿은 피부의 감촉도 너무나 좋았다.

"으으읍!"

그가 라엘의 뒷목을 단단히 고정시키고는 혼까지 뽑아낼 기세로 거칠게 입을 맞추었다.

"헉헉헉, 하아……."

그의 입술이 라엘의 입술에서 목으로 이동 중이었다.

"왜, 왜 이러는 건가요?"

"매력적인 여자에게 끌리는 건 당연한 거 아닌가? 그리고 라엘도 나에게 끌린 거 아니야?"

"그건 맞지만 그렇다고 욕실에 들어오는 건……."

"이 방은 두 갠데, 욕실은 하나야."

그가 턱으로 그의 방에 연결이 되어 있는 욕실 문을 가리켰다. 그러고 보니 욕실은 샤워부스만 있는 게 아니라. 넓은 탕도 있었다. 욕실이 거의 방만큼 컸다.

"이 나라는 혼탕 문화가 있나요?"

"아니, 이건 부부를 위한 침실이야."

부부가 서로의 개인 생활을 보장해 주거나, 아니면 별거를 할 때 쓰는 방이란 소린가?

"그렇다고 이렇게 들어오시면……."

"내가 뭐라고 했지? 난 라엘에게 매력을 느끼고 있어. 라엘과 키스하고 싶은 게 당연하거 아니야?"

그의 한 손이 그녀의 가슴을 감싸고 있었다.

"키스만이 아닌 것 같은데요?"

"난 더한 걸 원해."

그의 입술이 그녀의 가슴을 빨기 시작했다. 너무 놀라 기절할 것 같았지만 그는 멈출 생각이 없는 것 같았다. 그가 유두를 빨 때 라엘의 정신은 안드로메다로 날아가 버린 것 같았다.

"이럴 줄 알았어."

"……."

그는 대단히 만족하고 있었다.

"흡!"

그가 다시 그녀의 입술을 빨아들였다. 어찌나 강하게 빨아들이는지 입술이 얼얼할 정도였다. 오르한의 손이 그녀의 가슴에서 점점 아래로 내려왔지만, 키스에 빠진 라엘은 정신을 놓은 사람처럼 그의 움직임을 인지하지 못하고 있었다.

갑작스러운 상황에 정신이 공황 상태가 된 게 분명했다. 왜 이러고 있는지 이해는 되지 않았지만 싫지는 않았다. 싫었다면 거부했을 것이다.

"헉헉헉, 근데 유부남 아니었어요?"

"아니야."

"그럼, 애인은 있어요?"

"현재는 없어."

"지금 말고요."

"어제도 없었고 그전에도 없었어."

믿어도 될지는 모르겠지만 솔직하게 믿고 싶었다.

"믿고 싶어요."

"믿어."

라엘의 입술을 다시 머금은 그였다. 그는 애무 이외의 어떤 행위도 하지 않았다. 충분히 그녀를 차지할 수 있음에도 그는 참고 있었다.

"왜 참아요?"

"처음은 침대에서 하고 싶어."

"내가 처음인 건 어떻게 알아요? 아니면 어쩌려고."

"보면 알아."

라엘이 한쪽 눈썹을 치켜뜨면서 그를 보았다.

"선수네요."

"얘기가 그렇게 되는 건가?"

그를 밀어낸 라엘은 욕실에 걸린 가운을 입었다.

"그러고 보니 어떻게 한국말을 그렇게 잘하죠?"

"유학을 했으니까."

"그래서 한국에 다녀온 건가요?"

"그건 아니지만 한국대학에 초대를 받아서 갔지. 강연을 하기 위한 일이었어."

"한국대를 나왔군요."

그가 어깨를 으쓱였다.

"짐승 같은 매력에 머리까지 좋다? 내가 좋아해야 하나요?"

"그럼 좋고."

그는 욕탕 안으로 들어갔고 라엘은 한숨을 쉬며 자신의 방으로 들어갔다.

"미쳤어."

라엘은 집에서 가져온 옷을 입고 나갔다가 하인들에게 저지를 당했다. 칼리드가 그녀를 위해 옷을 준비했으니 그걸 입으라는 것이었다.

샤넬의 화이트 원피스가 그녀의 드레스 룸에 있었다. 그 옷 말고도 그녀를 위해 준비했다는 옷들이 아주 많았다. 화이트 드레스는 단순했지만, 그녀의 몸매를 그대로 드러냈다. 향기나 라엘이나 한국인치고는 상당히 볼륨감이 있는 몸매였다.

"이거 들러리일 때 입었던 옷 아니야?"

분명히 그랬다. 이 옷은 그녀가 언니 결혼식 때 들러리복으로 입었던 옷이었다. 머리에 꽃 장식만 하지 않았지 완전히 결혼식 때 그 분위기였다.

준비를 다 마친 라엘은 행복한 커플들 사이에 끼어서 인상을 쓰고 있었다. 아직 식사 시간이 아니어서 그런지 오르한의 모습은 보이지 않았다. 모두가 그녀처럼 화이트 드레스를 입었다.

"오늘 드레스 컨셉은 웨딩이야?"

"맞아."

"어? 왜?"

"그냥, 누가 아주 절실하게 원해서."

유진과 향기가 둘이만 아는 소리를 하고 있었다.

"너무 놀리지 마."

이제는 엄마까지 못 알아듣는 소리를 하고 있었다.

"괜찮을까?"

"괜찮아요. 아마 좋아 죽을걸요."

"뭐가?"

향기와 엄마는 웃기만 할 뿐이었다. 그때 식사 시간이 되어 그들은 대식당으로 자리를 옮겼다. 자리가 남았음에도 그녀의 옆에는 오르한이 앉게 되었다.

"아름다워. 먹고 싶을 만큼."

그녀의 귀에 대고 오르한이 속삭였고 라엘은 머리에서 발끝까지 온통 붉게 물들었다. 이 사람은 도대체 왜 이러는 것일까? 몹시, 매우, 많이, 궁금한 라엘이었다.

「오늘은 우리 라엘을 위한 날이니까 많이 드십시오. 그리고 잔을 드세요.」

모두가 샴페인 잔을 들었다.

「라엘과 그녀를 사랑하는 이를 위해!」

분명히 그녀를 사랑하는 이 '들' 이 아니라 단수였다. 사랑하는 이? 이해가 되지 않았다. 잘못 말한 것이겠지.

그때였다. 식탁 아래로 오르한이 그녀의 손을 잡았다. 그리고 자신의 허벅지 위에 올려놓았다. 그의 도발에 지고 싶지 않았던 라엘이 오르한의 허벅지를 따라 조금씩 손을 올렸다. 그는 아무런 것도 느끼지 못하는지 칼리드와 계속해서 대화를 이어가고 있었다.

마침내 그녀의 손이 아주 위험한 위치까지 올라갔다. 조금만 손을 움직이면 그의 페니스에 닿을 상황이었다. 그가 드디어 그녀의 손을 잡았다.

「라엘, 식사가 맛이 없어?」

칼리드가 걱정스러운 듯 물었다.

「아니요, 시차 때문에 그런가 봐요.」

라엘의 손은 이미 오르한의 페니스 위에 올라가 있었다. 단단한 그의 거대한 페니스 때문에 라엘은 정신을 똑바로 차리기 위해 노력해야 했다.

「오르한, 라엘에게 말했나?」

「언제 말할 생각이야?」

라엘만 모르는 뭔가가 있었다. 화를 내고 싶어도 지금 임신한 언니와 한 나라의 왕인 형부가 있었다. 그리고 어머니…….

"난 이만 가서 자고 싶어."

"어머니?"

"요즘 왜 이렇게 피곤한지 모르겠어."

어머니가 자리에서 일어나자 모두 다 자리에서 일어났다.

"쉬세요, 장모님."

"고맙네."

술탄이었지만 칼리드는 살가운 사위였다.

"부러운가?"

오르한이 또다시 그녀의 귀에 속삭였다.

"칼리드 같은 사위는 없어요. 그리고 신랑도……."

"왜 그렇게 생각하지?"

그가 얼굴을 딱딱하게 굳힌 채 화난 듯이 말했다.

「오르한, 이제 그만 말하지 그래?」

「내가 알아서 할게.」

오르한은 지금 칼리드를 질투하고 있었다. 그가 갑자기 자리에서 일어났다.

「먼저 일어나겠습니다. 이런 자리를 마련해 준 걸 감사히 생각합니다.」

뭔 소리를 하는 건지……. 그때였다.

"어머!"

오르한이 그녀를 들어 어깨에 멨다.

"아무래도 이 눈치 없는 아가씨는 말로는 안 되겠어."

"이거 안 내려놔요?"

찰싹!

정말 황당한 일이 벌어졌다. 오르한이 많은 사람 앞에서 그녀를 어깨에 둘러멨다. 그리고는 엉덩이를 아프게 때렸다.

"가만히 있어."

"안 내려놔요? 술탄! 형부!"

"나도 술탄이야."

그는 이렇게 말하며 그녀를 안고 침실로 향했다.

"언니!"

향기를 불렀지만, 언니도 미소만 지을 뿐 가만히 있었다.

"다들 나빠……."

"아니, 라엘이 더 나빠."

그가 침실에 들어서자마자 라엘에게 알아듣지 못할 말을 했다.

"제가 왜 나빠요?"

"첫째, 날 기억하지 못한다는 것과 둘째, 이렇게 눈치를 주는데
도 아무것도 모른다는 거야."

"무슨 소리냐고요."

완전 답답한 건 그녀였다.

"우리는 이전에 두 번 만났어."

"우리가요?"

기억에 전혀 없었다.

"결혼식 전날 호텔에서, 그리고 결혼식 날."

"언니의 결혼식 때 전 아무것도 몰랐어요. 난 내 일만 했으니까
요. 난 하나밖에 모르는 성격이에요. 그래서 어떤 일을 하게 되면
그것만 생각하죠. 결혼식 전날은 부케 때문에 정신이 나가 있었
고, 결혼식 날은 언니 챙기느라 정신이 없었고요."

"그래서 기억에 없다?"

"네, 당신같이 잘생긴 사람을 내가 기억 못할 리가 없죠."

"……."

그가 갑자기 라엘을 벽과 그 사이에 가두었다.

"난 그날 호텔에서 부케를 들고 있는 작은 천사를 봤어. 눈을 뗄
수가 없었지. 저 여자를 나의 신부로 맞이하지 않는다면 죽을 것
같았어."

"……."

"그런데 그 여자는 신부의 부케를 가지고 있었고, 난 그 행운의 남자가 누군지 알아야 했지."

"……내가 신부인 줄 알았군요."

"그래, 그래서 그냥 마음을 접었어. 그날 난 술에 취해 칼리드에게 전화를 걸었고 첫눈에 반한 여자를 벌써 어떤 놈이 채 갔다고 술주정을 해 버렸지."

"혼자서 북 치고 장구 치고 다했네요."

"맞아, 그런데 그다음 날 행운의 여신이 내 편이란 걸 깨달았지. 칼리드의 처제가 내가 첫눈에 반했던 여신리란 걸 알았으니 말이야."

"내가 안 왔으면 어쩔 뻔했어요?"

"납치라도 해 왔을 거야."

그의 말은 사실인 것 같았다.

"오르한."

"이상한 게 뭔지 알아?"

"몰라요."

"날 '오르한'이라고 부른 여자는 라엘이 처음이야."

예전에 언니에게도 같은 말을 들은 적이 있었다. 칼리드가 언니에게 '칼리드라고 부른 여자는 향기가 처음이야.'라고 말했다는 걸 말이다.

"마지막으로 물을게."

"……."

"내가 싫어?"

"……아니요."

"그럼 나랑 평생을 함께할래?"

"……."

지금 바로 대답하긴 힘이 들었다.

"난…… 당신을 몰라요."

"내가 라엘을 알아."

그의 입술이 그녀의 입술을 덮었다. 라엘은 알았다. 절대로 오르한에게 이길 수 없다는 사실을 말이다.

그들의 밤은 그렇게 뜨겁게 불타올랐다.

"괜찮을까요?"

칼리드의 입술이 향기의 목을 빨아들이고 있었다.

"응……."

"난 걱정이 되긴 해요. 저렇게 둬도 되는 건가 하고요."

그의 손은 어느새 향기의 풍만한 가슴을 만지고 있었다.

"오르한은 모든 걸 책임질 사람이야."

칼리드가 그녀의 유두를 잡고 살짝 비틀었다.

"아흐……. 오르한의 아버지는 부인을 넷이나 뒀잖아요."

향기가 숨을 헐떡이며 말했다.

"오르한은 한 명의 부인과만 살 거야. 나처럼."

쫘악!

갑자기 칼리드가 그녀의 드레스를 반으로 갈랐다.

"칼리드, 이제 더는 드레스도 없다고요."

"내일 사 줄게."

그는 항상 그녀의 옷을 찢었다. 그리고는 그 옷보다 더 비싼 옷을 사 두었다. 하지만 임부복은 맞춰야 하므로 시간이 오래 걸렸다.

"진짜 못 말려요."

"이건 다 향기 탓이야."

"제가 왜요?"

"향기만 옆에 있으면 녀석이 이렇게 되니까."

그가 자신의 페니스를 향기의 손에 쥐여 주었다.

"아……. 미칠 것 같아."

이제 얼마 안 있으면 그의 아기가 세상에 나온다고 해서일까, 그는 격하지 않게 그녀와 섹스를 했다.

"우리 아기는 아들이든 딸이든 이번으로 끝내자."

"싫어요."

"뭐?"

"셋은 낳을 생각이라고요."

"안 돼."

칼리드가 격하게 거부했다.

"또 참아야 한다고……. 난 향기와 섹스를 하지 않으면 죽을 것 같아."

칼리드는 솔직하게 말했다.

"그럼, 바로 갖지 않고 시간을 좀 둘까요?"

"향기는 못 당해."

그가 향기의 가슴에 입을 맞추며 말했다.

"그래도 이렇게 할 수 있으니 다행이야."

요즘 향기는 칼리드의 성욕을 입과 손으로 풀어 주고 있었다. 오늘도 그의 고통을 뜨겁게 풀어 준 향기는 그의 품에 누웠다.

"아기가 태어나고 내가 뚱뚱해지고 늙어도, 날 예뻐해 줄 건가요?"

"당연하지. 내가 힘이 없고 얼굴에 주름도 많이 생기고 배가 나온 할아버지가 돼도 나에게 키스해 줄 거야?"

"당연하죠. 난 이미 당신이 잘생겼다는 걸 머릿속에 새겨 뒀거든요."

"사랑해."

"저도 사랑해요."

칼리드와 향기는 뜨거운 키스를 나누었다. 그리고 이렇게 평생
을 함께할 수 있도록 기도했다.

『아랍의 향기』 완결